LE CHANT DU SILENCE

Jérôme Loubry est né en 1976. Il a d'abord travaillé à l'étranger et voyagé tout en écrivant des nouvelles. Il est lauréat du prix Plume libre d'argent avec son premier roman *Les Chiens de Détroit*, du prix Sang pour Sang polar pour *Le Douzième chapitre* ainsi que du prix Cognac du meilleur roman francophone, du Grand Prix de l'Iris noir de Bruxelles, du Choix des libraires du Livre de Poche et du Prix des lecteurs polar du Livre de Poche pour *Les Refuges*.

Paru au Livre de Poche :

LES CHIENS DE DÉTROIT
DE SOLEIL ET DE SANG
LE DOUZIÈME CHAPITRE
LES REFUGES
LES SŒURS DE MONTMORTS

JÉRÔME LOUBRY

Le Chant du silence

ROMAN NOIR

CALMANN-LÉVY

ISBN : 978-2-253-24566-7 – 1re publication LGF

Pour Loan

Or les sirènes possèdent une arme
plus terrible encore que leur chant,
et c'est leur silence.

Franz KAFKA

« Très bien, je vais tout vous raconter. »

L'homme me fixe, interloqué. Il ne s'attendait pas à cela, pas aussi rapidement. Je sens son malaise, palpable, auréolant sa silhouette comme les mouches dansent autour de la pourriture. Je l'observe sortir un carnet de notes, puis un stylo. Il les dépose devant lui avec lenteur, le temps de reprendre contenance. Je fais mine de ne pas m'en apercevoir, fixe mes ongles, m'isole dans mes pensées vides de couleur.

« Je vous écoute », prononce-t-il d'une voix mal assurée.

J'ai soudainement envie de le tranquilliser. De lui expliquer que rien de tout cela n'est grave.

Alors je lui souris.

Et je lui raconte.

PREMIÈRE PARTIE

Ce que taisent les sirènes

1

2019

D'aussi loin que je me souvienne, elle a toujours été présente.

Parfois discrète, souvent impétueuse, elle s'immisçait déjà lorsque j'étais gamin – et sans que quiconque s'en doutât à ce moment-là – dans ma mémoire.

Depuis, chaque fois que des ombres menaçantes s'amoncellent dans le ciel, et qu'importe le lieu où je me trouve, je repense à ma ville natale. Et à cette pluie qui sans cesse crevait les nuages pour venir darder le sol des rues de mon enfance ; aux odeurs également qu'elle exaltait sur son passage. Celle végétale de l'herbe humide fraîchement tondue. Celle plus minérale des rochers éloignés du front de mer qui se mettaient à luire telles des pièces d'argent.

Même s'il y eut des journées ensoleillées, ce n'est pas l'été et son soleil timide qui ont marqué mon esprit, mais la lumière tamisée des autres saisons. Cet éclat fatigué qui se déposait sur les épaules des pêcheurs éreintés par une nuit de combat. Ces gouttes d'eau qui, variant entre la violence et la douceur, s'amusaient de nous comme un chat se divertit d'un oisillon tombé du nid.

Ainsi, je ne fus guère surpris quand, à quelques kilomètres seulement de cette ville, les premières larmes frappèrent mon pare-brise. Comme pour m'accueillir. Comme pour me prouver que rien ne change jamais.

La route longea l'océan durant une dizaine de minutes avant de s'enfoncer dans les terres. Elle serpenta entre les landes hostiles battues par le vent salin, puis vira de bord pour fuir les champs rocailleux que plus personne ne foulait depuis presque vingt-cinq ans. Autrefois, le dimanche, les familles y pique-niquaient sous un ciel gris anthracite. Au loin, la mer, sombre et jalouse, grondait comme pour quémander un peu d'attention. Nous courions entre les couvertures étalées ici et là pendant que les pêcheurs échangeaient leurs expériences, leurs doutes, parfois leurs peurs, et que leurs discours résonnaient d'une seule certitude, celle de ne jamais maîtriser entièrement cette étendue sur laquelle leurs bateaux s'allongeaient à chaque sortie.

Le soleil fit irruption à travers les nuages. Ses rayons dorés caressèrent un bref instant le paysage avant de se rétracter. Des images furtives roulèrent vers moi. Je me vis, jadis, courir sur ces mêmes terres, y inventer des légendes, des guerres innocentes, devenir un héros, dont le vent et la mer vanteraient les exploits pour l'éternité, tandis qu'Oriane, admirative et forcément amoureuse, jouait le rôle de la princesse en danger.

Les premières toitures surgirent des champs d'herbes folles. La pluie redoubla, m'obligeant à ralentir pour ne pas risquer l'aquaplaning. Aux champs déserts succéda une ridicule zone commerciale. Quelques bâtiments aux peintures blêmes. Des devantures autrefois attrayantes, désormais désuètes avec leurs identités délavées. Des locaux abandonnés ouverts aux vents. Des parkings lézardés.

Des victimes silencieuses de mon père, me dis-je en dépassant cette décharge de ciment et d'illusions perdues. *Mais pas que…*

Non, de cela mon père n'était pas le seul responsable. Parce que les tourments sont à ce point affamés des hommes qu'ils se déplacent souvent en groupe, main dans la main, en dodelinant d'impatience.

Encore quelques mètres et les rues de mon ancienne existence m'engloutirent. Rien n'avait vraiment changé. La mairie. L'église. Mon ancienne école. Le terrain de foot. Tous ces lieux stagnaient dans la mélasse du temps, immobiles et éternels. Je croisai les mêmes façades blafardes, surmontées de toits en ardoise grise. Des pentis, des malouinières aux pierres taillées recouvertes de mousses… Les rues étaient vides et de nombreuses maisons arboraient une pancarte « à vendre », certaines décolorées par l'attente. Les fantômes de ma jeunesse se dessinèrent sur chaque trottoir que je me rappelais avoir foulé en compagnie d'Oriane et de Gustave, un fils de marin, comme moi. Je revis nos promenades, à pied ou à vélo. Nos peurs, nos rires, nos joies sans pouvoir affirmer lequel de ces sentiments m'effrayait le plus maintenant. Une fois le centre-ville derrière moi, j'aperçus le panneau rouillé qui indiquait le quartier des pêcheurs. Mes mains devinrent moites tandis que je me concentrais pour percer le rideau de pluie. Je chassai la buée qui se formait devant moi d'un revers de manche, geste enfantin effectué autrefois tous les matins sur la fenêtre de ma chambre pour apercevoir la silhouette voûtée de mon père remonter le chemin de pierre depuis le port.

C'est en atteignant l'ancien quartier des pêcheurs que les souvenirs les plus prégnants, et les plus douloureux, inondèrent mon esprit. C'est ici que j'avais grandi. Entre les murs de ces mobil-homes posés à quelques mètres de l'océan. À l'époque, quand la ville vivait encore de la pêche, toutes les maisons étaient pleines. Être pêcheur était alors une fierté. Le quartier vivait jour et nuit au rythme des départs et des arrivées des bateaux. Les cornes de brume résonnaient depuis l'océan, actionnées par des hommes fourbus d'avoir tiré sur les filets, mais aux cales remplies de poissons.

Je garai la voiture au milieu des ruines. Cinq jours auparavant, une seule de ces habitations se trouvait occupée. Elle ne l'était plus à présent. Depuis que mon père s'était enfin décidé à quitter cette terre.

Quand Oriane m'avait joint par téléphone, elle avait pris soin d'user de toutes les formules de circonstance : *je suis désolée, c'est terrible, toutes mes condoléances*. Peut-être ces années écoulées lui avaient-elles embrumé la mémoire. Ou peut-être ne savait-elle quoi prononcer d'autre que des phrases de convenance, vides de sens, pensant qu'avec le temps j'aurais sans doute moi aussi oublié. Mais le temps ne cicatrise rien. Il se contente d'observer les blessures avec son air narquois et de les griffer de temps à autre pour les raviver. Nous nous étions quittés sur un « à bientôt » puisque l'enterrement était prévu quelques jours plus tard. À ce moment précis, alors que je raccrochais en tentant vainement de ressentir ne fût-ce qu'une seconde de tristesse, j'ignorais si je me rendrais aux funérailles. D'ailleurs, je me demandais à quel genre de funérailles un salaud pouvait avoir droit. Puis, je me dis que oui, il était important que je retourne dans mon ancienne ville. Pour revoir Oriane, d'abord. Ses cheveux possédaient-ils la même blondeur que dans mes souvenirs ? Son corps gracile dansait-il toujours avec la même légèreté ? Éprouverais-je encore cette chaleur incandescente, comme lorsque nous courions le long de la baie des veuves pour apercevoir en premier les voiles à l'horizon ?

Je fis mes bagages en ne cessant de penser à elle. Tout en pliant mon linge au-dessus de ma valise, je me souvins de notre premier baiser échangé sous les branches d'un chêne vieux de plusieurs centaines d'années. Nous étions en voyage scolaire pour la journée et, tandis que nos camarades se détournaient déjà de l'arbre druidique, nous avions été mus par la même magie. En une fraction de seconde, nos lèvres s'étaient touchées.

À peine venais-je de fermer la porte de mon appartement que la véritable raison de mon retour dans cette ville apparut dans mon esprit. D'aucuns, en lisant mes paroles, la jugeront répugnante. Je le comprends. Parfois même, quand je repense à cette intention première, mes mâchoires se serrent et mes yeux s'embuent de chagrin. Mais, alors que ma voiture filait vers mon passé, de mon propre abîme s'élevait le grondement de cette volonté, de ce désir resté trop longtemps inassouvi : je voulais voir *son* cercueil glisser dans *sa* tombe. Le regarder être recouvert de terre, lui qui ne jurait que par la mer.

Et plus que tout, je tenais à cracher sur le cadavre de ce père assassin.

2

1995

« C'est quoi ces bleus sur tes bras ? »

Damien suspendit la lame de l'opinel au-dessus de sa paume ouverte. Un goéland passa non loin, survolant la baie des veuves avant de plonger en piqué vers les rochers.

— Je suis tombé à vélo, l'autre jour, affirma Damien en suivant le volatile du regard.

— Tu as peur ? demanda Oriane en fixant le couteau que tenait son ami.

— Non, je suis le fils d'un marin.

— Il faut juste entailler la chair, inutile d'aller trop profond, lui conseilla-t-elle.

— Je sais, mentit le garçon.

— Ce serait bien de le faire avant que je cicatrise ! intervint Gustave qui se balançait sur ses pieds comme un pingouin pour supporter le vent glacé.

Damien fit glisser la lame contre sa peau. Un filet de sang se dessina immédiatement tandis qu'il réprimait une grimace de douleur.

« À moi. »

Oriane se saisit du couteau et s'entailla à son tour d'un geste rapide. Tout en plissant les yeux, elle laissa s'échapper un bref murmure aigu. Damien lui envia cette liberté. Oriane n'était pas une fille de marin. La souffrance et tout un panel de sentiments lui étaient autorisés.

— Et maintenant ? s'enquit-elle en soufflant sur sa plaie.

— Maintenant on se serre la main, chacun notre tour pour que le sang se mélange, expliqua Gustave en se rapprochant.

— Et nous deviendrons inséparables ?

— Oui, Oriane, affirma Damien, nous serons inséparables.

La jeune fille appuya sur la touche lecture de son radio CD et Ophélie Winter déclara qu'on lui avait donné la foi. Après s'être serré la main à tour de rôle, les trois enfants s'allongèrent sur la couverture que Gustave avait apportée. Il sortit un paquet de granolas de son sac à dos, ainsi qu'une bouteille de pschitt orange (tiède) qu'il fit tourner en fredonnant l'air de l'animatrice télé. L'océan rugit au pied des falaises pendant que le soleil d'été lançait ses dernières forces, faisant miroiter la surface de l'eau d'une multitude de paillettes multicolores. Derrière eux, la forêt bruissait sous l'effet de la brise marine. Ses chuchotements devinrent hurlements quand la chanson se termina, mais aucun des enfants n'y fit attention. Bercés par la certitude de se retrouver dans la même classe à la rentrée prochaine, ils se retranchèrent dans ce bonheur simple et précieux, où nul doute n'avait sa place, où l'adolescence régnait en maître. Qu'importe que la journée soit pluvieuse ou caniculaire, que les filets des pêcheurs remontent vides ou pleins, que les parents tirent la gueule en rentrant du travail ou, au contraire, débouchent une bouteille jusqu'à devenir hilares… Ce qui importait, c'était le silence entre eux. Confortable, reposant, il s'invitait sans que quiconque s'en offusque.

Allongé sur le dos, Damien observait le ciel en plissant les yeux. Il entendait la respiration d'Oriane tant ils étaient proches l'un de l'autre. À un moment, il sentit l'index de la jeune fille lui caresser le revers de la main. Des frissons léchèrent sa peau, des frissons agréables. Il hésita à se tourner pour lui sourire. Il en mourait d'envie, mais depuis que Gustave avait décidé qu'il fallait profiter des premiers rayons de l'été, imposant donc de se débarrasser des tee-shirts et autres shorts pour se retrouver uniquement vêtus de maillots de bain, Damien avait beaucoup de mal à poser son regard sur Oriane. Il avait beau se concentrer, se répéter de ne fixer que son visage, ses yeux glissaient très souvent sur d'autres parties de son anatomie sans qu'il puisse les retenir. Parfois, il surprenait Gustave en train de jeter à son tour une œillade faussement détachée sur la jeune fille. Il lui lançait alors un regard noir et levait son poing en guise de menace, ce qui chaque fois déclenchait un fou rire chez son ami, fou rire qu'Oriane n'attribuait à rien d'autre qu'à la débilité compulsive dont souffraient les deux garçons quand ils traînaient ensemble.

Alors Damien se contenta de songer au pacte qu'ils venaient de sceller. Il se dit que leur amitié éternelle coulait à présent dans leurs veines et que rien, pas même le temps qui passait, ne pourrait retirer ce sang de leur organisme. Cette pensée l'encouragea à déplier sa main pour caresser à son tour la peau de la fille du patron, le transportant loin, si loin que les feuilles des arbres se turent et que le silence recouvrit l'Univers.

3

2019

Mon père était un homme pieux. À sa manière. Sa Sainte-Trinité se résumait ainsi, et dans cet ordre : moi, la mer et l'alcool. Retirez un seul de ces ingrédients et la recette du bonheur selon l'Évangile de Jean le pêcheur s'en trouvait affadie ou trop relevée, en tout cas émétique. Parfois, ma mère parvenait à se glisser dans son *église* pour chasser et remplacer l'alcool. Mais bien vite, comme elle me l'expliquerait des années après, elle comprit qu'elle avait plus de chances d'inverser une marée que de sevrer un homme aux croyances si solides, fussent-elles noyées dans un liquide brun titrant à 45 degrés.

Je me garai devant l'ancien bungalow. Quelqu'un avait pris soin de fermer les volets. Où peut-être vivait-il simplement ainsi, reclus dans l'obscurité de sa culpabilité ? Je n'avais pas encore les clefs, mais je demeurai un long moment devant la porte, à observer ce bâtiment rectangulaire dont le toit plat ressemblait à une construction inachevée en attente d'un second étage. Souvent, mon père devait débarrasser ce toit des feuilles qui bouchaient les gouttières. Le vent les volait aux branches des châtaigniers plantés sur le promontoire de la baie des veuves et venait les déposer en masse dans le quartier, colorant le sol terne de confettis d'automne.

Une odeur, provenant sans doute de la marée basse, souffla un relent aigre. Au loin, la mer épaisse ronronnait calmement, dans l'expectative des tempêtes qui hérisseraient d'écume ses crêtes tumultueuses. Je levai un bref regard en direction de la baie des veuves puis remontai dans ma voiture. Il était à peine dix heures, mais j'étais déjà en retard de quinze minutes pour l'enterrement. Je quittai le quartier des pêcheurs avec un certain soulagement et me dirigeai vers le cimetière. En arrivant, je découvris une dizaine de voitures garées. J'en déduisis qu'il devait y avoir une autre cérémonie. Il ne pouvait exister une autre explication. L'idée que quelqu'un se dérangeât pour assister aux funérailles de mon père me semblait grotesque. Cet homme avait fait plus de mal à cette ville que quiconque, la livrant en pâture aux médias et malmenant son calme débonnaire de cité côtière. Car ici, les gens tenaient à leur tranquillité. C'était une population de travailleurs, principalement des pêcheurs, et je n'ignorais pas que beaucoup maudissaient mon nom, que la plupart crachaient sur le sol après l'avoir entendu ou prononcé. De plus, j'avais déduit qu'il n'y aurait pas plus de trois personnes présentes aujourd'hui. Le notaire m'avait expliqué au téléphone qu'il m'attendrait sur place, en compagnie d'un prêtre puisque mon père l'avait exigé dans son testament. Je m'étais étonné de cette demande, car je ne me rappelais pas avoir jamais vu cet homme se signer ni même fréquenter une église autre que le bar Les Trois Sirènes.

« Tous les marins sont croyants, vous savez, quand ils se retrouvent face à une mer déchaînée. Quoi qu'il en soit, il s'agit de sa volonté.

— Combien cela va-t-il me coûter ? avais-je demandé sans plus me soucier des derniers souhaits d'un alcoolique.

— Je vous demande pardon ?

— J'imagine que mon père avait des dettes… et à ma connaissance les enterrements ne sont pas gratuits.

— Ne vous inquiétez pas pour cela, je vous expliquerai les détails quand nous nous rencontrerons. »

Je dépliai mon parapluie et passai la grille rouillée du cimetière marin. De hautes stèles se profilèrent sous la pluie, aussi grises et usées que le ciel. Des vers de Paul Valéry, que les écoliers de cette ville étudiaient sans doute encore, émergèrent de ma mémoire :

Les morts cachés sont bien dans cette terre
Qui les réchauffe et sèche leur mystère.

Je fis quelques mètres en foulant le chemin gravillonné puis aperçus vers la droite un attroupement immobile. L'un des hommes qui se tenaient droits à observer le sol reprit vie et me fit un signe de la main, m'enjoignant d'approcher. Mes pas crissèrent sur les minuscules cailloux. Je me mis à imaginer que ce bruit inconfortable pouvait tout autant provenir des mâchoires serrées des cadavres au-dessous.

Après tout, les sirènes possèdent leur propre chant, pourquoi en serait-il autrement pour les morts…

Le notaire me serra la main avec mollesse. Ses cheveux humides, plaqués contre son front, étaient d'une noirceur de circonstance. « Toutes mes condoléances », souffla-t-il comme on récite un texte. Je lui aurais bien répondu que je n'en avais rien à foutre de ses condoléances, que je ne souhaitais qu'une seule chose, en terminer. Mais il y avait dans son regard fuyant comme un air de chien battu qui me fit pitié. À le voir me prendre par le bras pour rejoindre l'assemblée, je me rendis compte que lui aussi désirait en finir au plus vite, ce qui le rendit plus sympathique à mes yeux. Autour de la tombe, je comptai cinq personnes. Aucune ne tourna la tête tandis que je me plaçais à l'extrémité du trou béant, face au prêtre qui, de l'autre côté, reprit son oraison après un soupir d'impatience.

Te voilà donc, vieil enfoiré. J'espère que tu es bien à l'étroit dans ta boîte. Maman est morte l'année dernière, mais je pense que tu n'en as plus rien à foutre à présent. Tu t'en moquais déjà pas mal quand nous vivions tous ensemble, alors maintenant... Qu'est-ce que ce prêtre fait là ? Ignore-t-il tes péchés ? Ignore-t-il qu'il risque de finir en enfer pour le simple fait de se tenir si proche de toi ? Et ce cercueil ? Je suis certain que la facture fera partie des nombreuses dettes que tu m'auras léguées... Cela fait tellement longtemps que j'attends ce moment. Je suis débarrassé de toi, à présent. Et cette ville aussi, vieil alcoolique. Tu étais déjà un fantôme de ton vivant, dorénavant, tu n'es plus rien.

Lorsque je relevai les yeux de la tombe, je me retrouvai seul avec le notaire et deux employés du cimetière qui patientaient sous la pluie, leur pelle déjà en main. Je ne m'étais ni rendu compte de la fin du discours ni de l'évaporation des curieux. Cela m'arrivait souvent, surtout quand j'étais enfant. Je me plongeais dans mes pensées comme un nageur en apnée et revenais à la surface après un temps qui, pour moi, se comptait en secondes, mais qui pour le monde autour avait duré plusieurs minutes. Ce phénomène avait suffisamment inquiété ma mère pour qu'elle m'emmenât consulter un spécialiste. « Mon fils est trop souvent dans la lune et cela joue sur son humeur. » Après un court entretien en tête à tête avec le médecin, ce fut elle qui eut droit à sa discussion secrète. Elle en ressortit avec les larmes aux yeux et une colère palpable au point que je ne lui demandai qu'après de longues minutes le diagnostic du spécialiste : « Ruminations mentales, prononça-t-elle en serrant les mâchoires, ce n'est rien, ne t'inquiète pas, il y a simplement trop de gris autour de toi… Ton esprit a besoin de couleurs. »

Je fixai une toute dernière fois la petitesse ridicule de celui que je considérais enfant comme le plus grand des hommes, puis, m'arc-boutant par-dessus son cercueil, je lâchai le crachat que je m'étais promis. Les trois hommes n'émirent aucun mouvement de protestation ni même de surprise. Ils se contentèrent de m'observer avec leur regard de cimetière. Ils savaient qui j'étais et qui était mon père, et ils devaient être conscients que, d'une certaine manière, une infime part de l'Univers venait de retrouver son équilibre.

4

Le notaire m'invita à prendre un verre dans le bar du quartier. Les Trois Sirènes n'avait pas changé de nom depuis mon départ. Je le connaissais car, souvent, le soir, ma mère m'envoyait chercher mon père pour le dîner, repas que la plupart du temps il s'évertuait à éviter, me laissant revenir seul avec cette réponse sibylline : « Il dit qu'il n'en a plus pour longtemps. » Ma mère accueillait ce message en silence, sans trahir le moindre signe de déception. Elle retirait le troisième couvert avec des gestes mécaniques puis se rasseyait, le visage détendu. « Mon Damien, de quoi allons-nous parler pour mettre un peu de couleurs dans ta tête ? »

Je suivis la silhouette malingre qui ouvrit la porte, salua d'une voix à peine audible l'assemblée, et m'invita à nous installer à une table, escorté par le silence et les regards sombres des habitués. L'endroit était un troquet typique de marins. Un bar où les hommes musardent en attendant le lendemain, se rappelant le passé et l'époque où le port – aussi petit fût-il – suffisait à approvisionner en poissons une partie de la région. Après avoir commandé deux whiskies, le notaire déposa devant lui une chemise cartonnée et en sortit un document.

— Voici le testament de votre père, et une copie que vous devrez signer.

— Nous n'aurions pas dû faire cela dans votre office ? m'étonnais-je.

— Je suis en plein déménagement, c'est un peu compliqué en ce moment…

J'eus la vague impression qu'il me mentait. Que pour une raison ou une autre, il redoutait de se retrouver seul avec moi. Sans doute croyait-il que la violence héréditaire était une ligne supplémentaire et invisible que mon père avait écrite dans ce testament. Je parcourus les feuilles en quelques secondes.

— C'est une blague ?

— Non, monsieur Fernier, votre père n'était pas vraiment connu pour son humour. Tout est exact, je m'en suis assuré.

— Cent vingt mille euros ?

— Oui, ainsi que le mobil-home, ajouta-t-il en sortant une clef de son imperméable.

— C'est impossible.

— Comme vous le voyez, les frais d'enterrement ont été réglés à l'avance, vous n'avez aucune dette à honorer.

— D'où vient cet argent ? le questionnai-je, ne pouvant détacher mes yeux du montant écrit sur le testament.

— Cela, je l'ignore, admit-il en haussant les épaules. Et, à vrai dire, ce n'est pas mon affaire. Voici un stylo.

La barmaid nous apporta nos boissons. Je vidai mon verre d'un trait, en commandai un second puis saisis le bic noir.

— Et si je vous disais que je n'en veux pas ? suggérai-je en suspendant ma main au-dessus de la croix qui marquait l'endroit à parapher.

— Je vous répondrais que vous êtes en droit de refuser… Mais j'ajouterais que cet argent n'oblige aucun pardon et que s'il vous répugne à ce point, il existe beaucoup d'associations de bienfaisance qui se réjouiraient de vous compter comme mécène. Le comité des anciens pêcheurs en est une…

Où as-tu volé ce fric ? Toi qui n'avais jamais une pièce en poche, qui piquait dans le porte-monnaie de maman sans jamais l'avouer, m'accusant parfois d'être le coupable avant de quitter le bungalow ancré d'une colère feinte que tu noyais ensuite dans l'alcool ? Cent vingt mille euros... Bordel, qu'est-ce que tu as fait encore…

— Comment est-il mort ?

— Pardon ? s'étonna le notaire en consultant sa montre.

— Mon père, comment est…

— On ne vous a pas expliqué ?

— Au téléphone, le policier s'est contenté d'un laconique « mort accidentelle », sans plus de détails.

— Merde, ce n'est pas à moi de…

— Personne dans cette ville ne voudra me l'expliquer, insistai-je. Par crainte de le voir sortir de sa tombe à la moindre évocation de son nom, sans doute. Comme une superstition. Autant que ce soit vous, vous n'êtes pas obligé de prononcer trois fois son nom…

— Il s'est suicidé lundi dernier. Du haut de la baie des veuves.

J'encaissai la nouvelle. Suicidé ? J'aurais parié sur une mort stupide, aussi stupide que la vie qu'il avait menée. Renversé par une voiture en sortant ivre de ce bar. Tombé de son bateau, électrocuté dans sa salle de bains, étouffé par une arête de poisson… Mais un suicide.

— Le jour anniversaire de son crime…, murmurai-je en ne doutant pas qu'il s'agissait là d'une ultime injure de sa part.

— Bien, soupira bruyamment le notaire, je vous laisse à présent. Vous n'êtes pas obligé de signer les papiers maintenant. Vous pourrez me les envoyer par la poste. Vous n'êtes plus lié à votre père, considérez ce testament comme le dernier ressac de votre passé. Signez ce papier, faites ce que vous voulez de son contenu… et laissez la ville oublier.

Il se leva. Je remarquai qu'il portait toujours son manteau. Son teint blême avait repris un peu de couleur et un sourire de soulagement se dessina quand il me salua.

— Vous n'avez pas bu votre verre, lui fis-je remarquer alors qu'il passait à ma hauteur.

— Oh, ce n'est pas grave, ce n'était pas pour moi… N'oubliez pas la clef du mobil-home, ajouta le notaire avant de disparaître, il vous appartient à présent.

Il dépassa le bar dans l'indifférence des autres clients et disparut sous la pluie sans se retourner, tel un détenu impatient de quitter l'enceinte de sa prison.

C'est au moment où je me concentrais de nouveau sur le document posé sur la table que mon deuxième verre arriva et qu'une silhouette s'assit face à moi, saisissant le whisky que le notaire avait commandé sans aucune volonté de le boire.

— Bonjour, Damien…

5

1995

« Encore un mètre… »

Les silhouettes se tenaient la main. Une bourrasque fouetta leurs cheveux et leurs visages déjà rougis par le froid.

— On n'est jamais allé aussi près…, souffla Damien.

— Un dernier mètre et on recule, intima Gustave.

Des trois enfants, c'était lui le plus courageux. Ni Damien ni Oriane ne lui contestaient sa bravoure. Gustave était le meilleur ami de Damien. Ils se connaissaient depuis toujours. Depuis le premier jour d'école, depuis le premier pique-nique dominical et sans doute depuis leur premier cri puisqu'ils étaient nés le même jour de la même année, dans le seul hôpital de la ville.

Une seconde bourrasque, plus violente, les gifla jusqu'à les faire tanguer. En dessous d'eux, la mer gronda en s'abattant sur les rochers, faisant voler de l'écume mousseuse autour de leur inconscience.

« Nous sommes assez proches maintenant… » murmura Oriane en constatant que le bord du ravin ne se trouvait plus qu'à quelques centimètres de ses chaussures.

Damien restait silencieux. Il éprouvait une sensation étrange, un mélange de peur et d'attraction qui l'obligea à attendre les instructions sans oser quitter des yeux le vide devant eux. *Au siècle dernier, les femmes se suicidaient par amour ici*, songea-t-il en fixant les rochers en contrebas. *Quand elles comprenaient que leurs maris ne rentreraient jamais, que les voiles de leurs bateaux ne perceraient pas l'horizon, elles se jetaient dans le vide. Avaient-elles peur, comme nous, ou alors avançaient-elles avec détermination ? Combien de cœurs brisés se sont jetés depuis la baie des veuves ? À combien de centimètres se sont-elles approchées du bord avant de fermer les yeux et de s'envoler vers les rochers ?*

« Putain, Damien ! J'ai dit stop ! »

Quand le garçon ouvrit les yeux, Oriane et Gustave ne se trouvaient plus à ses côtés. L'extrémité de ses baskets mordait le vide de quelques millimètres tandis que ses bras tendus en arrière se trouvaient retenus par ses amis.

Écoute ta mère, Damien, écoute-moi... Quand tout devient gris, concentre-toi sur ma voix... Entends mes paroles, laisse-les colorer tes angoisses...

6

2019

« Oriane ? »

Bien sûr que c'était elle. Une partie de moi l'avait reconnue avant même qu'elle ne s'assoie. Ses bras qu'elle proclamait trop longs quand je lui tenais la main et qu'elle ne laissait jamais pendre le long de ses cuisses, les relevant à hauteur de hanche, le plus souvent en joignant ses doigts devant elle. Sa démarche minutieuse, à la cadence mystérieusement synchrone. Son port altier, hérité de longues heures à jouer du piano, le dos bien droit… Toutes ces ombres chinoises qui étaient apparues dans mon champ de vision durant une seconde, le temps qu'elle me dépasse pour s'asseoir, m'avaient soufflé son prénom bien avant que mes lèvres ne trouvent la force de le murmurer. Cette apparition subite, presque surnaturelle, et les sensations passées qu'elle ramena à la surface m'obligèrent à reprendre mon souffle, et à la regarder s'installer en silence. Un sourire vacillait sur ses lèvres. Elle prit le temps d'avaler une gorgée d'alcool, suivie d'une longue inspiration et d'un tout aussi long soupir, puis me fixa tandis que ses lèvres peinaient à retenir leurs tremblements.

— Te voilà donc de retour, prononça-t-elle en plongeant son regard dans le mien, comme si elle s'adressait à l'enfant que j'étais jadis et qu'elle devinait mourir lentement à l'intérieur de son sarcophage d'adulte.

— Oui, affirmai-je bêtement en baissant les yeux sur mon verre.

Les bruits et les regards disparurent, happés par les émotions que ressuscitait celle que je m'étais promis de ne jamais quitter. Je nous revis jouer avec la mort au bord de la falaise de la baie des veuves, main dans la main. Bien plus tard, nos doigts se desserreraient face à la véritable Faucheuse au point de ne plus jamais se toucher…

— Regarde-moi, Damien.

— Oriane… Je suis désolé… je…

— Nous devions rester ensemble, reprit-elle d'une voix fragile, nous en avions fait le serment…

— Nous n'étions que des enfants…, dis-je sans réelle conviction.

— Nous ne *sommes* que des enfants, Damien. À jamais.

Je relevai les yeux. Une larme glissa lentement le long de sa joue sans qu'elle effectue le moindre geste pour la chasser. Elle me parut si belle. Malgré sa colère étouffée, malgré les années… Oui, à cet instant nous redevînmes des enfants, ceux que nous étions en traçant sur nos mains une ligne de sang. Et les remords n'en furent que plus terribles.

— Tu n'as jamais répondu à mes lettres…, me reprocha-t-elle. Sans doute ne les as-tu jamais lues… En vingt-quatre ans, je n'ai eu qu'une seule réponse de ta part, au téléphone la semaine dernière… Si tu avais su que c'était moi, aurais-tu décroché ?

Sans doute pas, songeai-je. *À quoi bon fuir les fantômes du passé si je les laisse revenir à la moindre occasion…*

— Oriane, je sais, je m'en veux terriblement, crois-moi… Mais cette ville, ce que mon père a fait… Ton souvenir était caché derrière un monstre, je n'avais pas la force suffisante pour l'écarter de mon passage…

— Alors maintenant tout va mieux, ironisa-t-elle. Ce salaud ne se dresse plus devant toi et te voilà… Tu m'as manqué Damien, si tu savais à quel point… Si seulement tu savais…

Elle porta ses mains à son visage pour y cacher ses larmes. Le même geste que ce jour où je dus lui annoncer que ma mère et moi partions à plusieurs centaines de kilomètres de cette ville. Je tendis ma main par-dessus la table pour entourer son poignet. À mon tour, le même geste dérisoire que jadis. Avec autant de douleur. Une longue minute passa avant qu'elle ne libère son visage et ses yeux rougis.

— Ça ne se voit peut-être pas, mais je suis contente que tu sois là, affirma-t-elle en posant ses lèvres contre le rebord de son verre.

— Je suis venu pour toi, Oriane, beaucoup trop tard, mais surtout pour toi. Et pour cracher sur sa tombe.

— C'est fait ? s'inquiéta-t-elle en reposant son whisky sur la table.

— Oui.

— Tu aurais dû pisser dessus aussi.

— Peut-être demain, lui souris-je.

Tu es toujours là, Oriane. Tu es restée la même. Aussi belle. Aussi sensible. Aussi imprévisible que la mer. Tes cheveux blonds s'écoulent toujours jusqu'à tes épaules.

Tes yeux bleus brillent avec la même puissance hypnotique. Te souviens-tu lorsque nous nous tenions debout face à l'océan, et que nous hurlions à en perdre la voix en espérant que nos cris atteignent les autres continents ? Rêves-tu encore de la silhouette squelettique de Lilly la folle s'affairant autour de ces « attrape-chats » que nous déplacions en secret ? Tu es celle qui me montrait les couleurs, Oriane. Tu n'avais qu'à sourire et les nuages disparaissaient…

— Damien ?

— O… oui… ?

— Combien de temps restes-tu ? me demanda-t-elle en s'adossant contre la banquette en similicuir.

— Je ne sais pas, j'ai quelques détails à régler, répondis-je en songeant au testament de mon père. Quelques jours, je pense.

— Où vas-tu loger ?

— Au mobil-home, je vais faire un tri, je suppose que c'est ce que font les gens dans cette situation…

Cette réponse me surprit moi-même. Qu'espérais-je trouver là-dedans ? Des excuses ? Des explications ? Ou désirais-je simplement me rassurer en visitant le taudis que je devinais être cet endroit ? Ma mère s'était évertuée tant de fois à l'égayer ! Des bouquets de fleurs, des objets de décoration nichés ici et là, un poste radio constamment allumé pour couvrir le son des vagues qui la rendaient de plus en plus triste. Qu'en avait-il fait, lui qui salissait tout ce qui l'entourait ? Je soupçonnais un évier débordant de vaisselle, un cendrier rempli à ras bord posé sur une table basse, entouré de cadavres de mégots qu'il n'aurait pas eu le courage de déposer sur les autres, des marques de terre sur le sol, de la poussière grasse engluée au-dessus du réfrigérateur, une poubelle débordante… Pourquoi m'avait-il légué ce bouge ? Pour détruire les dernières images de bonheur qui survivaient dans ma mémoire, et desquelles, la plupart du temps, il était absent ?

— Oriane ?

— Oui ?

— Co… comment vivait mon père… dernièrement ?

Oriane fronça les sourcils. Ses lèvres tremblèrent encore, mais elle se redressa sur la banquette et lutta en silence.

— Comment ça ?

— Je veux dire… est-ce que tu le croisais ? À quoi ressemblait-il ?

— Je veux bien te répondre, Damien, mais uniquement parce que aujourd'hui est un jour de deuil pour toi et que, quoi que nous en pensions tous les deux, c'était ton père et cela se respecte, même dans son cas. Je lui ai rarement adressé la parole depuis sa sortie de prison. Je me contentais de lui servir son verre et de retourner à mes affaires. Je sais juste que Lilly la folle lui livrait les provisions qu'il commandait en ville.

— Lilly la folle est encore vivante ? m'étonnais-je.

— Oh oui ! Toujours debout sur ses deux jambes ! Ton père… Certains disent qu'il pêchait toujours… d'autres qu'il tuait toujours. Mais à mon avis, tu n'as aucun intérêt à t'en soucier. Ne me demande plus jamais de parler de lui.

— Promis.

— Non, pas de promesse, un oui suffit. Les promesses s'éventent avec le temps.

Elle avait raison. Comme toujours. Oriane avait ce don de voir ce que nous devinions à peine. Une faculté à se débarrasser de toutes notions inutiles pour fonder un jugement cristallin.

— Tu fais quoi demain soir ? lui demandai-je, désireux de dévier cette discussion des rivages où l'ombre de mon père nous entraînait dangereusement.

— Je travaille, répondit-elle en haussant les épaules.

— Tu es devenue médecin comme tu le rêvais ?

— En quelque sorte… je suis médecin des âmes et des esprits, précisa-t-elle avec une certaine malice.

— Psychologue ?

— Non, Damien, je suis simplement propriétaire de ce bar. J'aide les gens en les enivrant !

— Cet endroit est à toi ? m'étonnai-je en levant les sourcils.

— Oui, c'est mon père qui me l'a offert pour mes vingt ans, et depuis… je t'attends. Les Trois Sirènes, proclama-t-elle en ouvrant les bras, c'est moi ! Déçu ?

— Non, bien sûr que non ! mentis-je en me souvenant de cette enfant qui croyait tant en ses rêves.

— Mais je peux passer après le travail…

— Nous irons nous promener sur la baie des veuves…, souris-je en songeant aux longues heures que nous avions tuées en arpentant cette côte sauvage.

— Et nous nous promettrons de ne jamais nous quitter… Ça sonne comme une chanson. Je suis heureuse de te revoir Damien. Tu es ici chez toi. Quand on naît dans cette ville, qu'importe si on s'en éloigne, elle ne vous oublie pas, souffla-t-elle en se levant. Je dois y aller, un « patient » m'attend au comptoir. Et ne t'avise pas de vouloir payer un verre ici, tu es mon invité, *ad vitam aeternam*…

Oriane me déposa un baiser appuyé sur la joue. Je fus immédiatement envahi d'une nostalgie douce et euphorisante. Je l'observai marcher jusqu'au bar. Sa silhouette me parut toujours aussi merveilleuse et attirante. Son corps d'enfant devenu femme semblait détenir encore plus de secrets. La tentation de m'abandonner à ses paroles, de l'écouter encore et encore me répéter qu'elle m'attendait, que son amour pour moi n'avait jamais cessé de chanter ses espoirs me brûla les sens. Je me levai à mon tour et me dirigeai vers la sortie, encouragé à quitter les lieux par le silence et les regards des habitués. Ce n'est que lorsque ma main se posa sur la poignée de la porte qu'un « à bientôt, beau brun ! » brisa le mutisme ambiant, et nous fit sourire, Oriane et moi, comme deux enfants perdus dans un monde d'adultes.

— Pourquoi ne lui avez-vous pas dit la vérité ?
— Pardon ?
— Pour les lettres. Pourquoi n'avez-vous pas avoué à Oriane que vous les lisiez, ses lettres ?

J'observe un instant cet homme. Il tient son stylo dans sa main droite, ses épaules sont légèrement voûtées au-dessus de son carnet. À voir son visage interrogateur, je sais que je l'ai harponné à mon histoire. Il va m'écouter jusqu'à la fin, pour tenter de comprendre. À ce moment précis, sa question est légitime. Il ne ressent pas encore l'amour que je vouais à Oriane ni la peur que j'éprouvais à l'idée de revenir dans cette ancienne vie. Deux forces contraires, aussi puissantes l'une que l'autre. Je sens dans son regard une hésitation, puis ses yeux se baissent sur sa feuille et m'intiment l'ordre de continuer…

7

12 juillet

La police a retrouvé un cadavre. Tout le quartier s'est animé d'une ferveur malsaine, d'une curiosité compulsive. J'ai entendu les sirènes des pompiers très tôt, je n'étais pas encore levée. Je suis allée jusqu'au port. La mer semblait secouée par des spasmes. Les vagues montaient haut comme si elles aussi voulaient profiter du spectacle et agripper les explications. Je suis restée en retrait, loin de ce cirque. Il paraîtrait que c'est un homme. Je jette un regard triste en direction des pontons. Ces témoins du temps en ont déjà tellement croisé des cadavres en sursis que c'est à se demander s'ils ne sont pas des aimants à malheur…

8

2019

À peine la porte franchie, une explosion de souvenirs éclata en moi. Contrairement à l'air du dehors – plutôt à la puanteur puisque l'odeur que j'avais ressentie précédemment, avant de me rendre au cimetière, s'était accentuée au point d'en devenir désagréable –, le mobil-home sentait le propre. Comme si, avant de se suicider, mon père avait décidé d'effectuer un grand nettoyage. L'intérieur n'avait pas beaucoup changé depuis notre départ. Ma mère s'était contentée d'emporter le strict minimum. Des habits, quelques livres, des photos encadrées (de nous deux exclusivement), voilà ce qui avait constitué nos valises. Ainsi, je retrouvai le même canapé, la même table, le téléviseur Brandt accompagné d'un magnétoscope Thomson, les mêmes meubles, la bibliothèque paternelle toujours aussi fournie… Vestige d'une vie familiale, digne d'un musée, chaque élément trônait à l'identique malgré les années écoulées. Bien sûr, le temps avait fait son œuvre. Élimant, patinant, griffant les surfaces, il s'était cependant contenté d'user sans détruire ni déplacer.

Je posai ma valise sur le sol puis refermai la porte. Des yeux, je cherchai une confirmation de mes attentes.

Mais l'évier demeurait vide et propre, tout comme la table basse sur laquelle aucun mégot ne traînait. Même le chauffage électrique tournait encore. J'eus la désagréable impression que cet endroit avait été préparé pour moi, que mon père dans sa certitude la plus profonde avait deviné en se jetant du haut de la baie des veuves que je viendrais ici, irrémédiablement attiré par mon passé. Je fouillai la pièce du regard, m'attendant presque à découvrir une note posée sur la cuisinière ou sur la table, la lettre d'un mort pour un vivant, d'un père pour un fils, mais ne trouvai rien.

Je fis le tour des pièces tandis que les images de mon enfance déferlaient en moi. Elles chassèrent pour quelques minutes le gris et la pénombre que m'inspirait ce mausolée, me poussant à allumer le poste radio qui lui aussi se tenait toujours à sa place, sur le vaisselier en formica, pour prolonger encore cette douce nostalgie. Le mobil-home se colora d'un air de jazz langoureux, de ceux que ma mère aimait écouter en préparant le dîner, pendant que je me dirigeai vers mon ancienne chambre pour affronter mes propres fantômes. Car je me doutais qu'ici aussi rien n'aurait changé. Que je retrouverais mon coffre à jouets, mes maquettes de bateaux, mon pied de lit sur lequel je collais les nombreux stickers que je découvrais dans les magazines que ma mère m'offrait lorsque nous nous rendions en ville, le samedi, afin d'effectuer les achats pour la semaine… Et pourquoi pas ces coquillages que nous ramassions, Oriane, Gustave et moi, le long de la jetée, en attendant que les bateaux reviennent… Mais quand j'ouvris la porte et allumai, je ne trouvai qu'une pièce vide. Plus aucun meuble ne dormait ici. Les murs débarrassés de mes anciens posters m'observaient avec détachement. À la place du lustre en bois flotté qu'avait un jour confectionné mon père pendait une ampoule, à l'électricité agressive. Même le sol avait été débarrassé de la moquette bleue que j'avais maintes fois tachée avec ma tasse de chocolat chaud Meunier.

« C'est donc ainsi, prononçai-je en fixant cette chambre nue, le voilà ton dernier message… Écrire que tu m'avais oublié, que tu avais fait le deuil de notre relation aurait été bien trop simple, hein ? Il aura fallu que tu m'effaces entièrement, que tu vives comme si je n'avais jamais existé, comme si je n'avais jamais vécu ici, avec toi… Oriane a raison, j'aurais dû pisser sur ta tombe… »

Je me détournai de mon passé quand j'entendis des coups brefs contre la porte d'entrée. Mon corps se raidit, en proie à un frisson glacial. J'éteignis le poste radio, attendis que les coups résonnent de nouveau pour me décider à ouvrir. Un homme trapu se tenait sur le perron, sa silhouette musclée visiblement à l'étroit dans sa tenue réglementaire.

— Bonsoir, vous êtes Damien ?

— Oui, affirmai-je au policier.

— Je vous présente mes condoléances, j'ai bien connu votre père… c'était un homme bon.

Je laissai quelques secondes s'écouler avant de répondre, histoire de vérifier que cet homme ne se fichait pas de moi. Mais son visage resta figé, et la sincérité qui brillait dans son regard me persuada qu'il croyait réellement en ses paroles.

— Euh… merci… je suis un peu surpris de…

— Vous ne me reconnaissez pas, n'est-ce pas ? me coupa-t-il avec une certaine maladresse.

— Vous reconnaître ? Je dois avouer que non… Nous nous sommes déjà vus ?

Le policier se contenta d'un faible sourire et jeta furtivement un regard derrière lui. Je remarquai alors que ses doigts dansaient nerveusement contre la boucle de son ceinturon.

— Vous êtes ici simplement pour me présenter vos condoléances ? demandai-je en observant à mon tour le quartier des pêcheurs.

La pluie avait cessé. Ne demeuraient dans ce silence que les légers râles des vagues mourantes.

— Pas vraiment… est-ce que je peux entrer un instant ?

Il prononça cette dernière phrase sur un ton plus ferme. Ce n'était pas vraiment une question, je le compris d'autant plus que sa silhouette fit un pas en avant pour se rapprocher de l'entrée.

Alors c'est ainsi. Il va certainement m'apprendre ce qu'était devenu mon père avant de mourir. Sans doute m'expliquera-t-il la provenance de cet héritage, m'exposant de quelle façon illégale ce salaud a réussi à accumuler ce fric, faisant de moi son complice en me léguant le fruit de ses combines… Aurai-je besoin d'un avocat ? Devrai-je expliquer, crier, hurler que j'ignore tout des méfaits de mon père, que je suis innocent bien que les liens du sang fassent de moi un coupable éternel aux yeux de beaucoup ?

— O… oui, bien sûr, répondis-je en reculant, je vous en prie.

— Je pense qu'il y a une bête morte sur votre toit, remarqua-t-il en levant les yeux, ce n'est pas une odeur de marée, et je sais que votre père en retirait souvent… Vous devriez vérifier demain matin…

— Merci pour le conseil, monsieur l'agent…

— Vous pouvez m'appeler Franck, je ne suis pas vraiment en service.

Alors pourquoi es-tu là, Franck ? Que fabriques-tu ici avec ta compassion sincère ? Toi qui prétends le connaître, ignores-tu que mon père ne mérite aucune de tes pensées ni de tes paroles ? Que viens-tu déterrer face à moi ?

J'invitai l'agent à s'asseoir sur le canapé tandis que je fouillais les placards à la recherche de quelque chose à boire. Je finis par dénicher une bouteille de whisky local. Je tirai une chaise pour m'installer face à « Franck » et nous servis généreusement. Sa jambe droite trottait sur elle-même à un rythme saccadé. Elle se calma cependant une fois qu'il eut avalé d'un trait sa boisson. Je remplis son verre sous son regard faussement gêné et je devinai que cet inconnu devait souvent s'installer au comptoir des Trois Sirènes.

— Donc… nous nous connaissons ?

— Oui, mais cela remonte à si loin… j'étais certain que tu ne me reconnaîtrais pas.

Ce tutoiement soudain me prit au dépourvu.

— Vous étiez un ami de mon père ? demandai-je en chassant au fond de moi l'étrangeté de cette probabilité. Car, à ma connaissance, il ne tolérait que très peu la présence des autres. Même en famille, il lui était difficile de demeurer plus de quelques minutes avec quelqu'un.

— Oui, un ami et un collègue. Tout comme lui, j'ai été pêcheur ! C'est avec ton père que j'ai fait ma première sortie… et ma première prise. Celle-ci, on ne l'oublie jamais !

Son visage n'arborait pas le teint fatigué des marins. Je lui donnai une bonne cinquantaine d'années, peut-être la soixantaine. Ses doigts qui s'étaient calmés, tout comme sa jambe, ne possédaient pas la peau usée et nouée de ceux qui travaillent des années dans l'eau et le froid. Ses yeux noirs, un peu trop enfoncés sous des arcades proéminentes, ainsi que son nez cabossé lui donnaient l'allure d'un ancien boxeur. Je me demandai si sous son uniforme de policier ne se cachait pas un malfrat tout droit sorti d'un roman de Tonino Benacquista, venu me demander le remboursement d'une ancienne dette paternelle.

— J'ai continué jusqu'à la fermeture du port, tu sais, à cause de la marée noire. C'est vrai que les affaires ne marchaient plus très bien déjà, qu'il fallait aller de plus en plus loin pour trouver du poisson, mais ce cargo…

— Vous m'avez connu quand j'étais enfant ?

— Oui. J'étais assez proche de tes parents, précisa-t-il.

— Désolé, je n'ai que très peu de souvenirs de cette époque, mentis-je en me resservant.

— Bref, ensuite je suis entré dans la police. Je n'ai jamais quitté cette ville.

Je sentis comme un reproche dans cette dernière phrase. Ou peut-être l'alcool et la fatigue troublaient-ils ma perception. Mais j'étais certain d'une chose, cet homme évitait soigneusement de m'expliquer la réelle raison de sa présence. Quand je présentai la bouteille, Franck recouvrit son verre avec sa main droite en guise de refus.

— C'est gentil, mais je tiens à garder les idées claires, s'excusa-t-il.

— Pourquoi êtes-vous ici ? lui demandai-je en reposant la bouteille sur la table.

— Pour te parler de ton père. J'étais à l'enterrement tout à l'heure. Je t'ai vu, m'expliqua-t-il. Les dernières images que j'avais de toi étaient celles d'un enfant courant entre les couvertures de pique-nique, toujours accompagné de tes deux amis. Mais c'est un homme qui est arrivé au cimetière, un homme au visage froid et à l'amertume presque palpable. En partant, je me suis retourné pour t'observer. Je t'ai vu te pencher et cracher sur sa tombe. Ton père ne mérite pas tant de haine…

— Sans vouloir vous vexer, je pense être capable de me faire mon propre jugement.

— Sans vouloir te vexer, je sais que parfois on peut se tromper, qu'un jugement risque d'être faussé par manque d'éléments, ou par de fausses vérités…

— Des fausses vérités ? m'étonnai-je en haussant les sourcils. À propos de mon père, il n'y a qu'une seule vérité qui importe : elle est gravée sur la pierre tombale de l'innocent qu'il a tué !

J'avais haussé la voix plus que nécessaire. Les paroles de cet homme me mettaient mal à l'aise. Je ne comprenais pas la raison de sa présence, et encore moins sa volonté de défendre la mémoire de son ancien collègue.

— Vous savez ce que mon père a fait, ajoutai-je. Vous êtes flic, vous ne pouvez pas ignorer son crime, même pour une amitié ancienne !

Je m'étais levé d'un bond. S'il n'avait pas porté cet uniforme, j'aurais certainement empoigné cet homme pour le repousser dans la puanteur du dehors. Mais il dut déceler cette révolte au fond de moi, car il se leva à son tour en écartant les mains en signe d'apaisement.

— Je suis désolé, j'aurais dû attendre avant de venir, mais j'ignorais combien de temps tu resterais. Ce n'est pas le bon jour, ma démarche est maladroite. Que dirais-tu de nous revoir demain pour discuter calmement de tout cela ?

— De quoi voulez-vous discuter ? Du premier poisson que vous avez pêché avec mon père ? Navré, mais je n'en ai rien à foutre. Il y a longtemps que j'ai cessé de m'intéresser à lui, alors gardez votre empathie et vos souvenirs de marin pour vous. Je suis ici pour m'assurer que cet enfoiré est bel et bien mort ! Le reste m'importe peu.

— Très bien, je comprends, acquiesça le policier.

Ulcéré par son air compatissant, j'ouvris la porte pour signifier à mon visiteur que notre entretien arrivait à son terme. L'odeur pesante s'engouffra dans le mobil-home pendant que le policier passait devant moi.

— T'es-tu simplement posé une seule fois la question, Damien ?

— Quoi ? Quelle question ? Il n'y a aucune question à se poser ! La justice a apporté toutes les réponses nécessaires…

— Eh bien, tu devrais y réfléchir, maintenant, pendant que tu te trouves ici, me conseilla-t-il.

Au-dehors, la pluie avait repris dru et bombardait la terre avec véhémence, donnant l'impression que chaque goutte voulait la pénétrer pour s'y réfugier.

— À quoi voulez-vous que je réfléchisse ? Hein ? Vous qui savez tant de choses, devinez-vous quels sentiments étouffent un enfant lorsqu'on lui apprend que son père est un meurtrier ?

— Non, je l'ignore, et je suis désolé pour cet enfant. Mais tu es un homme à présent, et tu devrais envisager l'idée que cette ville, et toi également, vous soyez trompés depuis le début…

9

1995

« Regardez, la voilà… »

Les trois enfants observèrent la silhouette qui se mouvait avec lenteur. Lilly la folle longea l'orée du bois avec hésitation. Ses longs cheveux gris filandreux voletaient dans l'air au gré de la brise que l'océan soufflait depuis l'horizon.

— Elle ne se souvient plus…, suggéra Oriane.

— Si. Elle les retrouve toujours, à chaque fois. Il lui faut juste un peu de temps, murmura Gustave, attentif au cheminement de Lilly.

Bien à l'abri derrière des buissons, ils la virent revenir sur ses pas puis finalement pénétrer dans le bois avant de disparaître entre les arbres.

— Il paraît qu'elle ne change jamais d'habits…

— … Que c'est son mari qui lui aurait arraché la langue en revenant de la mer…

— … Et qu'elle dévore les enfants comme d'autres dévorent du chocolat.

— Non, Gustave, ça, tu viens de l'inventer.

Gustave fixa Damien avec un léger sourire. Son ami avait raison, personne n'avait jamais prononcé une telle hypothèse. Mais cette image de cannibalisme eut sur Oriane l'effet escompté. Elle se blottit un peu plus contre Damien qui lança un clin d'œil de remerciement à son meilleur ami.

Gustave avait été le premier à deviner l'intérêt de la jeune fille pour Damien. C'était un dimanche, un jour de pique-nique. Oriane était venue avec son père, que tous les marins connaissaient pour la simple et bonne raison qu'il s'agissait de leur patron, le propriétaire de la coopérative de pêche. D'après ce qu'avait compris Damien à travers les brèves explications de ses parents, cet homme achetait les prises en gros, directement aux pêcheurs, puis les revendait aux divers restaurants, poissonneries et centres commerciaux de la région. En échange, ce système de coopérative fournissait aux marins un port où amarrer leurs bateaux, l'assurance de trouver preneur à chaque fois qu'ils débarquaient leur pêche du jour, ainsi que des logements à faible prix, des facilités de crédit et d'autres avantages que l'enfant ne retenait jamais. Une fois par mois, le patron venait partager un morceau de tarte avec ses employés, et tous passaient l'après-midi à boire des alcools en oubliant un instant que le poisson se raréfiait près des côtes.

C'est donc à cette occasion que Gustave et Damien rencontrèrent pour la première fois la fille du pirate, comme ils surnommaient cet homme à la carrure imposante et au regard pénétrant (sans oublier la cicatrice qui rayait son front sur trois bons centimètres). Ce fut elle qui vint vers eux tandis qu'ils mimaient un combat d'épée avec des branches choisies de merisier. Intriguée par le spectacle, elle demeura un moment sans oser interrompre ce duel, posant son regard curieux sur les mimiques que chacun des enfants arborait avec un sérieux surprenant. Quand Gustave, après un contre de Damien, laissa s'échapper son arme, Oriane applaudit le vainqueur avec autant d'enthousiasme qu'une princesse félicitant deux preux chevaliers se battant pour un baiser. Damien fixa cette inconnue qu'il n'avait jamais croisée ni à l'école ni sur le port, et resta les bras ballants, alors que Gustave s'approchait déjà d'elle pour faire les présentations.

— Je suis Gustave, et celui qui vient de m'enfoncer son épée dans le cœur, c'est Damien.

— Moi c'est Oriane. Vous êtes des fils de pêcheurs ?

— Oui ! affirma le garçon en bombant le torse, j'ai même déjà aidé sur le chalutier, une fois ! Et toi, c'est qui ton père ?

— Philippe Duffrane, le grand, là-bas, désigna-t-elle en montrant de son index le pirate qui saluait les employés.

— Damien ! C'est la fille du patron !

Damien ne bougea pas d'un centimètre. Tétanisé par sa timidité, il se contenta d'un sourire béat et d'un lapidaire geste du pouce pour indiquer qu'il trouvait cela chouette.

— Un grand bavard, ton copain…, se moqua la jeune fille en levant à son tour son pouce. Tu permets ?

Du menton, Oriane venait de désigner le bâton resté sur le sol, à quelques centimètres d'eux.

— Un peu que je permets ! Fous-lui une belle raclée !

Elle ramassa l'épée fictive puis se rapprocha de Damien en le pointant avec la branche. D'abord surpris, le garçon finit par se mettre en position de garde, le genou droit fléchi, le gauche en arrière comme il l'avait vu à de nombreuses reprises dans les bandes dessinées de cape et d'épée que son père adorait. Le combat ne dura pas plus d'une minute. Avec une énergie surprenante, Oriane se déplaça autour de Damien et para la plupart de ses attaques sans la moindre difficulté. Elle profita d'un mouvement maladroit du garçon pour lui taper sur la main, la surprise et la douleur lui faisant lâcher immédiatement son arme.

« Oriane a gagné ! » cria Gustave en direction des adultes. Mais pas un ne se retourna pour applaudir ou s'extasier d'une telle victoire. Tous étaient rassemblés autour de M. Duffrane et l'écoutaient avec attention.

« Sans rancune ? »

Oriane cracha dans sa main et la présenta à Damien, légèrement vexé de s'être fait avoir. « Non, sans rancune », maugréa-t-il. Il l'imita et les deux paumes se serrèrent de longues secondes.

— Eh ! Oriane ? Tu veux voir un truc flippant ? Du genre vraiment flippant ? demanda Gustave en les rejoignant.

— Gustave, je ne crois pas que…, protesta son comparse qui devinait à quoi son ami faisait allusion.

— Oui ! s'enthousiasma la jeune fille en menaçant Damien de la branche qu'elle tenait toujours. Qu'est-ce que c'est ?

— Si les parents s'aperçoivent qu'on est parti…

— T'inquiète, Damien ! Regarde, ils sont en train de discuter ! Allez, venez, on va jusqu'à la cabane de Lilly la folle, on en a pour cinq minutes, pas plus…

*

« On fait quoi, on la suit ? »

Lilly la folle n'avait toujours pas réapparu. Depuis qu'elle s'était enfoncée dans le bois, un bon quart d'heure s'était écoulé. Quelques gouttes commencèrent à s'échapper des nuages tandis que le crépuscule teintait les alentours de la même noirceur que l'océan.

— Il va faire nuit, s'inquiéta Oriane en plissant les yeux vers le passage par lequel Lilly s'était volatilisée. Je dois rentrer.

— On s'en occupera demain, proposa Damien, on marque l'entrée avec un bâton et on revient après le collège.

— Il sera trop tard, demain. Vous le savez. C'est la nuit qu'elle en attrape le plus.

Cela, si ses amis ne lui avaient pas raconté, Oriane aurait pu l'ignorer. Mais Damien et Gustave, eux qui habitaient dans le quartier des pêcheurs, en avaient pleine conscience. Ils entendaient les chats, la nuit. Leurs complaintes portées par le vent marin voguaient vers eux jusqu'au petit matin. Ces plaintes spectrales, ces hurlements de mort ne relâchaient leur étreinte qu'une fois les bêtes trop épuisées pour émettre le moindre son. Les enfants ignoraient pourquoi les adultes laissaient Lilly la folle agir ainsi. D'anciennes superstitions ne pouvaient pas tout justifier. Quand ils essayaient de raisonner leurs parents, les explications demeuraient identiques. *C'est une vieille femme... C'est la dernière à avoir attendu son mari sur la baie des veuves... Elle était battue... Il lui a arraché la langue avant de prendre la mer... Les superstitions et les souvenirs, c'est tout ce qui lui reste... Autrefois, elle était belle...*

Des haussements d'épaules. Des regards jetés au plafond avec indifférence, des gestes de la main pour balayer les prochaines questions. Des avertissements qui fonctionnaient en partie, *faites attention, une nuit il pourrait lui venir à l'idée de piéger des enfants*... Mais l'enfance possède cette force de refuser la résignation que les adultes ont perdue. Ainsi, Oriane, Gustave et Damien se mirent en tête d'agir et de déjouer les pièges à chats que Lilly s'évertuait à disposer. Ils la suivirent chaque soir, à la sortie du collège. Ils se rendaient près de la cabane, tapis derrière des fourrés, et attendaient qu'elle sorte. S'ensuivait alors un jeu de dupe, celui qui imprégnait l'esprit des enfants en leur faisant croire qu'ils pourraient arrêter ce que les pêcheurs toléraient en espérant que tout finirait bientôt, que les poissons reviendraient en nombre le long des côtes, que les chalutiers disparaîtraient de l'océan. Pour chaque piège que Lilly posait, ils restaient courbés de longues minutes sous la pluie et le vent en attendant qu'elle s'éloigne. Puis, à pas feutrés, ils recherchaient les attrape-chats, retiraient la nourriture qu'ils disposaient à un endroit sûr, et démontaient le collet en fil barbelé ainsi que l'entonnoir en bois qui devait cerner les bêtes. Parfois, ils arrivaient trop tard. Un pauvre animal se débattait de toutes ses forces, par ses gestes saccadés enfonçant un peu plus dans son cou les pointes en fer. Il leur fallait alors l'immobiliser, desserrer l'étau au risque de se faire griffer pour finalement le voir s'enfuir sans être certain qu'il survive à ses blessures.

— Regardez, elle repart ! murmura Gustave en pointant du doigt la silhouette malingre de la vieille femme.

— On compte jusqu'à trente et on y va, conseilla Damien en serrant un peu plus la main d'Oriane.

Lorsque le compte à rebours fut atteint, ils se levèrent et coururent en direction de l'endroit que venait de quitter Lilly la folle. Ils sautèrent par-dessus le fossé et s'engouffrèrent dans l'obscurité du bois. Les ténèbres se firent plus oppressantes. Tous avaient conscience que la nuit réveillait le lieu. Qu'elle le tirait de sa torpeur diurne et que les animaux qui hantaient la forêt se réveillaient tels des vampires à la tombée du jour. Ils slalomèrent entre les arbres avec empressement, éloignés les uns des autres de plusieurs mètres afin de couvrir le plus de terrain possible. Ils tendirent l'oreille à l'affût du moindre miaulement, mais n'entendirent qu'un silence pigmenté de bruits inconnus. D'autres légendes peuplaient ce bois. Des histoires de sorcières, d'enfants perdus, de pendus et de puits sans fond. Mais l'importance de leur quête suffisait à faire taire ces mystères, auxquels ils pensaient souvent le soir avant de s'endormir. Ce soir-là, ce fut Oriane qui découvrit l'emplacement. Le piège était posé entre deux arbres touffus. Des morceaux de chair de poisson se trouvaient à l'intérieur d'un goulot en bois de taille réduite, destiné à n'attirer qu'un animal de taille plutôt fine.

— Je m'en occupe, affirma la jeune fille, c'est moi qui l'ai repéré. Ce piège-là ne tuera aucun chat ce soir.

Oriane retira le goulot, saisit le bol de poissons et jeta le contenu en direction du chemin qu'ils avaient arpenté. Avec délicatesse, elle délia le collet et le suspendit à une branche. Dans un silence solennel, elle déposa la construction de planche en face d'elle et sauta de toutes ses forces dessus. Damien regarda sa détermination avec fierté. Leur premier baiser ne datait que de quelques semaines, mais il était tombé amoureux bien avant, l'année précédente, quand il l'avait vue pour la première fois et qu'elle l'avait défié avec un bâton. À l'époque, elle avait surgi de nulle part. Puis elle avait expliqué que, dorénavant, elle ferait partie de leurs vies puisqu'elle déménageait ici, et que Gustave et Damien la croiseraient dès la rentrée dans leur collège. « Mon père veut se rapprocher du port, il en a assez de faire une heure de trajet chaque jour pour venir travailler. Et moi, j'ai besoin de vivre près de l'océan. Chaque fois que je l'accompagne, c'est comme si les vagues essayaient de m'agripper pour me forcer à ne pas les quitter… »

Le piège émit un claquement sourd et se disloqua sous son poids. Une fois assurés de leur mission de sauvetage, les trois enfants rebroussèrent chemin jusqu'à la clairière, non sans une lueur de plaisir au fond des yeux. Ce n'est qu'arrivés à quelques mètres de la limite boisée qu'ils entendirent un craquement. Le son se suspendit dans l'air humide. Les enfants s'immobilisèrent, scrutant la nuit à la recherche d'un indice.

— Tu crois que c'est elle ? souffla Damien, les épaules courbées, les sens à l'affût.

— Non, répondit Gustave en parlant le plus bas possible. Peut-être un renard attiré par l'odeur du poisson.

— Venez, les encouragea Oriane en reprenant sa marche, mon père va me tuer si je rentre tard… Ce n'est qu'un bruit de forêt, rien de plus…

Les deux garçons se redressèrent et suivirent leur amie tout en jetant des œillades régulières autour d'eux. Ce n'est qu'une fois sortis du bois que leurs muscles se détendirent complètement. La lune, haute dans le ciel d'encre, les observait de son unique œil. « À demain ! » lança Oriane avant de courir dans la direction opposée à celle du quartier des pêcheurs. Gustave et Damien la regardèrent s'évanouir dans la nuit avant de se retourner et de rentrer.

— Vous allez vous marier ? lança Gustave alors que les toits des mobil-homes se dessinaient au loin.

— Quoi ?

— C'est bon, je suis ton meilleur pote… Tu peux tout me dire… Le collège entier est au courant pour votre baiser… Mon père dit qu'un marin a besoin de plusieurs femmes : celle au foyer et celles qui dorment au fond des océans.

— Mouais, maugréa Damien en ralentissant le pas, mon père peine déjà à supporter ma mère… Une seule, c'est une de trop pour lui…

— Ils se disputent toujours ?

— Oui. Il dort de plus en plus dans son bateau.

— Tu peux venir chez moi de temps en temps, histoire de respirer un peu, proposa Gus en baissant le regard.

— Merci, mais ma mère a besoin de moi.

— Damien ?

— Oui ?

Cette fois le garçon avait stoppé sa marche et regardait Damien droit dans les yeux. Son ami s'arrêta à son tour et lut sur son visage une expression bien trop sérieuse pour un enfant de leur âge.

— C'est quoi les bleus sur tes bras ? souffla Gustave en désignant de la main les manches de Damien.

— De la maladresse, Gus, juste de la maladresse, assura le petit ami d'Oriane en reprenant sa marche.

Les deux garçons se quittèrent à l'entrée du quartier des pêcheurs. Leurs mobil-homes se trouvaient à l'opposé l'un de l'autre, celui de la famille de Gustave accolé à la route qui conduisait en ville, et celui de Damien à quelques mètres des pontons en bois où dormaient les bateaux. Damien marcha seul durant quelques minutes. La pluie lui semblait agréable, il aimait le son rassurant qu'elle produisait contre la capuche de son ciré.

Tu croyais quoi ? Qu'ils ne verraient rien ? De la maladresse ? Tu sais que ce n'est pas vrai. Il t'a fait mal. Volontairement. Il a serré ton avant-bras au point que des meurtrissures apparaissent... Oriane les a vues. Et maintenant Gustave. Tu ne voulais pas pleurer devant ton père, après tout tu es un fils de marin. Tu as attendu qu'il claque la porte et qu'il disparaisse dans son bateau pour t'enfermer dans ta chambre.

Damien se trouvait trop plongé dans ses pensées pour deviner la silhouette qui le suivait de très près. Mais lorsqu'il décida d'abaisser sa capuche pour lever les yeux au ciel et goûter les larmes qui coulaient sur son visage, il perçut une présence et se retourna.

« Alors, petite merde, tu vas le garder notre secret ? »

Il n'eut pas le temps d'effectuer le moindre mouvement. Le poing osseux qui s'abattit sur le côté de son visage le projeta au sol et le mit KO.

Lentement, les couleurs tant souhaitées moururent dans l'obscurité.

10

2019

Mon père était un géant. Ce détail me revint en mémoire alors que, allongé dans son lit, j'observais le plafond de sa chambre. Je me souvins de sa posture quand il déambulait à l'intérieur du mobil-home. Il était constamment voûté, de crainte que son crâne n'en touche le sommet. Même si quelques centimètres le séparaient de la paroi en contreplaqué, il ne pouvait pas se permettre un bond sans risquer de se cogner. Du haut de ma jeunesse, je levais les yeux à m'en tordre le cou quand je lui parlais, et me demandais toujours si ses cheveux étaient aussi froids que les sommets enneigés des hautes montagnes que le maître d'école nous montrait en diapositive. Il avoisinait les deux mètres, ce qui produisait un certain effet comique quand je le voyais se contorsionner pour entrer dans son minuscule bateau, et je ne connaissais aucun autre adulte aussi grand que lui. Couplée à sa maigreur, sa haute taille lui donnait un air longiligne, semblable à une sculpture de Giacometti. Je me félicitais de ne pas avoir hérité de cette particularité. J'étais grand, certes, mais pas à ce point. Ne me restaient de lui que le marron de mes yeux et ces traits anguleux qui soulignaient mes arcades et mon menton. Même la noirceur de ses cheveux déposée en mèches obliques sur son front avait rebroussé chemin face à la teinte plus claire et à la nature plus fine de la chevelure maternelle.

Mes pensées se dirigèrent ensuite vers la visite du policier. L'alcool et la fatigue avaient joint leurs effets pour m'empêcher d'aller plus loin dans la discussion. Franck était reparti sous la pluie, jetant un dernier regard en direction des pontons plus bas où ne résidait plus qu'une poignée de bateaux en état. Vers deux heures du matin, mon esprit vagabondait encore à travers les chemins chaotiques de mon enfance. Finalement, je m'endormis une heure plus tard, non sans apercevoir une dernière fois la jeune Oriane se pencher vers moi en me demandant, les yeux en pleurs, pourquoi je devais partir loin de notre ville.

Le lendemain matin, je me levai d'un pas lourd. La nuit n'avait guère été reposante. Régulièrement, je m'étais réveillé, dérangé dans mon sommeil par des bruits que je crus tout d'abord venir de la pièce voisine, mais que je compris rapidement émaner du toit. Je maudis longuement les goélands qui gesticulaient au-dessus de moi sans se soucier de quiconque. Sans doute une famille de ces volatiles avait-elle posé son nid là-haut. Je me promis de vérifier le lendemain et tentai de me rendormir en calant sur mes oreilles un des coussins rêches. Vers huit heures, je fouillai les placards à la recherche de quoi me confectionner un petit déjeuner. Je trouvai un vieux pot de café lyophilisé et malgré la date de péremption dépassée de plus de six mois, je fis bouillir de l'eau dans une casserole en espérant que la bouteille de gaz ne me lâche pas. En tirant les rideaux, je m'aperçus que la pluie n'avait pas cessé. Plus légère, elle se contentait d'être présente, sans conviction, presque par obligation géographique. J'eus soudain l'envie de sortir et de me rendre sur les pontons. J'attrapai le ciré qui pendait à la patère figée derrière la porte, relevai la capuche et descendis, tasse de café en main, les quelques mètres en prenant soin de ne pas glisser sur les planches humides qui balisaient le chemin jusqu'à la jetée. L'endroit n'avait pas beaucoup changé depuis mon enfance. Du moins, dans sa constitution. Car si le port était autrefois un lieu plein de vie, il ressemblait à présent à un cimetière de bateaux. Je comptais quatre fileyeurs encore en état, bien que semblant abandonnés. La dizaine d'autres coulait à moitié. Leurs coques rouillées et rongées par le sel perçaient la mer comme si elles essayaient de s'en extirper. S'il n'y avait eu le faible fond pour les retenir, elles auraient certainement disparu entièrement. Leur partie immergée figée dans le sable, ces bateaux se retrouvaient condamnés à pourrir ainsi, dans ce lugubre entre-deux. Les vitres des timoneries avaient été brisées, certainement par des gamins à l'aide de pierres jetées depuis la rive. Les deux pontons, eux aussi, avaient subi l'assaut du temps. De nombreuses planches manquaient à l'appel. Les faibles vagues qui se frottaient à eux les faisaient tanguer comme des ivrognes.

Je m'assis un instant sous l'abri en bois de l'ancien quai de débarquement. Ma tasse posée sur le banc en bois, capuche baissée, je restai un long moment à fixer ce paysage de désolation. Cette déréliction, je ne pouvais l'imputer à mon père. Même si, à sa manière, il participa à la déliquescence de ce lieu, il n'était en rien responsable de la faillite économique du port.

En terminant mon café, je fouillai du regard les épaves en tentant de reconnaître le vieux fileyeur de mon père. Sans doute l'avait-il revendu, car je ne trouvai nulle trace du *Juliana*. Bien sûr, le prénom de ma mère n'avait pas été choisi au hasard. Quand ils étaient arrivés ici, mon père avait travaillé comme matelot avant de pouvoir s'acheter sa propre embarcation. Je ne me souviens pas du jour où, ne pouvant cacher son enthousiasme, il avait pris ma mère par la main pour l'attirer sur le quai et lui montrer le bateau orné de son prénom, car je ne devais avoir que deux ans à l'époque. Mais je me rappelle parfaitement lui avoir demandé un jour pourquoi il fallait obligatoirement que tous les bateaux aient un nom. Il m'avait expliqué que, pour les marins, les bateaux possédaient une âme et qu'ainsi ils n'étaient plus un simple objet ou un outil de travail, mais une entité réelle. « Et j'ai choisi la plus belle âme au monde, ta mère », avait-il ajouté en me promettant que son prochain bateau serait baptisé Damien.

Je ne détiens plus beaucoup de souvenirs avec mon père. C'est sans doute pour cela qu'ils sont précieux et si prégnants, surtout depuis mon retour dans cette ville. Malheureusement, dans ma mémoire, la dernière année passée tous les trois a, à elle seule, noyé la grande majorité des bons souvenirs. Parfois, quelques-uns émergent de manière imprévue, comme cette discussion au sujet des noms de bateaux. Ou encore, et cela me revint alors que je me relevais pour rentrer, notre première sortie en mer, quelques mois avant que son comportement ne change radicalement. J'avais eu beaucoup de mal à trouver le sommeil, excité de me retrouver le lendemain seul avec mon père, dans son milieu. L'encyclopédie des nœuds marins se trouvait encore dans mes mains lorsque je m'endormis la veille. J'en avais appris quelques-uns, empli de fierté à l'idée de pouvoir lui montrer combien je voulais devenir comme lui.

Nous partîmes tôt le matin. La besace qu'il tenait dans sa main représentait déjà un trésor. Elle contenait le déjeuner que ma mère nous avait préparé et signifiait que ce moment passé ensemble durerait bien plus qu'un simple petit tour de bateau. Pour parfaire ce rendez-vous, le ciel lui-même s'était débarrassé des nuages qui l'encombraient depuis une semaine et nous promettait une journée idyllique. Mon père me tendit la main pour m'aider à monter à bord, tout en me prévenant de poser le pied droit en premier. Quand il mit le moteur en marche, je me suis nourri de l'odeur de gazole qui montait depuis la cale, sans me douter qu'à chaque fois que je remplirais le réservoir de ma voiture, les émanations d'essence me rappelleraient cet instant. Le *Juliana* a vogué vers le soleil levant avec un calme débonnaire, son ronronnement mécanique couvrant les faibles clapotis de la bonace caressant la coque du bateau. Puis, jugeant que nous étions à bonne distance, mon père a coupé le moteur. Le temps s'est alors arrêté et nous avons regardé, nos bonnets enfoncés jusqu'aux yeux, le soleil sortir entièrement de l'eau. Je me suis collé contre son flanc comme je le faisais trop rarement. J'ai senti ses muscles secs et noueux se détendre, son long bras s'enrouler autour de mon cou et sa tête s'appuyer contre le sommet de mon crâne. Nous sommes restés plusieurs minutes ainsi, silencieux, à observer le ciel et la mer. Parfois des mouvements brefs agitaient la surface de l'eau. Il m'expliquait alors de quel type de poisson il pouvait s'agir, me décrivant en écartant ses mains la taille que les plus beaux spécimens pouvaient atteindre, me narrant les fois où il en avait capturé dans ses filets. Ses phrases étaient brèves, précises. Mais j'étais heureux de l'entendre. Pour une raison inconnue, il me semblait bien plus vivant qu'à la maison. C'est peut-être ce jour-là qu'a germé en moi l'idée que mon père souffrait du mal de terre. J'ignorais si cette maladie existait, mais si j'avais dû l'expliquer à quelqu'un, je lui aurais dit que le patient devenait mutique la plupart du temps, que son regard semblait se perdre dans un océan de regrets et que ses sourires se desséchaient comme une étoile de mer oubliée sur le sable. Vers midi, nous avons mangé nos sandwichs debout, appuyés contre le bastingage.

— Tu veux faire quoi plus tard ? me demanda-t-il en jetant un morceau de pain à la mer.

— Moi ? Comme toi, pêcheur. Je sais déjà faire des nœuds, tu veux que je te montre ?

— Tu n'as pas une autre… ambition ?

Cette deuxième question me prit de court. À l'époque, elle me donna l'impression que mon père me jugeait incapable de marcher dans ses pas. Pire, qu'il n'avait pas envie que j'essaie, sans doute par peur du ridicule et des moqueries que mes échecs feraient résonner autour de lui. Le père de Gustave n'avait pas cette attitude. Il l'encourageait à devenir comme lui. Il l'avait même emmené pêcher en pleine nuit pour lui montrer le vrai métier. En quelques secondes le bleu de la mer et du ciel ainsi que le jaune flamboyant du soleil devinrent aussi fades qu'une matinée d'hiver.

— Pourquoi ? articulai-je avec la subite envie de rentrer, de m'éloigner de la réponse que je provoquais.

— La mer est une femme égoïste, mon fils. Elle te prend tout, en s'allongeant devant toi pour te faire croire que c'est toi qui la domines. C'est la pire des sirènes… Reste sur la terre ferme. Pars de cette ville.

Lorsque nous regagnâmes le port, j'essayais toujours de déchiffrer ses propos. Le trajet retour se fit dans un silence pesant, et malgré mes tentatives pour détendre l'atmosphère, je me heurtais à son mutisme. Je ne relâchai mes larmes qu'une fois arrivé dans ma chambre. Lorsque ma mère me demanda si tout s'était bien passé, elle n'eut comme réponse que le claquement sec d'une porte que je souhaitais garder fermée pour l'éternité.

Je quittai mon banc et remontai en direction du mobil-home, laissant derrière moi ces souvenirs douloureux. Même six pieds sous terre, cet enfoiré assombrissait toujours mon esprit. C'est en glissant ma main libre dans la poche droite de son ciré que je sentis la présence d'un papier. En retirant l'objet, je découvris qu'il s'agissait d'une photographie recroquevillée sur elle-même. Je la dépliai, curieux de voir ce que révélerait ce cliché.

Le mug en porcelaine que je tenais un instant plus tôt entre mes doigts se brisa contre la grève sans que j'eusse le souvenir de l'avoir lâché. Je restai un long moment à fixer l'image, ignorant les gouttes qui tombaient dessus, le grondement de la mer derrière moi et l'odeur putride qui auréolait le mobil-home. Seuls les deux visages présents sur le cliché occupaient mon esprit. Des larmes roulèrent sur mes joues tandis qu'un froid glacial inondait mes veines. J'ignore combien de temps je suis resté ainsi et à quel moment exact j'ai pris conscience qu'une partie de moi venait de perdre son innocence. Mais ce que je sais, c'est que dès que je suis rentré, j'ai appelé le commissariat pour demander à Franck de me retrouver au plus vite aux Trois Sirènes.

11

1995

« Des larmes de sirène ! »

Oriane se tenait accroupie. Ses cheveux longs et dorés atteignaient presque ses chevilles. Damien et Gustave la rejoignirent. Un peu plus loin, les pêcheurs astiquaient, rabotaient, repeignaient et s'affairaient sur leurs bateaux. Le temps était sec, et chacun en profitait pour effectuer les réparations nécessaires.

— Il y en a beaucoup ! s'exclama Gustave en se penchant vers le sol. La marée a dû les déposer cette nuit.

— Regardez !

Oriane ferma le poing et le plongea dans l'eau. Lorsqu'elle le ressortit et ouvrit la main, des dizaines de billes minuscules et translucides brillaient au soleil, renvoyant un éclat de couleurs variées.

— Vous croyez que ça vaut cher ? demanda la jeune fille en levant son visage en direction de ses amis. (Son front et ses yeux se plissèrent sous l'effet du soleil et Damien ressentit l'envie de déposer un baiser sur chaque pore de sa peau.) Je suis certaine que ce sont de véritables larmes. Elles se solidifient en tombant dans la mer. Vous savez pourquoi les sirènes pleurent tant ?

Les deux garçons hésitèrent à répondre. Oriane voyait toujours de la magie, surtout là où il n'y en avait pas. Elle racontait avec malice et conviction que les étoiles de mer n'étaient que des étoiles qui avaient réussi à atteindre l'océan. Car selon elle, les astres n'aspiraient qu'à cela, quitter le ciel pour se plonger dans cette étrange substance mouvante. On pouvait les voir, certaines nuits. Elles prenaient leur élan depuis l'espace et laissaient derrière elle des traînées d'enthousiasme. Alors chaque fois que la jeune fille voyait une étoile filante déchirer le ciel de son courage, elle faisait le vœu qu'elle réussisse avant de brûler complètement.

— Elles pleurent, reprit Oriane, car les marins ne s'approchent plus d'elles. Les sirènes n'ont plus personne pour qui chanter, ça les rend tristes...

— Ce n'est que du plastique, Or, rien de plus, bougonna Gustave qui, pourtant, avait l'habitude de l'écouter sans remettre en cause ses hypothèses. Mais il brille. Comme un diamant. Mon père dit que cela provient des cargos qui naviguent au loin. Ce sont eux qui les sèment. Il raconte que l'on en trouve même à l'intérieur des poissons et que cela pollue l'océan.

— Alors, pourquoi donner à ces billes de plastique un nom aussi poétique ? s'étonna Oriane en abandonnant sa prise sur le sable.

— Je n'en sais rien, avoua Gus, peut-être parce que ça fait moins mal à entendre.

— Vous... vous ne pensez pas que c'est à cause de nous ?

— À cause de nous ?

— Oui... avec Lilly... peut-être que le fait de détruire ses pièges...

— Oh non, la coupa Damien avec douceur, Lilly est folle, voilà tout. Ce ne sont pas les chats qui effraient les poissons, ils ont simplement envie d'ailleurs…

Les trois amis s'assirent côte à côte, les genoux ramenés contre la poitrine. Chacun observa les pêcheurs manier rabot et pinceau, balais et jet d'eau, en se demandant ce qu'il adviendrait de ce port minuscule si les poissons disparaissaient complètement.

— Comment tu as expliqué ton coquard à ta mère ?

— Je lui ai dit que c'était de ta faute… Que nous jouions avec des branches et que sans le faire exprès tu m'as frappé au visage…

— Génial, ironisa Gustave sans cependant reprocher à Damien de l'utiliser ainsi. Tu devrais lui dire la vérité comme tu l'as fait avec nous, ajouta-t-il en observant le visage bleui de son ami. Si cet enfoiré te retouche…

— Il voulait juste me faire passer un message, il me fichera la paix à présent, assura Damien sans grande conviction.

Alors que le silence s'installait, les trois adolescents virent les adultes se rassembler autour d'un bateau. Au loin, le ciel s'obscurcissait et de longs nuages apathiques s'étiraient sur l'horizon, promettant un orage. Les pêcheurs semblaient aimantés par la poupe d'une des barques amarrées à l'extrémité d'un ponton. Le père de Damien monta à bord, suivi par un autre homme qui se révéla être le propriétaire de l'embarcation. À voir les gestes d'humeur de celui-ci, les enfants comprirent que quelque chose n'allait pas. Ils se rapprochèrent discrètement sans toutefois oser fouler les planches de la plate-forme. Après quelques minutes de conciliabule, la troupe se dispersa et le père de Gustave passa devant eux pour se diriger vers la capitainerie, une construction en dur qui servait à la fois de poste de planification, de salle de repos et de vestiaire.

— Qu'est-ce qui se passe, p'pa ?

— Il y a encore eu un vol, le moteur du père Gremond. Pauvre vieux, lui qui ne pêche déjà pas grand-chose… Ça fait plusieurs fois que du matériel disparaît. On n'a pas besoin de ça…

Sur le ponton, les gars entouraient le vieux Gremond et lui tapotaient l'épaule, les visages bas, comme s'ils lui présentaient leurs condoléances. Tout le monde savait que ce vieux bougre était le plus ancien d'entre eux. Il habitait dans le plus modeste des mobil-homes, placé en plein centre, et l'on disait de lui qu'il n'y avait pas plus honnête homme sur terre. C'est lui qui avait annoncé à Lilly la folle que son mari avait péri à cause d'une mauvaise vague. Il ne se trouvait qu'à une poignée de miles quand son bateau s'était retourné, et malgré ses efforts pour le sauver, il n'avait pu retrouver le corps avalé par la mer.

Aucun des trois enfants n'osa exprimer le fond de sa pensée. Ils demeurèrent un instant sans parler, à la fois triste pour Gremond, tristes pour ces poissons qui désertaient leur port, tristes pour ces chats sacrifiés en vain et tristes pour ces larmes de sirène qui empoisonnaient l'océan. Les problèmes d'adultes resserraient leur étreinte autour de leur enfance innocente, et tout en ignorant que cet été, celui de leur quinzième année, leur montrerait à quel point le bonheur est éphémère, ils rentrèrent chez eux avec une certaine mélancolie au fond du regard.

12

2019

Franck arriva aux Trois Sirènes une dizaine de minutes après moi. Radio Nostalgie en fond sonore, amas de bûches crépitant dans la cheminée, le bar entier semblait dormir dans l'attente d'un événement. Peut-être la fin de la journée, peut-être le retour des poissons ou la résurrection d'un cadavre retrouvé sur le port il y a vingt-quatre ans.

Oriane, qui se tenait debout derrière le comptoir, m'accueillit avec un grand sourire. Je déposai deux baisers sur ses joues, me nourrissant de son odeur et de sa beauté, puis lui demandai s'il y avait une pièce à l'écart dans laquelle le policier et moi pourrions nous isoler un moment. Son front se plissa d'inquiétude (comme quand elle me demanda jadis d'où provenaient ces bleus sur mon bras ou lorsqu'elle me vit arriver un matin avec l'œil coloré d'un bel hématome). Je la rassurai, il s'agissait simplement d'un problème lié à mon héritage. Quand Franck me vit, il me salua, l'air aussi embarrassé que la veille, et nous suivit au fond du bar. Il ne portait pas son uniforme, mais un simple jean et un gilet en laine. À ses pieds, une paire de baskets Nike au cuir usé.

Ses cheveux poivre et sel se dressaient en touffes hirsutes et son visage de boxeur indiquait que la nuit avait été courte, peut-être arrosée, en tout cas tourmentée.

Oriane ouvrit une porte et nous demanda si la réserve ferait l'affaire. Je la remerciai d'un sourire chaleureux et me saisis des deux chaises qui patientaient dans un coin de la pièce, au milieu des casiers de bouteilles de vin et des fûts de bière. Je les plaçai face à face, invitant le policier à s'asseoir. Ma nervosité devait transparaître, car l'ancien pêcheur me fixa avec inquiétude avant de prendre la parole :

— Que se passe…

— Vous étiez au courant de ça, le coupai-je en lui présentant la photo.

Décontenancé, il saisit le cliché et l'observa un long moment. Je n'étais pas certain de vouloir en savoir plus. J'aurais tant donné pour ne plus être là, dans cette ville, face à ce passé qui s'émiettait comme une feuille de journal abandonnée dans l'eau salée. J'aurais dû fuir bien avant de découvrir cette photo. Avouer à Oriane que je l'aimais toujours, malgré les années et le silence, lui demander de partir avec moi… Me contenter de cracher sur la tombe de mon père et de rentrer chez moi, l'esprit rempli de convictions et du sentiment du devoir accompli. Mais je ne l'avais pas fait. Parfois, vous avez beau lutter, les vagues vous ramènent sur le rivage…

— Oui, j'étais au courant. C'est moi qui ai pris cette photo…, avoua Franck.

Je le fixai, incrédule. La pièce aveugle devait mesurer à peine une dizaine de mètres carrés, mais à ce moment elle me sembla plus ridicule encore, obscène avec ses murs en ciment, tachés d'humidité, son odeur de moisi et de bière éventée… Je fermai les yeux un instant, oppressé à la fois par cet endroit claustrophobique et par l'aveu du policier. Cette photo était donc réelle. Cette image où ma mère embrassait un autre homme que mon père n'était pas issue de mon imagination ni d'une mauvaise interprétation.

— De quand date-t-elle ? demandai-je en ouvrant les yeux et en avalant la mélasse qui s'était formée dans mon œsophage.

— Environ une semaine avant votre départ.

— C'est impossible…

— Ton père avait des doutes, m'expliqua Franck, visiblement mal à l'aise d'avoir à me révéler cet adultère (sa jambe sautillait de nouveau, et son regard se faisait fuyant, vissé au sol taché de divers alcools). Il m'en a parlé une fois que nous étions sortis pêcher. Ton père ne disait pas grand-chose, il pouvait se passer des heures avant que nous échangions des paroles. Mais… je crois qu'il me faisait confiance. Un jour je lui ai avoué que j'aurais aimé devenir policier, alors il m'a demandé un service. Il m'a même proposé de me payer, mais j'ai refusé. C'était un ami.

— Vous deviez surveiller ma mère ?

— En effet. J'ai hésité, je n'ai pas accepté tout de suite, ça me semblait… déplacé. Seulement, il a insisté et j'ai vu au fond de ses yeux qu'il détenait déjà la réponse… mais qu'il refusait de l'admettre. Il avait besoin d'une preuve. Alors je lui ai donné ma parole, car crois-moi, il n'était pas beau à voir, le Jean. Le plus souvent il dormait dans son bateau, picolait une partie de la nuit et partait le lendemain en mer comme si de rien n'était. Bien sûr, les rumeurs ont commencé à s'agiter, et même si nous étions tous solidaires, ce n'est jamais agréable de deviner les conversations qui se murmurent derrière son dos. C'est une petite ville ici, tout se sait.

Entendre le prénom de mon père fut à la fois douloureux et saisissant. Depuis longtemps j'avais cessé de penser à lui comme à un membre de mon existence. Au fil des années, il était devenu *il*. Une abstraction sémantique, un bouclier froid et impersonnel qui me donnait le sentiment réconfortant de ne plus être son fils. Son prénom et la charge affective qu'il représentait avaient été mis au rebut, m'éloignant de lui non pas seulement par mes pensées, mais par le fait de l'effacer de mon vocabulaire comme on gomme une erreur sur un cahier d'écolier. Mais l'entendre à nouveau le réhabilitait de manière étrange. J'eus envie de le prononcer à mon tour, pour vérifier si mes lèvres, ma langue, ma gorge en étaient toujours capables, si le mutisme que je m'étais imposé par colère et par tristesse n'avait pas éteint complètement l'oralité de ce prénom.

« Jean… »

Je laissai l'écho de ma voix s'éloigner sans oser le troubler. Une silhouette longiligne se dessina dans un coin sombre de la pièce. Un bref sourire sur son visage d'ombre chinoise avant qu'il disparaisse dans le silence retrouvé.

— Pourquoi l'a-t-elle trompé ? demandai-je en murmurant.

À peine cette phrase fut-elle sortie de ma bouche que je me sentis stupide. Seul un enfant poserait cette question. Un adulte saurait que la vie est ainsi. Que, chaque jour, des couples se déchirent, trichent ou se séparent. Que le principal intérêt de l'Amour se trouve justement dans cette éphémérité, dans ce danger constant, dans ce mensonge perpétuel qui miroite que chacun sera là pour l'autre et que l'on prononce, fiévreux du cœur, dans la fraîcheur d'une église ou au fond d'une mairie.

— Ne blâme aucun d'entre eux… c'est une histoire banale. Triste, mais banale. Je suis désolé.

— C'est pour cela qu'elle est partie, pensai-je à voix haute. Pourquoi ne m'a-t-il rien dit ? Pourquoi nous a-t-il laissés nous éloigner ? Moi qui ai toujours pensé qu'il était la cause de notre départ… Que sa colère constante avait donné à ma mère ce goût si amer de la vie…

— Tu sais, il n'y a jamais de réponse suffisante à ces questions…, se contenta de répondre le policier en haussant les épaules.

J'accusai le coup en tentant de faire bonne figure, de réagir en adulte. Mais les souvenirs des trop nombreuses prises de bec entre mes parents dansèrent dans mon esprit. Je revis ma mère préparer nos valises alors qu'il travaillait sur le port. Mes poings se serrèrent.

— Qui est cet homme, sur la photo ?

— Tu ne l'as pas reconnu ? s'étonna Franck. Observe bien son front…

Je pris une nouvelle fois l'image dans mes mains. On voyait le couple de profil, à hauteur d'épaules, installé à l'intérieur de ce qui ressemblait à un bar. Les cheveux châtains de ma mère obliquaient légèrement sur le côté tandis qu'elle se penchait et embrassait un homme. Sa boucle d'oreille en forme de coquillage (mon père la lui avait offerte pour un de ses anniversaires) brillait sous le fragile éclat du soleil qui se réverbérait à travers la baie vitrée. Sans doute s'étaient-ils donné rendez-vous un soir de printemps…

J'imaginais autour d'eux les conversations étrangères, le bruit des percolateurs que l'on frappe pour en vider le café tassé, le parfum des fleurs fraîchement déposées sur les tables, les regards envieux et admiratifs dirigés vers ce couple lové l'un contre l'autre, des regrets peut-être dans l'esprit des consommateurs installés en solitaires… Sa peau légèrement hâlée, le profil de son nez qui descendait en pente douce avant de remonter malicieusement, le profil de ses arcades jusqu'à cette main posée sur la joue de l'inconnu et ce doigt où trônait l'alliance que je connaissais depuis ma naissance… Il n'y avait pas de doute, c'était bien elle, je l'avais su dès la première seconde… Je détournai mon regard avec douleur pour me concentrer sur celui qui recevait ce baiser. Une partie de son visage se trouvait cachée par le profil de ma mère. Seule une barbe naissante ainsi qu'un menton osseux se détachaient de cette étreinte. Le front que m'avait conseillé d'observer le policier était en partie occulté par l'ombre de sa maîtresse, mais une bande de peau se détachait de ce tableau repoussant et immédiatement je compris pourquoi cette portion de son anatomie suffisait à trahir son propriétaire : une courte cicatrice barrait l'épiderme, tel un trait de crayon maladroit. *Le pirate*.

— C'est le patron, M. Duffrane… putain ! soufflai-je en fixant Franck.

Qu'attendais-je de lui ? Une explication ? Une excuse ? Une dénégation ? Ballotté entre les vagues de cette révélation, je ne voyais rien à quoi me raccrocher. Un bon nombre de mes certitudes s'échouait contre les rochers aiguisés de la trahison. Et là-bas, posté sur la terre ferme, celui qui aurait dû représenter le phare de ma jeunesse, mon colosse de Rhodes, demeurait figé d'incompréhension. Tétanisé, incapable du moindre mouvement, son faisceau diminuait, perdait de sa superbe, de son influence paternelle pour ne devenir qu'une stèle de pierre sur laquelle j'avais craché.

— Tu sais maintenant pourquoi ta mère est partie. Elle a préféré s'éloigner. Mais ne la blâme pas trop rapidement. Ton père passait beaucoup de temps en mer, il ne renonçait jamais, il n'avait pas le choix. Les poissons se faisaient rares, nos bateaux modestes ne faisaient pas le poids face aux concurrents. Et comme tous ceux d'entre nous à cette époque qui se levaient tôt le matin, il n'avait pas d'autres moyens de gagner sa vie. Ta mère effectuait bien des ménages par-ci par-là, mais cela n'aurait pas suffi. Alors leur couple s'est lentement défait, ta mère lui reprochant de la laisser trop souvent seule, et lui se murant dans son silence, démuni, incapable de trouver une solution.

— Il avait pourtant de l'argent, affirmai-je après quelques minutes de silence. (Je sortis le testament de ma veste.) Ici, en bas, cent vingt mille euros, précisai-je en pointant du doigt le bas de la feuille.

Franck lut le chiffre en fronçant les sourcils. Il ne semblait pas être au courant, car il me dévisagea ensuite de longues secondes sans prononcer le moindre mot. À le voir ainsi, circonspect et songeur, je compris que cette somme représentait autre chose pour lui qu'une incongruité notariale. Elle révélait bien plus, comme la pièce manquante d'un puzzle que le policier semblait chercher depuis longtemps.

— Tu sais d'où vient cet argent ? me demanda-t-il en parcourant le testament.

— Je l'ignore. Je pensais que vous en auriez peut-être une idée.

— Non. Nous nous étions un peu éloignés avec ton père depuis… depuis son arrestation. Mais quand il est revenu, rien n'avait changé chez lui. Il habitait toujours le mobil-home et traînait toujours dans sa salopette en jean. Je l'ai même vu faire la queue aux Restos du cœur… Le notaire ne t'a pas indiqué l'origine de cet argent ?

— Non, secret-défense. Et il n'y a pas que l'existence de cet argent qui soit étrange. Quelqu'un a payé les frais de l'enterrement également. Qui ferait cela ? Qui paierait une tombe convenable à un paria, à un assassin ?

La jambe de Franck cessa de gesticuler. Il inspira profondément et recracha l'air en gonflant ses joues. La pièce devint étouffante. La tiédeur alcoolisée qui émanait des taches sur le sol comme des bouteilles vides encastrées dans les casiers en bois vaporisait une chaleur désagréable, lourde, boueuse. Je me levai subitement. J'en avais assez découvert. Je devinais qu'Oriane ignorait tout de la relation qu'avaient entretenue nos parents. Jamais elle ne me l'aurait caché. Franck se leva à son tour, mais contrairement à moi, il semblait hésitant, indécis. Ses yeux, son visage, son attitude m'imploraient de lui poser la question. *Est-ce cela que vous vouliez m'annoncer hier soir, les mensonges de ma propre mère ?* Il haussa les sourcils pour m'encourager, ses lèvres se pincèrent et esquissèrent une moue de profonde contrariété. Je sus que si je partais maintenant, le laissant derrière moi, lui et les paroles étouffées qui le faisaient ressembler à un enfant prêt à avouer son méfait, d'autres questions me hanteraient. Alors j'expirai à mon tour, résigné, et l'encourageai d'un geste de la main à se libérer.

— Je t'en aurais parlé de cet adultère, mais ce n'est pas pour cela que je suis venu te voir au mobil-home. Il y a autre chose que tu dois savoir à propos de ton père…

— Je vous écoute, le coupai-je, attentif, mais pressé de m'enfuir, et pourquoi pas de me saouler avant de rentrer chez moi, afin de vomir cette boule coincée au creux de mon estomac qui ne cessait de grossir.

— Le jour où Jean a sauté de la baie des veuves…

— Le 12 juillet…

— Oui, le 12 juillet… Eh bien, il semblerait qu'il n'était pas seul, que quelqu'un l'accompagnait.

— Vraiment ? m'étonnai-je. Comment le savez-vous ?

— Un témoin les a vus, non loin de l'endroit où ton père a sauté.

— Peut-être que cette personne a tenté de le raisonner, de l'empêcher de se lancer dans le vide… Vous avez réfléchi à la portée symbolique du lieu ? Autrefois, les femmes se jetaient de cette falaise par amour. Et si mon père était toujours amoureux de ma mère et qu'il venait d'apprendre son décès ?

Je n'étais guère persuadé par cette vision romantique de l'histoire. Il ne s'agissait que de mots lancés à la va-vite, sans réflexion profonde. Mais cela me suffisait. Je me fichais de connaître les raisons exactes de son geste. Je n'en avais pas besoin. Je ne m'endormais pas le soir en pensant à sa chute, au craquement de ses os contre la pierre, aux crabes curieux qui se regroupaient autour de son cadavre et aux vagues qui les chassaient. Tout *fils de* ayant eu un père normal serait en proie à ces hantises. Moi, je n'avais pas à les subir et ne le désirais pas. Pour ma part, il aurait tout à fait pu glisser, être déséquilibré par le vent ou avoir décidé de s'entraîner pour la prochaine épreuve olympique de plongeon que cela ne le rendrait pas plus humain à mes yeux.

— Tu trouves ce scénario crédible ? Vingt-quatre ans après, Jean se tuer par amour ?

— Franchement, non. Mais je m'en contenterais avec plaisir. Et vous devriez aussi. Un homme qui veut se suicider, un inconnu qui tente de le raisonner sans y parvenir, un témoin pour certifier cette version… Nul besoin d'autre explication…

— Tu aurais fait un très bon inspecteur, ironisa Franck. Avec toi les affaires seraient classées en un temps record !

— Merci beaucoup ! m'en amusai-je avec ma propre dose de sarcasme. D'ailleurs, j'imagine que votre témoin vous a fourni l'identité de la personne qui discutait avec mon père…

— Non, admit le policier avec regret, il était trop éloigné pour la reconnaître. De plus, la pluie troublait son champ de vision.

— Donc affaire classée ! Nous ne saurons jamais qui a tenté de raisonner le suicidé, mais qu'importe, mon père ne pourra plus tuer quiconque, pour ma part, c'est une conclusion suffisante.

— En effet, elle pourrait l'être, en convint Franck en posant sa main sur la poignée de la porte. À un détail près.

— Lequel ? demandai-je, à la fois intrigué et inquiet de la dernière carte que cet homme s'apprêtait à sortir de sa manche.

— Une chose est certaine selon mon témoin : la personne qui se tenait à ses côtés, c'est elle qui l'a poussé dans le vide.

13

1995
Le père

« Fais gaffe, enlève ta chevalière avant qu'on remonte le filet. J'ai vu un gars se faire arracher un doigt comme ça. »

Franck obéit à l'ordre donné. Il glissa son index entre ses lèvres, fit glisser sa bague et la déposa dans une des poches de son ciré. C'était sa première sortie en mer, il la jouait docile, et écoutait les conseils de Jean comme si sa vie en dépendait, ce qui, d'une certaine manière, était le cas puisque les accidents sur un bateau pouvaient être nombreux. Une seconde d'inattention et l'on risquait de se retrouver à l'eau à essayer de ne pas couler ou être avalé par un creux.

Deux semaines auparavant, Franck était arrivé un bon matin au port avec comme seul bagage son sac à dos et avait demandé au premier marin croisé si on recherchait de la main-d'œuvre. Celui-ci, un homme de taille moyenne, au nez bulbeux et au visage gangrené par la couperose, avait maugréé qu'il y avait toujours besoin de bras en plus dans un port, puis l'avait dirigé vers la capitainerie afin qu'il pose son sac avant de le retrouver à l'entrée du ponton. Durant toute la journée, il dut brosser des ponts, vider des seaux et s'essuyer le front en se persuadant que ce boulot en valait bien un autre. Le comportement de ses collègues l'intriguait : la troupe de pêcheurs ressemblait à une fourmilière où chacun avait son rôle précis, tous se croisant sans se voir, mus par le même objectif invisible, celui de survivre et d'espérer. Il les regarda effectuer leurs corvées avec des gestes mécaniques qui ne nécessitaient aucune parole, aucun sourire et dont ils s'acquittaient sans sourciller. Tous centrés dans leur cotte à bretelles, les marins fumaient en crachant leurs volutes en direction du ciel et rêvaient en direction de la mer. Leurs bottes épaisses foulaient les deux pontons, leurs regards interrogeaient tour à tour la vingtaine de bateaux amarrés à quai, les caressant, les auscultant et parfois les hommes se resserraient en conciliabule et diagnostiquaient les soins à apporter au fileyeur malade. Ce n'est que vers dix-huit heures, alors que le soleil déclinait et que les goélands se nichaient contre les rochers, que l'un d'entre eux s'approcha du nouveau.

— Tu viens d'où gamin ?

— De loin, se contenta de répondre Franck.

— Amène-toi, on va boire un coup. Tu rencontreras le patron, c'est à lui qu'il faudra demander du travail. Aujourd'hui tu as bossé à l'œil, c'est comme ça ici, la première journée est toujours offerte. Moi, c'est l'Anguille, ou Jean, comme tu veux.

Franck observa discrètement la silhouette de celui qui à présent lui tendait la main. Il comprit immédiatement la raison d'un tel surnom. Le type était grand, presque long, et son corps remplissait avec difficulté le vide de sa salopette. Son visage prématurément ridé par le soleil et le sel lui donnait l'impression d'avoir vécu mille vies, mais le garçon lui donna la quarantaine, tout en se disant que les marins devaient vieillir plus vite que n'importe quel homme. Derrière l'Anguille, les autres travailleurs sortaient du vestiaire et, pour la première fois de la journée, il les entendit rire et discuter. Alors il serra la poigne étonnamment solide de Jean, courut pour attraper à son tour ses affaires et les suivit jusqu'aux Trois Sirènes.

Comme prévu, on lui présenta le patron. Franck, déjà vaporeux à cause des précédentes tournées de bières, accepta le verre offert par M. Duffrane et repartit du bar trois heures plus tard, d'un pas allègre et mal équilibré, avec la clef d'un mobil-home qui sentait l'humidité et le froid d'un vieux réfrigérateur oublié. « Quand ils te jugeront prêt à prendre la mer, lui expliqua le chef de la coopérative, l'un d'eux t'embarquera. Lequel, je n'en sais rien, peut-être aucun. Les poissons sont capricieux en ce moment, alors te prendre sous son aile et partager une partie des recettes de la pêche, pas sûr que ça arrive rapidement. »

Franck avait continué de nettoyer, essorer, repeindre. Pas vraiment mis à l'écart ni accepté, il observait ces hommes rentrer de la pêche avec des mines contrariées. Le garçon les aidait à déménager jusqu'au poste de pesée les caisses de poissons qui chaque fois lui semblaient trop légères pour lui assurer une prochaine virée en mer. De leur côté, les marins apprécièrent l'ardeur du nouveau. Il ne rechignait jamais à l'effort et ses paroles rares et asséchées lui valurent des compliments muets que Franck mit du temps à percevoir. Parfois une tape sur l'épaule. Un clin d'œil ou une cigarette tendue. Il eut même droit à son surnom, Gardon, ce qui signifiait quand même bien plus qu'une quelconque félicitation.

— Tu vois les bouées jaunes, là-bas ? lui demanda Jean en pointant du doigt des objets lointains.

— Oui.

— Ce sont mes filets. Je les ai posés hier soir, allons voir ce qu'ils ont pris.

L'Anguille monta à la timonerie et fit vrombir le moteur V6 du *Juliana*. Les huit mètres trente du fileyeur virèrent à l'est et s'élancèrent vers l'horizon, sa proue fendant la mer comme le plus aiguisé des couteaux. Franck mit sa main en visière, et tenta de repérer les bouées que les vagues fines s'amusaient à cacher puis à libérer. Le scintillement du soleil à la surface de l'eau lui brûlait les rétines, mais donnait à ce paysage un éclat de bien-être, de trésor et de moment privilégié. Après quelques minutes de navigation, le bateau ralentit avec douceur puis cessa d'émettre le moindre son. Le faible clapotis des vagues contre la coque en bois se fit plus présent, hypnotique et réconfortant, au point que Jean prit le plus grand soin à descendre sur le pont avec discrétion.

— C'est quelque chose, hein ? remarqua-t-il une fois revenu aux côtés de Franck. Parfois, quand ça va mal, j'éteins le moteur et je reste des heures ainsi, à écouter le silence. J'observe la mer. Il m'arrive de me dire qu'elle m'observe aussi… et cette pensée me fait du bien. C'est un sentiment que ceux qui restent sur terre ne peuvent pas comprendre.

— Merci, murmura le Gardon en fixant l'océan, en essayant de l'embrasser du regard dans son intégralité, comme pour graver cette vision au fond de son âme.

— Ce n'est pas le tout, on a du boulot !

Cinq minutes plus tard, les deux hommes se trouvaient penchés au-dessus du plat-bord, à remonter le premier des trois filets appartenant au *Juliana*.

— Ce sont des filets maillants, des filets tendus à la verticale, lestés au pied et maintenus droits grâce aux bouées, expliqua Jean. Les poissons se prennent dedans et ne peuvent plus en sortir.

Franck n'écoutait que d'une oreille. Son dos, ses bras, tous ses muscles souffraient de l'effort nécessaire à la remontée des filets. S'il n'y avait eu à ses côtés un homme plus chétif que lui, mais se montrant plus à l'aise dans l'exercice, il aurait cru ce travail impossible. À force d'ahanements et de sueur, ils parvinrent cependant à déposer les dix mètres de cordes sur le pont. Le garçon s'appuya contre la cabine, le souffle court, le visage en sueur et les muscles en feu.

— Tu t'y feras gamin, c'est comme tout, on s'y fait…

— Comment… comment tu peux remonter ce filet tout seul ? demanda Franck en tentant de reprendre sa respiration.

— Je n'ai pas le choix… Je dors mal, j'ai mal au dos et je mets beaucoup plus de temps à me lever le matin, mais je n'ai pas le choix.

Debout, leurs silhouettes tanguant à l'unisson avec les mouvements du bateau, ils fixèrent un instant le contenu de la prise. Une trentaine de poissons se débattaient sur le pont, leurs queues frappant le bois avec une énergie désespérée et touchante. Quelques araignées de mer tentaient encore de s'échapper avec lenteur des entrecroisements de cordes. Mais à les voir, on comprenait que même elles savaient qu'elles n'y parviendraient pas, que les mouvements ralentis de leurs pattes n'étaient rien d'autre qu'un réflexe primitif dénué de conviction.

— Bon, va me chercher de la glace écaille dans la cale, on va nettoyer ce filet avant de s'attaquer aux deux autres, ordonna Jean en s'accroupissant au-dessus du piège.

Ses mains plongèrent vers les poissons de plus en plus apathiques. Ses doigts s'enroulèrent autour des écailles argentées avec précaution, guidant leur libération à travers le dédale. Une fois délivrés, il les déposait avec précaution dans un bac en plastique, regrettant qu'ils ne fussent pas plus nombreux ni plus lourds. Après les avoir recouverts de glace, Franck les entreposa dans la cale puis remonta sur le pont. À la mine fermée de son capitaine, il comprit que Jean avait espéré bien plus. Il pria en secret pour que les autres pièges se montrent plus généreux.

— Le problème, ce sont les chalutiers, les gros, ceux dont les filets courent sur plusieurs centaines de mètres. Avant, ils respectaient nos zones et ne venaient jamais trop près. Mais j'imagine qu'eux aussi doivent remplir le frigo… Au début, il m'est arrivé de poser dix filets dans la journée, et crois-moi, ils ressortaient bien plus lourds que celui-là ! Et puis les poissons ont foutu le camp…

— Notre prochaine prise sera meilleure, affirma Franck avec autant de conviction que les araignées de mer qui avaient cessé de gigoter.

— Mouais… J'ai oublié l'envie d'être riche, mon garçon, je veux juste que ma femme et mon gosse me regardent avec un peu de fierté. Ce n'est pas trop demander ça, hein ?

— Non.

— Allez, faisons une pause avant que tu t'évanouisses !

Jean disparut dans la cale et en remonta une glacière. Il s'adossa au plat-bord puis invita Franck à le rejoindre tandis qu'il ouvrait deux bières.

— Santé !

— Santé ! répéta le Gardon en accueillant la première gorgée de bière fraîche sans cacher son plaisir. Ça fait du bien !

— Alors tu viens d'où, tu ne m'as jamais répondu ?

Franck se sentit pris au piège. Il l'aimait bien, le capitaine. Il n'avait envie ni de lui mentir ni de lui raconter la vérité. Il savait qu'il n'insisterait pas, que les marins savaient respecter les silences. Alors il lui servit la même réponse.

— De loin.

— Bien, les longs voyages forment un homme. Tu as fait de la boxe, avant ?

Ce n'était pas la première fois qu'on lui posait la question. C'est vrai qu'il avait un corps trapu, musculeux et une gueule de boxeur, mais du genre à ne pas avoir gagné un combat. C'était pratique, peu de gens osaient lui chercher querelle. Il en avait joué parfois, dans des bars. Et grâce à sa gueule cassée, il n'avait jamais réellement eu à se battre. Du moins pas hors de chez lui.

— Non, je suis né comme ça, répondit-il, en mordant dans le sandwich que Jean venait de lui donner.

— Et ton nez, qui est-ce qui te l'a cassé ?

— Je suis né comme ça, je te dis… il n'y a rien d'autre à savoir.

— Bon appétit, Gardon.

Une tristesse infime lui gâcha la magie du moment. Quelques mouettes vinrent quémander leur part du butin, mais il n'y avait aucune sardine dans le bac alors Jean se contenta de leur lancer des morceaux de pain. Franck hésita. Il ressentit l'envie de se confier, d'expliquer que son nez avait été cassé par son père, un soir que le vieux était rentré ivre d'une soirée entre potes. Pareil pour sa cicatrice au-dessus de l'arcade. Et pour le reste. Ces blessures invisibles qui ne guérissent jamais en grandissant. Mais parler de cela le ramènerait irrémédiablement vers ce « loin » qu'il avait quitté en espérant ne jamais avoir à y retourner. Ça lui faisait mal, le soir, quand il se souvenait pourquoi il se trouvait là, à ouvrir la porte d'un mobil-home défraîchi, loin de sa maison natale, loin de sa mère qui accueillait les excès de son père comme des preuves d'amour. Mais ensuite, le matin, lorsqu'il saluait tour à tour les marins sur le port, ça allait mieux.

— J'ai un fils, tu sais…

— Oui, je l'ai vu une fois au port, et au dernier pique-nique.

— Damien. Si tu me demandais de couler pour lui, ici et maintenant, je le ferais sans hésiter. C'est ça le rôle d'un père.

Putain, pesta intérieurement Franck, *à quel point cet homme peut-il lire à travers le silence ?*

Le reste de la journée se déroula calmement. Les deux autres filets n'apportèrent pas la manne souhaitée, mais au moins, selon Jean, il y avait assez pour ne pas considérer cette journée comme perdue. Franck craignit que l'Anguille lui en veuille. Que son mutisme ait gravé une frontière sur le socle de leur relation et que cette sortie en mer ne devienne la seule. Il tenta de détendre l'atmosphère. Se confia un peu sur ses ambitions, priant pour que ces confessions amenuisent la rancœur qu'il soupçonnait chez le capitaine.

— Flic ? Tu veux devenir flic ? En voilà une drôle d'idée !

— Ouais, j'aimerais bien. Marin, c'est juste pour me poser un peu. Je ne pourrai pas faire ça toute ma vie. Ton fils sera un pêcheur, comme toi, je suppose ?

Bien que nouveau dans la ville, Franck avait vite deviné qu'ici les métiers se décidaient par atavisme. Beaucoup étaient pêcheurs de père en fils, sur plusieurs générations. Ça simplifiait les choses de tuer l'ambition dans l'œuf. Les années perdues dans des filières surchargées, l'argent des études, les reproches, les erreurs et les désillusions. Et puis ça faisait toujours plaisir aux parents de voir leur progéniture fouler le même chemin, ça leur donnait une idée d'éternité.

— Sacrebleu, c'est tout ce que je veux éviter ! pesta Jean en crachant dans l'eau comme pour conjurer un mauvais sort. Non, qu'il reste sur la terre ferme, qu'il fasse des études, je me débrouillerai pour les lui payer ! À un moment, il faut choisir, la mer ou la terre. Les marins sont pris au piège. Une fois rentrés, à peine le pied posé sur les rochers, il y a des voix qui nous implorent de repartir… Alors, il y en a qui décident de ne pas revenir. Comme le mari de Lilly, le Flétan.

— Que s'est-il passé ?

— Il est resté trop longtemps à écouter la mer. Elle l'a charmé. C'est le risque. Quand l'intérêt de rentrer devient moins grand que celui de partir, on n'a plus le choix…

Franck resta silencieux. Quelque chose – une intuition, une prémonition ou simplement la fatigue – lui disait que Jean venait de lui confier bien plus qu'une anecdote. Il devinait chez lui une lassitude mortifère, comme un appel à l'aide dont l'Anguille avait sans doute à peine conscience. Pensait-il à cela, à ne pas revenir, quand il stoppait le moteur du bateau pour rester en tête à tête avec l'océan ?

— Toi tu as ton fils… et ta femme…, suggéra Franck.

— Oh ! Tu sais, les femmes, elles sont plus dangereuses que les sirènes. Les sirènes, au moins, on sait ce qu'elles veulent… Elles l'expriment. Mais les femmes… C'est leur silence qui est dangereux. Et ça, c'est pire que tout. Ça fait beaucoup de bruit le silence d'une femme, quoi qu'on en dise.

14

2019

Philippe Duffrane quitta le cimetière sans se retourner.

Jamais il n'aurait cru que le gamin reviendrait enterrer son père. Le retrouver ici fut une surprise. Une déplaisante surprise. Philippe avait reculé d'un pas en le voyant. À l'abri sous son parapluie orienté pour masquer son visage, il était resté en retrait, avait hésité à partir dès son arrivée, mais avait jugé que cela risquait d'attirer l'attention. Alors, il avait attendu la fin de l'homélie pour se retirer discrètement. Le point positif était que le gamin ne l'avait sans doute pas reconnu. D'ailleurs, il ne se souvenait pas que Damien ait posé un regard sur quiconque, à l'exception du cercueil de son paternel.

Mais quand même, s'avoua-t-il en tournant la clef de contact de sa Mercedes, *ça fait bizarre de le revoir, il ressemble tellement à sa mère…*

L'ancien responsable de la coopérative de pêche retourna à son agence immobilière, la seule de la ville, et chassa la nostalgie en se répétant que le passé était le passé, que l'apparition du fils de Juliana ne changeait rien, qu'il retournerait sans doute d'où il venait sans se poser la moindre question. Il ressentit l'envie d'appeler Oriane. Juste comme ça, pour voir comment elle allait. Est-ce que Damien irait la voir avant de repartir ? Se remémoreraient-ils leur jeunesse, leur amour ? Philippe espéra que non, mais il connaissait la nature humaine. Il aurait donné cher pour revoir Juliana une dernière fois…

Une heure plus tard, Duffrane ouvrit le dossier concernant la mise en vente du port et du quartier des pêcheurs. Depuis deux ans, un investisseur parisien le harcelait pour qu'il lui cède à un prix convenable l'ensemble des bâtiments ainsi que l'usufruit du front de mer. Le projet était simple : un hôtel de luxe et une marina. L'homme d'affaires avait déjà obtenu l'accord de principe de la mairie, vantant le regain économique que cela représenterait pour la ville, promettant des touristes nombreux et internationaux, attirés par le pittoresque de l'endroit, n'hésitant pas à dépenser, à se trémousser sur des jet-skis, des kitesurfs et autres sports aquatiques avant de dépenser encore avec générosité pour des soins au spa de l'hôtel et un dîner gastronomique. Longtemps, Philippe avait refusé pour tenir une vieille promesse. Mais à présent il n'avait plus aucune raison de repousser cette offre. Après tout, si le port possédait toujours cette aura de nostalgie – il avait été sa première entreprise –, Duffrane savait que d'une manière ou d'une autre il fallait éponger le passé, et si en plus cela lui rapportait de l'argent…

En fin de journée, juste avant de rentrer chez lui, le père d'Oriane décida de faire un détour vers le port. Il s'en voulut un peu de céder si facilement à cet excès de mélancolie, mais le fait d'avoir contacté l'entrepreneur parisien afin de lui proposer un rendez-vous avait immiscé en lui le besoin de se recueillir sur son ancien lieu de travail. Il gara sa voiture en amont, désireux d'arpenter l'endroit comme avant, à pied, en compagnie des fantômes revêtus de cirés jaunes que sa mémoire ramena vers lui à peine le premier pas posé sur le chemin. Bien que, depuis la fermeture du port, ses affaires se soient développées de manière plutôt fructueuse – outre l'agence locale, il en possédait six autres dans la région –, Philippe n'avait jamais réellement accepté cet échec. Il contourna les mobil-homes en se remémorant les dimanches après-midi remplis de joies et de sourires. L'excitation palpable des pesées, la beauté poétique des bateaux quittant le port, la camaraderie de ses employés, la fierté de rendre ce bout de côte utile à chacun, pour eux, pour lui et pour les habitants qui le saluaient avec respect quand il se promenait en ville. Il se sentait vivant à cette époque. Considéré et important. C'était bien plus exaltant que de vendre des maisons secondaires, des lieux vides, sans vie, que des familles aisées n'utilisaient que quelques mois dans l'année. Et même si l'odeur du poisson persistait le soir en rentrant, même si la mauvaise bière proposée par ses employés quand il leur rendait visite lui tordait l'estomac, même si les hommes puaient la sueur et l'océan, tout cela lui manquait. Il retrouvait un peu de cette atmosphère quand il s'arrêtait aux Trois Sirènes. Peut-être était-ce pour cela qu'il avait offert le bar à sa fille, pour ne pas tout perdre, pour garder un morceau de ce passé avant qu'il ne soit transformé en boulangerie industrielle ou en cybercafé aseptisé. Bien entendu, acquérir ce troquet lui avait également permis de la garder près de lui, de veiller sur elle. Même si ce fut difficile au départ. En cela,

Oriane ressemblait terriblement à sa mère. Quand elle avait une idée en tête, il était bien difficile de la dissuader. Et longtemps, l'attention de sa fille n'avait été tournée qu'en direction de ce garçon dont elle était tombée violemment amoureuse. Le voir, l'entendre, lui écrire, fantasmer une vie future, se remémorer, les yeux brûlés par les larmes, les moments passés ensemble. Une fois l'adolescence passée, ces tourments diminuèrent, mais il devinait de temps à autre, au détour d'un regard, d'un silence ou d'un reproche cette tristesse en elle, assoupie comme les braises d'un feu jadis ardent. Si la mère d'Oriane avait toujours été de ce monde, elle aurait su quoi dire, quoi faire. Mais pour lui, c'était difficile. À trop côtoyer les marins, on mimétise sans le vouloir leur apparent désintérêt pour les émotions humaines.

Duffrane atteignit finalement la capitainerie. Il ne restait plus grand-chose du bâtiment d'antan. Le toit plongeait à l'intérieur des murs comme si une main de géant avait pesé dessus de tout son poids. Les vitres étaient brisées, la façade principale recouverte de tags douteux, et l'ancienne cabine téléphonique, même si sa présence constituait une anomalie technologique surprenante, n'avait pas échappé à la rage destructrice de quelques adolescents ignorants des symboles et du respect du drame qui s'était déroulé quelques années plus tôt. Philippe évita de poser son regard sur le rivage, à cet endroit précis où, début juillet 1995, un corps ensanglanté avait été retrouvé. Sa hanche le fit souffrir quand il se dirigea vers les appontements. À presque soixante ans, il s'enorgueillissait d'une santé que son médecin caractérisait de remarquable, mais ne pouvait ignorer les douleurs articulaires qui se manifestaient de temps à autre, comme un rappel à l'ordre. Au loin, le jour déclinait. Il ferma les yeux un instant, s'imprégna de l'odeur marine et de la fine brise qui enlaçait le cimetière de bateaux. L'idée que ce lieu devienne un cirque à touristes le torturait. Cependant, il convint que cela représentait la meilleure solution pour tirer définitivement un trait sur le passé. Oriane y était parvenue, pourquoi pas lui ? *Y est-elle vraiment parvenue ?* siffla une petite voix au fond de son crâne. *Et si Damien lui rendait visite ? Et si ce que je souhaite endormi au fond des eaux remontait à la surface ? Non, j'ai veillé à tous les détails... Le fils de Jean repartira d'ici sans se retourner... Il sait qui était son père...*

Philippe remonta le long du chemin. Derrière lui, le port et les quelques bateaux amarrés s'éloignèrent en même temps que ses doutes. Il n'y avait plus personne pour raconter la vérité. Plus aucune voix susceptible de narrer les faits. *Le silence*, approuva l'homme en souriant dans la nuit, *le silence a toujours fait le succès du mensonge.*

Alors qu'il s'apprêtait à quitter le quartier des pêcheurs, Duffrane perçut un bruit provenant de l'un des mobil-homes. Instinctivement, il se cambra derrière un arbuste d'hortensias sauvages, en prenant soin de ne pas toucher les fleurs toxiques. C'est ainsi qu'il vit Franck, le policier qu'il connaissait aussi bien qu'un membre de sa famille, frapper à la porte de l'ancien pavillon de l'assassin. À sa grande surprise, il vit Damien ouvrir la porte. Philippe n'était pas certain d'avoir aperçu de la lumière en descendant. À vrai dire, il n'avait pas fait attention, par habitude peut-être. Cela faisait longtemps que plus personne, mis à part Jean, n'habitait dans le coin. Il arrivait parfois que l'on retrouve une fenêtre brisée, des traces d'une occupation ponctuelle, des débris de bouteilles, des mégots de pétards abandonnés sur le sol. Le propriétaire laissait faire. Employer un service de gardiennage aurait été une dépense inutile, après tout, ces mobil-homes étaient destinés à disparaître, à être rasés et terrassés afin d'accueillir les fondations d'un hôtel de luxe. Alors, à quoi bon entretenir ce qui devait dépérir… De plus, jamais les squatteurs ne s'étaient aventurés près de l'unique mobil-home occupé. Tout le monde en ville en connaissait le jouisseur, et personne n'aurait osé contrarier ce tueur.

Le père d'Oriane observa les deux hommes se faire face. Ils échangèrent quelques paroles inaudibles, puis Damien invita le policier à le suivre à l'intérieur.

C'est à cet instant, et pour la première fois depuis vingt-quatre ans, que l'ancien responsable de la coopérative de pêche eut le sentiment que le passé risquait de se libérer. Et malgré le pronostic de son médecin, il craignit de ne pas avoir assez de souffle pour s'y confronter.

15

1995

« Regardez, j'ai piqué des bières ! »

Gustave sortit deux canettes de kronenbourg de son sac à dos. Ainsi qu'un paquet de cigarettes froissé dont il extirpa trois gitanes.

— Ton frère va te tuer ! lui prédit Damien qui connaissait les colères légendaires de François.

— Pas si je le menace d'avouer aux parents où il range son stock de clopes ! Ne t'inquiète pas, il grognera, mais rien de plus !

— J'ai des chewing-gums ! proclama Oriane en fouillant dans sa poche arrière.

L'été arrivait tranquillement. Les enfants pouvaient le sentir à travers le vent marin qui caressait leurs visages avec plus de douceur et de chaleur. La baie des veuves leur offrait une vue magnifique sur la mer. Depuis ce belvédère naturel autrefois maudit, ils aperçurent quelques bateaux voguer au loin avec nonchalance. À cette distance, ils semblaient faire du surplace. Mais ce qui se révéla étrange, et que les enfants observaient comme face à un écran de cinéma, furent les deux hélicoptères qui volaient sans discontinuer au-dessus de l'eau. Le bruit de leurs pales et de leur moteur parvenait à peine jusqu'à eux, semblable au bourdonnement étouffé d'une guêpe qui aurait décidé de tourner en cercle tout en gardant une distance de sécurité. Gustave alluma sa cigarette, toussa en essayant d'avaler la fumée puis tendit le briquet, certainement emprunté à son frère lui aussi, à ses amis. Il portait un tee-shirt trop grand pour lui, sur lequel se croisaient deux pistolets et des roses. Un groupe de rock que son frère aimait particulièrement et dont Damien n'arrivait jamais à retenir le nom. Oriane appuya sur la touche lecture de son poste et laissa REM demander à un certain Kenneth quelle était la fréquence. Les trois gamins contemplèrent le ballet imparfait des hélicoptères en buvant leurs bières comme ils l'avaient vu faire par leurs parents, feignant d'en apprécier la saveur, de ne pas ressentir une certaine torpeur les envahir pour finalement libérer toutes ces sensations en rots bruyants.

Damien aimait bien l'été. Les journées s'étiraient, les portes des mobil-homes restaient ouvertes pour chasser la chaleur, les marins semblaient sortir de leur torpeur et n'hésitaient pas à leur donner quelques pièces en échange de menus travaux. Les pique-niques duraient plus longtemps également, parfois jusqu'au soir. Plus rien n'entravait la liberté de l'enfance. Ni les devoirs ni la nuit qui sonnait d'habitude la retraite. Il savait également que ses parents s'engueulaient moins. Même si depuis quelques mois les reproches avaient cédé la place à un silence pesant, il se dit qu'avec l'arrivée des beaux jours son père cesserait de dormir dans son bateau. Les matins où il le réveillait simplement en entrouvrant la porte de sa chambre et lui conseillait de ne pas se rendormir s'il voulait attraper le bus pour le collège lui manquaient. Sa mère lui avait acheté un réveil, ce n'était pas pareil. Parfois Juliana l'attendait dans la cuisine, la tête penchée au-dessus de son bol de café. Elle lui tartinait deux tranches de pain avant de retourner se coucher. Mais depuis peu, elle était absente la plupart du temps et Damien devait préparer seul son petit déjeuner. Ce n'était pas pareil non plus. Tout avait beaucoup moins de goût sans ses parents.

— Trois semaines, trois semaines les gars et on est en vacances ! lança Gustave en jetant au loin la cigarette qu'il trouvait trop dégueulasse pour en crapoter plus de la moitié.

— En août, je pars une semaine dans le Sud, annonça Oriane à mi-voix.

Elle comme Damien réalisait ce que cela signifiait : une semaine à être éloignés l'un de l'autre.

— Ça passe vite, une semaine, mentit Damien en sachant que le manque étirait le temps jusqu'à le rendre interminable. (Il l'avait déjà vécu quand Oriane était partie dix jours pour les vacances de Pâques. Malgré les lettres qu'elle lui avait envoyées, son absence avait été une souffrance.)

— Moi, je vais aller en mer avec mon père, s'enthousiasma Gustave. On pêchera des trésors, on reviendra riches comme Jésus !

— Crésus…, le corrigèrent de concert ses deux amis.

— Ouais, qu'importe, Jésus, Crésus… On s'en fout. Putain, mais ils font quoi ces hélicoptères ! Ils recherchent le mari de Lilly ou quoi ? Pas la peine, les gars, cria Gustave en positionnant ses mains en porte-voix, ça fait trop longtemps !

Les trois enfants restèrent encore de longues minutes assis dans l'herbe, à fantasmer les prochains mois. Discrètement, Oriane et Damien se prirent la main. Sur leur paume, la cicatrice de leur pacte s'était presque effacée. Ne restait qu'un sillon qui se colla contre son reflet avec force. Un sentiment d'immortalité les envahit. Ce simple geste leur donnait l'impression d'être à part, lovés dans un été éternel où rien d'autre n'avait de réelle importance. Oui, l'été serait merveilleux, ils en étaient persuadés.

Vers dix-huit heures, ils décidèrent de quitter la baie des veuves pour descendre au port glaner des informations quant à la présence de ces mystérieux volatiles métalliques. D'ailleurs, ceux-ci s'éloignaient de plus en plus. Le bruit des moteurs avait disparu sans que les enfants s'en rendent compte.

— Au fait, s'interrogea Gustave en ramassant les deux canettes vides sur le sol, vous mettez la langue quand vous vous embrassez ?

— Quoi ! s'offusqua Oriane en ouvrant de grands yeux ronds.

— Mon frère dit qu'il faut faire dix fois le tour de l'horloge pour considérer un baiser terminé… J'ai entendu aussi qu'il fallait dessiner l'alphabet avec le bout de la langue…

— T'es lourd, souffla Damien qui savait que son ami aimait bien ce genre de détails.

— Allez ! Montrez-moi ! On partage tout et…

La fin de la phrase resta cloîtrée dans l'esprit du garçon. À la place, des frissons apparurent le long de son dos : deux silhouettes venaient de se dessiner au loin, des silhouettes plus hautes qu'eux, menaçantes. Oriane et Damien, occupés à rassembler leurs affaires, tournaient le dos à Gustave et n'avaient donc pas encore conscience de cette intrusion.

— On ferait mieux de se magner, les prévint Gus.

— Pourquoi, on a le temps, il n'est pas encore l'heure de… Merde.

Damien les reconnut immédiatement. Aussitôt, le souvenir du dernier coup de poing lui brûla le visage.

— On dirait Lucas et Sylvain, signala la jeune fille avant de croiser les regards inquiets de ses amis.

Elle ressentit aussitôt un changement dans l'atmosphère et dans le comportement des garçons. Ils ressemblaient à deux bêtes aux aguets. C'est Damien qui lui sembla le plus inquiet. Son poing droit était serré, assez fortement pour que ses phalanges blanchissent, et son regard devenu sombre. *Il a peur*, se dit-elle. Et cette découverte immisça en elle une crainte qu'elle ne comprenait pas.

— Il ne fera rien, pronostiqua Gustave, nous sommes trois et le port n'est qu'à quelques mètres…

Si seulement, songea Damien qui savait très bien que Lucas se fichait de savoir s'il faisait jour ou nuit pour affirmer sa violence sur les plus faibles. Pour ce type, tout cela n'était qu'un jeu. Un jeu dont lui seul connaissait les règles et la victoire. Lucas avait deux ans de plus qu'eux. Pourtant, il se trouvait dans la même classe, à cause d'un double redoublement, un en primaire et un en cinquième, au grand dam de son grand-père, le maire de la ville, qui rejetait sur son unique petit-fils le fantasme d'une réussite que son propre fils n'avait jamais frôlée, au point de devenir un pêcheur comme les autres.

Ainsi, le collège était pour Lucas et sa corpulence déjà massive pour un garçon de son âge un terrain fertile à l'affirmation de sa violence. Les professeurs le savaient perdu pour les études, mais pas pour le port où son père travaillait depuis des années et où l'adolescent perturbateur le rejoindrait dès l'été, malgré le mécontentement du maire.

Ce que la terre rejette, la mer en hérite.

Et Lucas, avec son regard haineux, sa colère constamment en fusion, symbolisait pour le collège entier cette pollution menaçante, effective, qui s'épanouissait à coups de claques derrière la tête, de « Hey, tu as fait ma dissertation pour demain ? » ou encore de « File-moi cinq francs avant que je t'aplatisse la tronche comme une sole ! ».

Lucas et Sylvain se mirent à courir vers eux en poussant de grands cris aigus, semblables à des mouettes affamées. Ils levèrent les bras à l'horizontale, mimant des battements d'ailes ridicules, croisant leurs courses tels des rapaces pressés d'en découdre. *Il est trop tard pour s'enfuir maintenant*, réalisa Damien, *Oriane ne courra jamais assez vite pour leur échapper*. Il était hors de question de la laisser seule avec ces deux abrutis. En moins d'une minute, les deux troupes se firent face, l'une affublée d'un grand sourire sadique, l'autre baissant le regard en priant que cette visite ne se déroule pas comme elle le redoutait.

— Alors les merdeux, vous faites quoi ?

Même en plein air, la puanteur de Lucas auréolait ses vêtements, son haleine, son esprit. Il mesurait presque un mètre quatre-vingts, et cette taille inhabituelle pour un enfant de son âge lui donnait l'apparence comique d'un corps que l'on aurait étiré comme un chewing-gum. Seulement, ses muscles s'étaient formés en parfaite harmonie avec cette poussée soudaine, lui donnant la carrure d'un adulte, trop tôt, beaucoup trop tôt pour qu'il oublie d'en tirer avantage sur ses congénères.

— Rien, on partait, affirma Gustave.

— Déjà ? Non, restez un peu avec nous, on va s'amuser.

Aux côtés de Lucas, Sylvain, comme à son habitude, se contentait d'écouter et de rire aux traits d'esprit de son comparse. Nulle croissance soudaine ne s'était penchée sur le berceau de son adolescence, bien au contraire. À l'exact opposé de celui qu'il suivait comme son ombre, Sylvain était de taille moyenne. Ses muscles étaient recouverts d'une couche de graisse qui arrondissait sa silhouette jusqu'à la rendre presque affectueuse. Mais sa bêtise grasse et la certitude que traîner avec Lucas lui fournissait une aura de supériorité avaient éteint l'étincelle de bon sens que son cerveau avait peut-être émise un jour.

— File-moi une clope.

— On n'en a pas, affirma Gustave.

— Alors une bière, il t'en reste une ?

— Non, prononça sèchement l'ami de Damien.

— Mon petit Gustave, ça ne va pas le faire…

— Venez, on s'en va, décida Oriane en comprenant que tout cela ne mènerait à rien.

Qu'ils possèdent ou non ce que Lucas demandait ne changerait pas les prochaines minutes d'humiliation que cet abruti souhaitait leur accorder.

— Attends, ma jolie ! lança celui-ci en lui attrapant le bras. Reste avec moi, laisse-les partir si tu veux…

— Lâche-la, connard !

Les mots s'enfuirent de la bouche de Damien sans qu'il s'en rende vraiment compte. Il comprit leur impact en voyant le visage de Lucas se tourner vers lui, illuminé par un rictus malsain.

— Tu as dit quoi ?

— C'est bon, Lucas, fous-nous la paix, insista Gus. On vous laisse la baie des veuves, on doit rentrer, nos parents nous attendent.

— Ta gueule, toi. Alors, répète un peu, j'ai mal entendu.

— J'ai… j'ai dit lâche-la.

— Connard, il a dit aussi connard.

Tous fixèrent Sylvain, qui, à en croire son sourire flasque, prenait grand plaisir à la scène. Ils en avaient presque oublié sa présence tant la tension les avait absorbés dans un univers parallèle. *Donnez-lui du pop-corn, des lunettes 3D et cette merde aura l'impression de mater un film*, songea Oriane en lui adressant une grimace de dégoût.

— Ah oui, c'est vrai, tu m'as traité de…

L'adjectif fut remplacé par un coup de poing en plein ventre. Damien se plia en deux et tomba à genoux. Ses mains grifèrent le sol tandis qu'il tentait de remplir ses poumons. Mais l'oxygène n'arrivait pas, suspendu devant ses lèvres, interdit, comme stupéfait lui aussi.

— Regardez ! On dirait un poisson ! s'amusa Sylvain en le pointant du doigt, décidément prolixe face à la souffrance des autres.

— Ferme-la, le gros !

Ses joues grasses s'immobilisèrent. Il y eut quelques secondes de latence, durant lesquelles Sylvain devint un peu plus ridicule. Un tee-shirt usé moulait sa bedaine tel un emballage de bonbon. C'était à croire qu'il ne l'avait pas quitté depuis des années. Sylvain, penaud, interrogea Lucas du regard, cherchant une quelconque indication, car c'était la première fois que quelqu'un osait s'en prendre à lui en sa présence. Une fille, en plus ! En une fraction de seconde, il craignit que le charme fût rompu. Il imagina un quotidien où plus personne ne craindrait Lucas. Un quotidien où il serait la cible de ses anciennes victimes, lui, le gros qui se nourrissait des pleurnicheries et des bleus que son copain laissait dans son sillage. Hésitant puisque livré à lui-même, il fit un pas en direction d'Oriane, à présent agenouillée auprès de Damien. La jeune fille ne portait aucune attention à celui qu'elle venait d'insulter. Face à ce second affront, Sylvain ouvrit la bouche puis la referma, incapable de réaction, abandonné, considéré comme sans importance dans ce combat. Après s'être assurée que Damien reprenait son souffle, Oriane se releva et fit face aux deux agresseurs, les poings serrés.

— Je vous préviens, si vous le touchez encore une fois j'en parlerai à mon père. Vous voulez que vos vieux se fassent virer ? Ils seraient ravis de savoir qu'ils risquent leurs places à cause de vos cerveaux de mollusques !

Un instant, Oriane, Gustave et Damien, qui s'était redressé en se tenant l'estomac, pensèrent que cela suffirait. Que ces imbéciles comprendraient, qu'ils battraient en retraite pour trouver quelqu'un d'autre à molester. Mais Lucas ne connaissait que la victoire. Ces petits succès au détriment des autres qui maquillaient sa propre faiblesse en contentements orgueilleux. Ces biceps bandés devant le miroir en se souvenant de la force avec laquelle il avait poussé un élève de cinquième sur le sol. Ces silences qui s'abattaient quand il s'approchait d'un groupe d'élèves. Cette incisive centrale en partie biseautée par le poing de son propre père quand il lui avait annoncé qu'il ne souhaitait pas devenir marin comme lui, mais qui, une fois sa lèvre supérieure dégonflée, lui avait apparu comme le symbole de sa rébellion éternelle… Tout chez lui n'était que victoire, jusqu'à se persuader que personne ne pouvait s'opposer à lui.

— Tu crois nous faire peur avec tes menaces ? Vraiment ? Le port est foutu, ma jolie, il n'y a que ton père qui ne s'en rende pas compte… Au lieu de nous sortir tes salades, raconte-nous plutôt comment ta vieille est morte… Ouais, ce serait cool ça… c'est vrai ! Allez, dis-nous combien d'heures tu es restée à côté d'elle sans essayer de la sauver…

— Ferme ta gueule !

La canette atteignit Lucas en plein front. Le peu de bière qui restait gicla sur son visage et ses cheveux, et Sylvain, tétanisé, fixa son compagnon, se dit que cette fois c'était vraiment foutu, que le charme venait de se liquéfier devant ses yeux, par le biais de cette canette et de son liquide jaunâtre qui aurait tout aussi bien pu être de la pisse…

— Je vais te tuer !

— Vas-y enculé, viens ! cria Gustave. Mais dès que mon frère le saura, crois-moi, l'océan ne sera pas assez grand pour te planquer !

Cette fois, la menace fit mouche. Lucas s'immobilisa. François avait trois ans de plus que lui. Il étudiait à l'université, mais était surtout le champion régional de judo, celui qu'il voyait souvent dans les pages sport du quotidien que son vieux laissait toujours traîner dans les toilettes. Lucas imagina ce molosse l'attendre à la sortie du collège pour lui flanquer une raclée devant tous les élèves. C'en serait fini de sa réputation. Ce serait à lui de subir les moqueries. De se voir pointer du doigt. Même sa dent symbolique serait sujette aux rires feutrés qu'il rencontrerait là où jadis régnaient le silence et la crainte. Les trois amis assistèrent à une scène qu'ils n'auraient jamais cru voir de leur vivant : Lucas se détourna, non sans leur avoir au préalable jeté un regard rempli de promesses, escorté, avec un peu plus de distance que d'habitude, par Sylvain.

— Vous allez bien ?

Damien se tenait toujours le ventre. Il faisait face à Oriane qui continuait de suivre des yeux les deux silhouettes de plus en plus lointaines. Des larmes roulaient sur les joues de la jeune fille, glissaient sur le relief de ses mâchoires sans troubler la fixité de son regard.

— C'est des conneries tout ça, ce mec est un abruti…, lui souffla Damien en la prenant par la main. (Il avait le sentiment que ses organes avaient été passés au broyeur, mais il décolla son autre main de son ventre pour essuyer les joues d'Oriane.) Laisse tomber…

— Quatre heures, murmura la jeune fille, toujours en direction de Lucas, ça a duré quatre heures…

— Je sais, Or, je sais… Viens, ne pense plus à ce con.

Gustave à son tour réconforta la jeune fille. Il ne savait pas trop comment s'y prendre. Il avait l'impression que ses bras étaient trop engourdis pour l'enlacer, ses paroles trop creuses, ses sourires fades et inutiles. Oui, dans ces moments-là, il se sentait inutile. Maladroit avec les sentiments des autres. Déjà un peu trop marin en somme… Il aurait souhaité posséder la force de son frère. Il se serait rué sur Lucas pour lui faire mal, vraiment mal. Seulement, même si sa corpulence n'était pas frêle, il lui faudrait attendre quelques années encore pour rivaliser avec celle de Lucas. Alors, il utilisa ce qu'il possédait de plus naturel, une arme qui souvent gommait la tristesse chez ses amis, mais aussi la sienne à l'occasion : l'humour.

— Alors, sérieux, vous mettez la langue ou pas ?

Et même apparu peut-être trop tôt, son trait d'esprit eut le mérite de disperser la grisaille un peu plus rapidement, justifiant à lui seul la cicatrice que chacun des trois enfants serrait au creux de sa main.

16

Quand les enfants arrivèrent au port, ils décidèrent de cacher leur trouble et de ne pas en parler aux adultes. Dans un fol espoir, ils songèrent que Lucas s'en tiendrait là, effrayé par la menace proférée par Gustave. Oriane avait retrouvé la parole et le sourire, même si une partie de son esprit paraissait retranchée ailleurs, *sur le sol d'un salon, cinq ans plus tôt, aux côtés de sa mère*, devina Damien en lui lâchant la main dès que les premières silhouettes des adultes apparurent.

Ce qui sautait aux yeux tout d'abord était que les marins ne s'activaient pas autour des bateaux, mais se tenaient près du rivage, certains les mains sur les hanches, d'autres se grattant la tête. Ensuite, c'était le silence qui régnait. Presque un silence de nuit, quand les pontons se retrouvent seuls avec le clapotis de l'eau et quelques mouettes égarées.

— Tu crois qu'ils ont encore trouvé des larmes de sirène ? s'inquiéta Gustave en regardant son ami.

— Je n'en sais rien, en tout cas ils ont l'air préoccupés…

Ils descendirent les rochers pour éviter de faire le tour en passant par le quartier des pêcheurs et se retrouvèrent directement sur le front de mer sans qu'aucun des hommes présents ne remarque leur présence. Une pluie fine se déclara, invitée impromptue qui n'attira que très peu l'attention des pêcheurs.

— Qu'est-ce qui se passe, p'pa ?

Jean se tourna vers son fils. De toute sa hauteur, il observa le gamin une longue minute, comme intrigué par le fait même qu'il puisse parler. *Ça fait longtemps que je ne t'ai pas préparé ton petit déjeuner*, songea-t-il en lui adressant un faible sourire. *Le remarques-tu, toi aussi ? En souffres-tu comme moi, quand je me réveille le matin dans mon bateau, sans ton odeur ni ta présence ? Est-ce vrai, comme le prétend ta mère, que tu as besoin de plus de couleurs, qu'ici tout est gris et que c'est moi qui tiens le feutre qui attriste ton univers ?*

— Où est ta mère ? lui demanda-t-il en soupirant.

— Je ne sais pas, je ne suis pas passé par le mobil-home… Qu'est-ce que vous avez trouvé ? Encore des billes de plastique ?

— Non, c'est bien pire que ça… Regarde, là.

Jean dressa son index en direction des pilotis d'un ponton. Damien dut se concentrer, car rien ne le frappait dans le mouvement des vagues et la teinte sombre de l'eau. Puis il comprit ce que son père lui montrait. À cet endroit, la mer semblait différente. Plus obscure. Plus épaisse. On aurait dit qu'une méduse aplatie, peinte en noir, flottait en surface.

— C'est du pétrole, annonça Jean. Il y en a un peu partout au large. Il vient s'échouer.

— Du pétrole ?

— Tu as vu les hélicoptères ?

— Oui.

— Un pétrolier a dû couler. On ne sait pas grand-chose pour l'instant, mais on parle d'une grosse cargaison. Ce n'est pas un simple déballastage.

— C'est grave ? demanda le garçon en tentant d'analyser les paroles de son père.

— Disons qu'on n'avait pas besoin de ça… déjà les larmes de sirène, le poisson qui fout le camp, les vols sur les bateaux… Même l'océan se teinte de noir, murmura Jean qui semblait avoir subitement oublié la présence de son fils. On dirait que cette ville souffre d'une maladie… Rentre maintenant, reprit-il en posant sa main sur l'épaule du garçon, ta mère doit t'attendre.

— Tu… tu rentres ce soir ?

— Je ne sais pas. Il va falloir nettoyer ces plaques… on aura besoin de moi.

Un peu plus loin, devant la capitainerie, Oriane discutait avec M. Duffrane. Son père devait lui aussi lui expliquer que la nuit serait longue, et les lendemains incertains. Gustave, quant à lui, tenait déjà en main une pelle et un seau. Ses chaussures gisaient sur la grève, abandonnées sous la pluie, comme s'il comptait ne plus jamais les remettre. Damien ignorait pourquoi, mais cette vision lui provoqua un pincement au cœur. Il eut le sentiment que ces baskets délaissées symbolisaient sa propre situation. Sa mère de moins en moins présente au foyer, son père qui passait ses nuits dans son bateau.

Jean suivit du regard son fils remonter vers le quartier des pêcheurs. Il aurait aimé lui dire qu'il l'aimait. Lui promettre de venir le border ou de simplement partager le dîner avec lui. Pourtant il se contenta de regarder Damien s'éloigner tout en se demandant lequel des deux souffrirait le plus quand la séparation ne serait plus une probabilité, mais une certitude. Car il le savait, Juliana le quitterait bientôt. Il avait depuis peu cessé de chercher des réponses, de se faire des illusions.

Au début, quand Juliana lui avait avoué qu'elle n'éprouvait plus assez de sentiments pour survivre à leur quotidien, il s'était dit que ce n'était qu'une phase. Un faible courant contraire comme tous les couples en rencontrent au moins une fois. Mais, au fil des mois, il comprit qu'il s'agissait de bien plus. Alors il essaya de changer. De faire moins d'heures, même si cela mettait en péril l'équilibre financier de la famille. De moins traîner aux Trois Sirènes. D'être un peu plus expressif… Seulement, rien n'y fit. Les amants se retrouvèrent attirés par deux pôles opposés. L'un voulant persévérer, et l'autre se libérer. On ne peut pas naviguer quand la proue et la poupe d'un bateau décident de barrer chacun de leur côté. On tourne en rond jusqu'à ce que la coque cède et se disloque sous l'effet de l'entêtement.

Puis, il y eut les rumeurs. Et les ménages que Juliana effectuait de plus en plus. Ce parfum et ce maquillage aussi qu'elle glissait dans son sac à main avant de partir. L'air léger qu'elle arborait en rentrant, les fatigues régulières quand il s'approchait d'elle le soir pour retrouver la chaleur de son corps…

Jean se promit de demander un service à Franck, le lendemain. Il l'aimait bien, ce gamin. Sérieux, travailleur, et en plus armé d'une ambition, pas en tant que marin, et c'est ce qui lui plaisait également. *Car marin ce n'est pas un métier que l'on souhaite à ses amis ou à ses enfants, non*, pensa l'Anguille en observant ses collègues qui maintenant parcouraient le rivage, dos courbé pour déceler la moindre galette d'hydrocarbure. Même le directeur avait remonté son pantalon et se penchait sur les vagues. *C'est un métier que l'on souhaite à ses ennemis…*

Jean s'arma de gants. Le froid lui piqua les chevilles quand il pénétra dans l'eau, mais il ignora la sensation pour se concentrer sur la silhouette qu'il venait de voir se découper, plus haut, dans la nuit tombante, en bordure de la baie des veuves. Ses cheveux ondoyaient sous la brise, son visage scrutait l'horizon tandis qu'elle se tenait à quelques dérisoires mètres du précipice.

Lilly.

Jean lui adressa un timide mouvement de la main que la veuve ignora. Alors à son tour il examina l'océan, cherchant les réponses comme Lilly le faisait depuis des années. « Une preuve, souffla-t-il en pensant à ce qu'il devait demander à Franck. Une preuve que je ne compte plus pour elle. Alors je la laisserai partir comme Juliana m'a maintes fois menacé de le faire. Tout est gris, ici. Une preuve et je les libère, elle et ses silences… »

17

Durant une grande partie de la nuit, les pêcheurs retirèrent de la surface des croûtes gélatineuses qu'ils entassèrent dans les bacs destinés aux poissons. Dans un silence d'église, les lampes torches balayaient les vagues pour déceler la moindre trace de pollution, et chaque homme priait pour que sa prise soit la dernière, que les courants aient emprisonné autour de la coque coupable le liquide noirâtre. La plupart d'entre eux avaient déjà effectué ces gestes. Dans un autre département ou une autre région. Ils étaient assez vieux pour se souvenir du *Torrey Canyon*, du *Boehlen*, de l'*Amoco Cadiz*, le pire de tous avec ses deux cent vingt-sept mille tonnes de pétrole déversées en 1978, ou encore du *Tanio*. Tous ces pétroliers qui avaient rencontré des difficultés au large du continent et dont la cargaison avait englué l'eau comme la terre, les poissons comme les oiseaux.

Le lendemain, le verdict tomba à travers les journaux télévisés, la radio ou les quotidiens régionaux : un pétrolier s'était échoué deux jours plus tôt à environ trois cents miles de la côte. Une faible quantité de pétrole s'était dispersée dans les eaux, mais la deuxième nuit la coque métallique céda partiellement, libérant de grandes quantités d'hydrocarbure. M. Duffrane avait rassemblé ses employés aux Trois Sirènes pour leur donner les consignes à respecter. Les sorties en mer étaient suspendues, et tous les hommes réquisitionnés pour dépolluer le rivage.

— Les vents et les courants se sont réveillés cette nuit, accélérant l'arrivée des déchets, déplora-t-il en tirant nerveusement sur sa cigarette. Vous serez payés pour vos efforts, le minimum syndical, certes, mais je ne peux pas vous laisser sans salaire. Prions pour que les quantités de pétrole soient moins importantes que les journaux le prétendent car, sinon, plus personne ne voudra acheter de poissons provenant de notre ville. Et vous savez comme moi qu'aucun autre port ne nous proposera de partager sa zone…

Il paya tout de même sa tournée, pour la forme, car le cœur n'y était déjà plus. La plupart des revendeurs, les poissonniers, les grandes surfaces, les cantines… avaient annulé leurs commandes pour les prochaines semaines. Et ce, en quelques heures seulement. Vingt-deux hommes à nourrir, et aucun poisson à vendre. L'équation lui laissait un goût désagréable qu'aucun whisky ne pouvait soulager. Il trinqua avec chacun de ses hommes, masquant son dilemme, les encourageant en affirmant que lui aussi serait sur le pont, et qu'ensemble ils surmonteraient cette épreuve. Bien entendu, les pique-niques dominicaux furent décalés à des jours meilleurs. S'ils avaient été maintenus, ils auraient ressemblé à des veillées funèbres plus qu'à des moments de joie entre familles et collègues. Déjà les visages des hommes se rembrunissaient. Beaucoup devaient calculer combien de temps ils pourraient tenir avec un salaire diminué. Les perspectives indiquaient certainement quelques jours, au mieux deux semaines.

— À la vôtre, patron, on va s'en sortir, pas le choix…

L'homme qui venait d'entrechoquer son verre contre celui du directeur lui adressa un sourire fatigué. M. Duffrane leva les yeux pour soutenir cet enthousiasme feint, mais fut incapable de sourire à son tour. Jean porta sa bière à ses lèvres sans attendre de réponse, parce que aucune ne pouvait vraiment se frayer un chemin sans sonner comme un mensonge ou une utopie.

— Je crois que nos gosses se sont amourachés, déclara Jean en appuyant son coude contre le comptoir.

— C'est vrai qu'ils sont souvent ensemble, approuva le patron en avalant une gorgée d'alcool. C'est un bon gamin que vous avez. Toujours poli. Il y a de quoi être fier.

— Merci… Monsieur Duffrane… écoutez… je n'aime guère demander des services, je suis plutôt du genre à me débrouiller tout seul, mais… voilà, je sais que vous connaissez beaucoup de monde, pas seulement ici, et quand tout cela sera terminé, j'aurais besoin de votre aide…

— Que se passe-t-il ?

— Rien de grave…, le rassura l'Anguille en se mordant les lèvres d'inconfort, je me demandais juste si vous pouviez m'indiquer un lycée privé… pas forcément dans la région. Mon fils a besoin d'aller ailleurs, je ne veux pas qu'il finisse… comme moi. Pas que le travail me déplaît, n'y voyez aucune critique, c'est juste que…

— Je comprends, ne vous inquiétez pas. C'est un formidable métier d'être marin, mais on rêve tous d'autre chose pour nos enfants, d'une carrière plus… confortable.

— C'est exactement ça, patron…, approuva Jean en cessant son tic nerveux. Il faudrait juste, je ne sais pas, faire passer son dossier au-dessus de la pile… ça doit fonctionner comme ça dans ces établissements.

— Je vais voir ce que je peux faire, promis. Ne vous inquiétez pas, je pourrai en parler au maire, c'est un vieil ami. Il saura me guider vers les bonnes personnes.

— Je vous remercie, et si en retour vous avez besoin d'un service, n'hésitez pas…

— Le seul service dont j'ai besoin en ce moment est que vous gardiez espoir pour le port. Vous et les autres…

Jean leva une nouvelle fois son verre avant de rejoindre des collègues. M. Duffrane le regarda s'éloigner, comme s'il craignait que le père de Damien n'entende ses pensées. La chaleur embarrassante qui l'avait envahi en le voyant devant lui peinait à se dissiper. Il avait craint un instant que l'homme soit au courant de sa liaison avec Juliana et ait décidé d'en découdre devant témoins. Lentement, sa respiration reprit son cours normal. Il savait qu'il devait cesser de voir Juliana, que les secrets ne restaient jamais enfouis bien longtemps. Mais chaque fois qu'ils se séparaient, sur le parking de cet hôtel situé à une centaine de kilomètres, sa volonté s'envolait en le laissant muet.

Tout avait commencé par une rencontre impromptue au supermarché. Ils avaient discuté quelques minutes et le directeur avait remarqué comme une fêlure dans la joie apparente de Juliana. Une fêlure touchante, feutrée, presque un appel à l'aide murmuré. Ils s'étaient recroisés

une semaine plus tard dans un bar-tabac. Lui pour se procurer des cigares tandis qu'elle venait d'acheter des grilles de loto et les remplissait seule, assise à une table. Parfois, il n'en faut pas plus pour provoquer des tempêtes. Deux rencontres. Des phrases échangées, des regards, des perspectives et une envie de se revoir. Lors de leur première nuit, Juliana avoua qu'elle allait quitter son mari. Elle parla de son fils, de ses périodes grises, et jugea qu'elle devait l'éloigner d'ici, afin qu'il ne se retrouve pas piégé dans une existence qu'elle-même pouvait à peine supporter. Le fait qu'elle envisage de partir vers une autre région procurait à leur promiscuité sexuelle et clandestine l'excitation de l'éphémère. Parce que tout cela n'était qu'un jeu, parce que dans ces cas on ne pense plus aux dommages collatéraux, mais seulement à en profiter avant de se dire adieu, ils se retrouvèrent régulièrement au même hôtel. Une nuit, ce fut au tour de Duffrane de se confier. Il lui expliqua comment sa femme était décédée, cinq ans auparavant. Pour la première fois depuis le drame, il en parla sans ressentir de douleur dans la poitrine. Allongé sur le dos à fixer le plafond, il détailla les circonstances avec une froideur qui le surprit. Pourtant, il l'avait aimée, et l'aimait toujours. Mais il avait le sentiment d'avoir assez souffert pendant toutes ces années et ce soir-là, ses paroles, ses souvenirs, au lieu de l'attirer vers le fond comme ils le faisaient habituellement avant de l'abandonner, muet, sur le sol de son salon, les yeux rougis et le sang plein d'alcool, lui dictaient de ne plus souffrir.

— Cela s'est passé un matin. Je venais de partir pour le port. Oriane n'avait pas neuf ans. J'ai quitté la maison vers huit heures trente. Je voulais être présent pour le retour des bateaux qui étaient sortis de nuit. La météo avait annoncé de solides orages alors je tenais à vérifier que tous rentraient sains et saufs. C'est le facteur qui a donné l'alerte, vers midi. Il venait de déposer le courrier quand, en longeant l'arrière-cour, il a aperçu à travers la baie vitrée le corps de Méline allongé sur le sol du salon. Après être retourné à la porte, il a sonné jusqu'à ce qu'Oriane sorte de sa chambre pour lui ouvrir.

— Mon Dieu, je suis navré…

— Selon les médecins légistes, l'anévrisme cérébral de Méline s'est déclaré peu de temps après mon départ. Oriane ne s'est rendu compte de rien. Elle s'est réveillée tard, comme tous les samedis, et a joué dans sa chambre en attendant que sa mère l'appelle pour le petit déjeuner.

« Patron ? »

M. Duffrane émergea de ses pensées. Un de ses employés se tenait devant lui et l'interrogeait du regard.

— Patron, vous m'avez entendu ?

— Comment ? Euh… excusez-moi, j'étais ailleurs…

— Je disais qu'on y allait. La pluie s'est un peu calmée, on part au port nettoyer toute cette merde.

— Très… très bien, je vous rejoins. Bon courage, les gars… et mettez des gants !

Le bar se vida en quelques secondes. Le vent frais et humide qui s'engouffrait dans l'établissement chassa l'odeur de tabac et de bière. Le père d'Oriane commanda un autre whisky qu'il vida d'un trait. Sa main tremblait, il s'en aperçut en reposant son verre sur le comptoir. Il régla ce qu'il devait au propriétaire, un vieil homme qui semblait plus âgé que le bâtiment lui-même, et sortit à son tour. Le bourdonnement de l'océan l'accueillit comme un vieil ami. C'est ce qui plaisait tant à Méline. Elle qui venait de la ville, d'un silence assassiné par les klaxons, les sirènes et les bruits de moteur, avait été charmée par ce ronronnement régulier. Très souvent elle s'asseyait sur la terrasse et savourait cette litanie enchanteresse en fermant les yeux. Lui se contentait de l'observer sans bouger, appuyé contre l'encadrement de la baie vitrée, et attendait patiemment qu'elle se réveille.

En refermant la porte des Trois Sirènes, M. Duffrane se promit de mettre un terme à sa liaison. Avoir discuté avec Jean, face à face, s'être senti coupable n'était pas la seule raison de cette décision. Tel un marin revenu d'une longue sortie en mer, il prit conscience que ce voyage en compagnie de Juliana ne faisait que l'éloigner de son véritable point d'ancrage.

« Qu'avez-vous ressenti à cet instant ? »

C'est assez inconfortable et méprisant d'entendre des questions aussi stupides. Je me demande si cet homme manque cruellement d'imagination ou si, pour une raison que j'ignore, il le fait exprès. Pourtant, ses lunettes lui donnent un air d'intellectuel. Cela ne fait pas toujours tout…

— De la colère.

— De la colère ? répète-t-il comme un perroquet avant de consigner ma réponse.

— Oui. Pendant des années j'ai haï mon père. J'ai cru qu'il était responsable de tout. De notre départ, de ma séparation avec Oriane, de la grisaille dans ma tête… Puis soudain, j'apprends que ce n'est pas exactement le cas, que je me suis fourvoyé simplement parce que ma mère m'avait abreuvé de mensonges.

— Vous a-t-elle confirmé cela, que tout était à cause de votre père ?

— En partie. Jamais en ces termes précis, mais son silence quand je lui posais des questions, surtout les premières années, suffisait à me le faire comprendre.

— Donc vous étiez en colère contre elle ?

— Pas seulement. Contre moi, contre lui, contre Franck qui s'était tu depuis tant de temps… J'en voulais un peu à tout le monde.

Mon vis-à-vis semble soudainement plongé dans une intense réflexion. Il mordille l'extrémité de son stylo, geste inédit jusqu'à présent. Je sens son impatience à aborder le véritable sujet de notre entretien : le crime. C'est vrai que pour le moment, je l'ai mis de côté. La pierre angulaire de ma détestation paternelle est pourtant sans commune mesure avec les révélations que je viens d'étaler. Elle est la raison pour laquelle je suis revenu dans ma ville natale, pour cracher sur sa tombe et tirer un trait définitif sur mon passé. Mais à narrer les tromperies dont je fus victime depuis mon enfance, on pourrait croire que ce n'est qu'un détail noyé dans la masse, presque une anecdote.

Je me sens coupable d'avoir décrit le pétrole sur la côte, la bagarre sur la baie des veuves ou les croyances meurtrières de Lilly la folle bien avant ce meurtre. Peut-être que mon cerveau a décidé de lui-même d'organiser mes paroles par ordre chronologique, je n'en sais rien. Mais le mutisme de cet homme me fait comprendre qu'il est temps de le prendre en compte. Je lui en veux un peu de ne pas prononcer la question qui le taraude. Les silences sont devenus pour moi un instrument de manipulation. Je devine en eux des vérités cachées, des mensonges, des significations cruelles, bien plus oppressantes que n'importe quelle déclaration. Je me racle la gorge pour l'encourager, pour le ramener vers le rivage de cette histoire. Et cela fonctionne. Il retire le stylo de sa bouche, me fixe en se mordant les lèvres, encore hésitant.

— Pour ce qui est du meurtre, comment l'avez-vous appris ?

— Par hasard, quand je me suis décidé à ouvrir les lettres d'Oriane. En retard, évidemment, je crois que c'était deux ou trois ans après. Ma mère le savait, bien sûr, mais elle avait choisi de me tenir à l'écart de la vérité, pour me protéger. Donc quand j'ai su, mon père se trouvait déjà en prison.

— Et qu'avez-vous ressenti ?

Je garde le silence une longue minute. Puis je joue avec lui. C'est idiot, enfantin, mais je décide que cet imbécile ne mérite pas que je pose les questions à sa place. J'ai toujours détesté les personnes mal assurées, celles qui n'osent pas, qui ont besoin qu'on les aide à traverser la route en les tenant par la main. Je suis un solitaire, et cela vaut dans la vie de tous les jours comme pour mes décisions. Les assistés me révulsent.

— Qu'est-ce que j'ai ressenti, à quel moment ?

— Quand… quand vous avez appris le meurtre de…

— … Lequel ?

— Celui du port, le premier !

— Désolé, soyez plus précis, je ne comprends pas ce que…

— Pour le meurtre de Gustave ! Qu'avez-vous ressenti ?

18

1995

Le mois de juillet arriva.

Trop lentement pour les collégiens, mais trop rapidement pour les marins qui subirent l'éclat du soleil sur leurs silhouettes penchées au-dessus de la mer. La coque du chalutier s'était depuis longtemps brisée en deux. Les barrages flottants installés trop tardivement n'empêchèrent qu'une partie du pétrole d'atteindre les côtes. Les autorités décidèrent d'utiliser des dispersants, solution aussitôt repoussée par les associations de pêcheurs et d'écologistes qui considérèrent que lutter contre la pollution en utilisant des produits chimiques n'était pas une bonne idée. Ainsi, les galettes de pétrole continuèrent de s'échouer selon les marées, et les hommes, fourbus, le dos meurtri, de ramasser à la pelle ces rejets qui empoisonnaient tout un écosystème. Cela faisait presque un mois que le navire avait fait naufrage. Des hélicoptères sillonnaient de temps à autre le ciel, afin de juger de l'état de la pollution et de l'efficacité du système de pompage maritime qui avait été mis en place après la levée de boucliers contre les dispersants.

Oriane, Gustave et Damien furent les témoins de l'irrémédiable mort économique du port. Ils n'en avaient pas conscience quand, juchés sur le promontoire de la baie, ils observaient leurs pères, harassés mais combatifs, nettoyer la mer. À cet âge, ce n'est pas une question que l'on se pose. On se demande juste quand les pique-niques reprendront, quand les bateaux glisseront de nouveau sur l'océan et quand les poissons animeront de tout leur poids l'aiguille de la balance de pesée.

— Quelqu'un a volé l'horloge extérieure de la capitainerie hier, regretta Oriane. C'est mon père qui l'a découvert ce matin.

— Sérieux ? s'offusqua Gustave. Même en ce moment ?

— Qui peut faire ça ? souffla Damien tout en gardant pour lui la réponse à cette question.

— Quelqu'un qui souhaite voler du temps peut-être, supposa Oriane. Quelqu'un qui connaît le futur et qui a décidé de voler toutes les horloges pour freiner le présent.

— Ben moi, je le connais aussi le futur de celui qui vole, affirma Gus. Mon père dit qu'un jour ou l'autre, on se fait attraper. Je n'aimerais pas être à sa place quand les pêcheurs le puniront…

— Mouais, moi non plus, acquiesça Damien en espérant au fond de lui que ce jour n'arrive jamais.

Car il savait très bien que les vols et dégradations diverses que subissait le port depuis plusieurs mois étaient le fait de Lucas. Il l'avait appris à ses dépens, un soir de novembre, quand il avait fui l'engueulade qui rugissait dans le mobil-home en sortant par la fenêtre de sa chambre. Il ne se souvenait plus pourquoi ses parents se criaient dessus, à vrai dire, il n'y faisait plus guère attention. Seulement, il craignait que l'un d'eux ouvrît la porte de sa chambre pour le prendre à témoin, comme cela arrivait à l'occasion. Damien se trouvait alors pris en étau entre deux colères qu'il ne comprenait pas. Ce soir-là, il devait être un peu plus de vingt et une heures, car les invectives avaient débuté en fin de dîner, il s'enfuit dans la nuit, en pyjama et chaussons, et marcha vers le silence du rivage. Il s'assit sur le banc en bois de la capitainerie et attendit de longues minutes en chassant le froid qui soufflait à travers le mince tissu. Il savait que la tempête se disperserait au moment où son père ouvrirait la porte d'entrée, qu'il garderait ouverte encore quelques secondes, le temps de réciter sa fameuse tirade «je n'ai pas le choix, je dois bosser, il faut bien que je nourrisse ma famille!» puis qu'il refermerait avant de rester planté sur le porche un instant, regrettant ou espérant, pour finalement redescendre le chemin jusqu'à son bateau qu'il ne quitterait que le lendemain à l'aube. Le garçon patienta donc jusqu'à cette sortie de scène, priant pour qu'elle arrive rapidement, car ses membres commençaient à grelotter sans qu'il parvienne à les retenir.

Seulement, ce ne fut pas le bruit de la porte qui attira son attention, mais un son plus métallique, provenant d'un des pontons. Il se pencha pour vérifier si quelqu'un se trouvait encore sur son bateau, à se préparer pour la prochaine sortie ou à effectuer une dernière réparation… Il songea même à Lilly la folle. Était-elle en train de chercher des chats à sacrifier? Mais il avait beau fouiller l'obscurité, il ne vit personne. La nuit ne lui permettait pas de voir jusqu'à l'extrémité des plates-formes, ainsi se rapprocha-t-il de l'eau, intrigué, ses mains frottant ses épaules frigorifiées. Il ne perçut la présence qu'au dernier moment. Une main puissante le tira par le col et le plaqua contre le mur de la capitainerie. L'haleine fétide se tenait à quelques centimètres de son visage. Des yeux plissés d'incompréhension le fixaient sans ciller alors qu'une main, figée en l'air, prête à s'abattre, serrait un tournevis.

— Qu'est-ce que tu fous là ? lui murmura Lucas en grimaçant une violence qu'il peinait à contenir.

— R… Rien… je me baladais…, balbutia Damien.

— Tu te baladais ? En pleine nuit ? En pyjama ?

— Oui… je…

— Ferme ta gueule ! Tu m'espionnais plutôt…

— Non… je te jure… Je…

— Écoute-moi bien, trouduc, vociféra Lucas en se rapprochant un peu plus du visage de Damien, si tu parles de quoi que ce soit à quelqu'un, je t'enfonce ce tournevis où tu penses, OK ?

— Mais…

— Et si ça ne te suffit pas, je m'occupe de ta petite copine… tu saisis ? Et là je n'aurai pas besoin du tournevis…

— OK… je ne dirai rien… promis…

— Crois-moi, il vaut mieux pour toi. Si j'ai l'impression que tu oublies ta promesse, je viendrai un peu te tirer les oreilles, sac à merde.

Lucas disparut aussi rapidement qu'il avait déchiré la nuit. Damien resta appuyé contre le mur, comme si son bourreau le tenait encore par des mains invisibles. Même la repoussante odeur de son haleine dansait toujours dans l'atmosphère. Il fallut que le bruit de la porte du mobil-home parvienne jusqu'à lui pour qu'il reprenne vie et décide de se cacher un peu plus loin. Une fois que Jean eut atteint le *Juliana*, Damien courut jusqu'à la fenêtre et se glissa à l'intérieur. Ce n'est qu'une fois à l'abri dans la chaleur de sa chambre qu'il se rendit compte que ses membres tremblaient toujours. Et qu'il s'était pissé dessus.

— On va faire quoi aujourd'hui ? demanda Oriane en se tournant vers ses amis. Mon père nous a préparé des sandwichs, ils nous attendent à la capitainerie.

— Un foot ? Une partie de Super Nintendo ? proposa Gustave en lançant un clin d'œil à son meilleur ami.

— Vous êtes sérieux ? intervint la jeune fille en fixant Damien qui une fois de plus se trouvait coincé entre deux idées contraires.

Il hésita à répondre, conscient qu'Oriane ne supportait plus ces après-midi passés à les regarder s'extasier face à leurs exploits sur Street Fighter, F-Zero ou encore Zelda, A Link to the Past. Même si Damien adorait affronter Gustave, manette en main, les yeux figés sur les pixels, il savait qu'une fois la console éteinte, Oriane lui reprocherait de ne pas assez s'occuper d'elle. S'ensuivaient alors de longues minutes de silence jusqu'à ce que Damien s'excuse et promette de moins jouer en sa présence.

— Allons nous baigner plutôt ! proposa la jeune fille.

— Dans les nappes de pétrole ? maugréa Gustave en grimaçant.

— Il doit bien y avoir des coins épargnés…

Oui, il y en avait. Plus au sud, une petite crique avait échappé à la pollution. À cet endroit, les courants se croisaient au large et formaient une sorte de barrière naturelle qui déviait au nord le moindre morceau de bois flotté. Damien et Oriane s'y étaient déjà rendus deux jours plus tôt, seuls, car Gustave avait prétexté devoir donner un coup de main à son père pour repeindre le bateau. Sans oser l'avouer, Damien avait apprécié ce moment sans son meilleur ami. Se retrouver uniquement avec Oriane lui avait fait du bien, mais par ricochet avait également immiscé en lui l'envie de partager plus de moments comme celui-ci, en couple, sans une tierce personne. De plus, il trouvait que le comportement de Gustave envers eux avait changé depuis le début des vacances. Il ignorait pourquoi. Il mit cela sur le compte du soleil, des soucis du port, parce que Gus avait eu le moins bon bulletin des trois… Ou sur son célibat et l'impression que devait éprouver le garçon d'être toujours en trop. Il y avait les regards également. Damien surprenait de plus en plus souvent Gustave les yeux posés sur la silhouette d'Oriane. Cela le dérangeait. D'un côté, il pouvait le comprendre. Même lui n'ignorait pas les changements chez la jeune fille. Ses courbes devenaient plus affirmées, prometteuses et enivrantes. Surtout en maillot de bain, vêtement qu'elle portait avec une innocence que les garçons ne partageaient plus vraiment. Et cette assurance nouvelle, nichée au fond de son regard et qui brillait quand elle dansait devant eux… L'intégralité de ses muscles se dessinait alors tout le long de son corps. Ferme et hypnotique, celui-ci se contorsionnait en arabesque délicate, sur n'importe lequel de ses morceaux préférés que son poste délivrait avec générosité. TLC, Shaggy, Coolio, Alanis Morissette, Oasis… Les chansons s'envolaient au-dessus de la baie des veuves alors que les yeux des garçons restaient pétrifiés de désir, incapables de se détacher de cette naïade qui, une fois essoufflée, venait s'allonger sur le dos en chantonnant, avant de se taire complètement, le temps que sa poitrine cesse ses mouvements étourdissants.

Damien aurait souhaité avoir le courage d'en parler à Gustave. De lui dire que ses œillades le mettaient mal à l'aise, mais son ami l'aurait regardé avec étonnement, et le reste se serait perdu dans un éclat de rire théâtral, couvrant Damien de ridicule.

— Bon, allez vous baigner si vous le voulez, moi je n'en ai pas envie. Je retourne au port voir si mon père a besoin de moi.

— Sinon…, murmura Oriane en se rapprochant des garçons, regardez là-bas, discrètement !

À l'extrémité de la baie des veuves venait d'apparaître Lilly la folle. Elle ignora leur présence et se dirigea vers l'orée du bois, sa besace crasseuse à l'épaule.

— Elle va replacer ses pièges, supposa Damien.

— C'est l'occasion ! s'enthousiasma Oriane. Nous n'aurons plus d'autres chances à moins de la suivre nuit et jour… Le temps qu'elle retrouve les emplacements, qu'elle découvre que nous les avons tous détruits et qu'elle les échange, il y en a au moins pour deux heures !

— Tu es certaine que tu veux y aller ?

— Oui, affirma Oriane en ramassant son poste. Vous flippez ou quoi ?

— Nous ? s'offensa Gustave. Bien sûr que non ! Allez, on se grouille, on pose nos affaires à la capitainerie et on file…

Dix minutes plus tard, ils se tenaient à quelques mètres de la maison de Lilly la folle, à vérifier que personne d'autre ne hantait les lieux. Moins qu'une maison, il s'agissait plutôt d'une large cabane en pierre, de taille plus modeste que le mobil-home. De l'extérieur, elle semblait ne posséder que deux ou trois pièces, et sa superficie avoisiner les cinquante mètres carrés. Légèrement située à l'écart du port, on pouvait néanmoins apercevoir le haut des mâts et, plus loin, le profil anguleux de la baie des veuves. Le terrain en friche qui l'entourait regorgeait d'herbes folles, d'arbres centenaires inclinés vers le sol. Il y avait même une barque délabrée dont la peinture s'écaillait en oripeaux que le vent du large malmenait jusqu'à les décoller. Ils firent le tour de l'habitation en jetant sans cesse des regards inquiets en direction du chemin de terre qui les avait conduits jusqu'ici. L'idée leur était venue au début des vacances, dans la latence d'un après-midi où l'ennui s'installait nonchalamment. Le soleil et la chaleur avaient eu raison de leurs projets, éprouvant leur volonté de balade à vélo, de partie de ballon ou même de baignade. Ne restaient que trois corps allongés sur leurs serviettes, tels des lézards, et des esprits endormis par les chuchotements des feuillages au loin. Puis une phrase, prononcée avec apathie, presque plus pour occuper le silence que pour être approuvée, mais qui sonna cependant comme un défi des plus excitants :

« Et si on visitait la maison de la vieille Lilly ? »

Damien se redressa sur ses coudes et fixa son ami qui semblait pourtant dormir.

— Pour de vrai ?

— Ben ouais… ça nous occuperait… Et p'têt qu'on retrouverait son morceau de langue…

— Baaah, dégueu… gémit Oriane en tirant sur le haut de son maillot de bain.

— Pourquoi pas, consentit Damien en se rallongeant.

Les jours passèrent et tous trois semblèrent avoir oublié l'idée. Jusqu'à ce qu'Oriane croise la silhouette de Lilly.

« Venez, on fait le tour, par cette chaleur elle a bien dû laisser une fenêtre ouverte. »

Ils se déplacèrent avec précaution, en file indienne, les corps voûtés, prêts à se jeter sur le sol en cas de danger. Gustave ouvrait la marche, suivi d'Oriane et de Damien. À cet instant, le pétrole qui agrippait le rivage, les visages ridés et rougis des marins, l'existence de Lucas et les engueulades perpétuelles de ses parents ne ternissaient plus l'esprit du garçon. La peur, l'excitation, la présence d'Oriane, tous ces ingrédients coloraient l'espace autour de lui jusqu'à le rendre luminescent. Ils arrivèrent à la cabane et se plaquèrent contre les pierres étrangement fraîches. Gustave se releva et s'étira jusqu'à atteindre la lucarne vitrée. Sous la pression de sa main, la croisée en bois se décala entièrement vers l'intérieur. « Je vous l'avais dit, c'est ouvert ! » se félicita-t-il alors que son corps disparaissait déjà dans l'ouverture. Oriane le suivit. Damien lui fit la courte échelle puis prit à son tour appui avec son pied contre le renflement d'une pierre murale et poussa sur ses épaules pour entrer par la fenêtre.

Une obscurité glaciale les accueillit. Ils n'osèrent bouger, les sens à l'affût, pendant que leurs yeux s'habituaient au manque cruel de lumière. Gus avança à tâtons et rencontra une porte en bois.

— On doit être dans un cagibi, supposa-t-il. Ça pue l'oignon et les patates…

Quand il poussa la porte de quelques centimètres, un flot lumineux fondit en biseau sur le sol poussiéreux où des cagettes de légumes divers dormaient en effet d'un sommeil paisible.

— Venez…

La pièce principale ressemblait à un véritable capharnaüm. Un coin cuisine dont l'évier regorgeait de vaisselle. Une table de camping figée au beau milieu de l'espace, tout aussi encombrée. Un vieux canapé troué, des coussins usés, de couleur pourpre. Des seaux remplis de fil de fer, de morceaux de bois. Une bibliothèque rudimentaire accolée à un mur, juste à côté d'une autre porte que Gustave ouvrit sans s'y engager, se contentant de hausser les épaules et de préciser : « Douche et chiottes. » Oriane s'approcha de la bibliothèque pendant que Damien inspectait le reste de la pièce. Une odeur prégnante suintait des parois, un mélange indéchiffrable qui laissait libre cours à l'imagination. Pisse de chat ? Vomi ? Tabac ? Vieillesse ? Le garçon ouvrit les placards à la recherche d'un bocal rempli de formol. Mais il ne trouva la langue de Lilly dans aucun des meubles. *Peut-être que tout cela n'est qu'une légende*… songea-t-il, presque à regret. Gustave poussa une dernière porte, puis ressortit de la chambre avec la déception de celui qui, espérant découvrir un trésor, ne se retrouve riche que de ses illusions.

— Il n'y a rien ici, et ça pue le mort…, cracha-t-il en déambulant le long du canapé.

— Tu t'attendais à trouver quoi ? Le cadavre de son mari ? répliqua Damien. On ferait mieux de partir, on ne sait jamais.

— Mouais, tu as raison, on pourrait peut-être lui piquer son matos, suggéra Gustave en désignant les seaux sur le sol. Ce sera toujours un peu de temps de gagné pour les chats…

— Venez voir.

Oriane se trouvait toujours face à la bibliothèque, un livre dans les mains. Elle tournait le dos aux garçons, offrant à leur vue un troublant panorama. En partant de la baie, elle n'avait enfilé qu'un tee-shirt et une paire de baskets. Son short en coton était resté dans son sac, laissant son maillot de bain comme seul tissu pour recouvrir une partie de son anatomie que les deux amis admiraient fugacement par intermittence.

— Ce n'est pas le moment de lire les livres de Lilly…, lui reprocha Damien qui sentait que le moment était plutôt venu de sortir de cette maison.

— Ce ne sont pas des livres, répliqua Oriane, ce sont des carnets.

— Des carnets ?

— Il y en a plein, regardez, ils sont datés par année… 1976,1982, 1978…

— Merde alors, souffla Damien en rejoignant la jeune fille. Il y a quoi dedans ?

— Tout ! Lilly a écrit tout ce qui lui passait par la tête…

19

2019

« Damien ! »

Je me retournai une dernière fois dans la rue.

Je me fichai de la pluie qui plaquait mes cheveux contre mon crâne et s'immisçait dans le col de ma veste. J'aurais tout aussi bien pu coller mes mains contre mes oreilles et chanter à tue-tête pour ne plus avoir à écouter le moindre mot sortant de la bouche de Franck. Mais je me contentai de le fixer d'un regard mauvais, un regard qui lui intimait de fermer sa gueule, d'arrêter de me remplir le crâne de révélations et de doutes, d'arrêter de croire que pour une putain d'amitié à la con, il m'était redevable d'une quelconque vérité. Il n'insista pas. Le policier resta devant la porte des Trois Sirènes, bien à l'abri sous l'auvent de l'entrée et m'adressa un faible geste de la main auquel je ne répondis pas. Je savais qu'il reviendrait à la charge, qu'il tenterait de nouveau de me persuader.

Alors, je ne vis qu'une seule solution.

Partir.

Je pourrais toujours expliquer cette décision à Oriane, en l'appelant demain. Elle comprendrait, je n'en doutais pas. Elle peinerait peut-être à me croire au sujet de la relation que nos parents entretenaient, mais la photo suffirait à la convaincre. Je l'inviterais à me rejoindre, loin de cette ville, et nous prendrions le temps de discuter du passé, de l'effacer… Je montai dans ma voiture et pris la direction du quartier des pêcheurs. Arrivé devant le mobil-home, je fus de nouveau saisi par l'odeur nauséabonde. La marée avait changé, il ne pouvait plus s'agir de cela. Je m'éloignai de quelques mètres en flairant l'air comme un chien de chasse. Plus je me situais loin de la maison, moins la puanteur devenait perceptible. Je fis le tour de la construction et dégageai l'échelle que mon père planquait dans l'espace libre situé entre la terre et le plancher. Je l'appuyai contre la façade et montai les barreaux en maudissant cette ville où la pluie ne cessait jamais. Une fois le dernier barreau atteint, je ne pouvais pas encore distinguer l'intégralité de la surface plane du toit. Je dus me positionner sur la pointe des pieds, tout en prenant appui avec mes coudes sur le rebord de la gouttière, tandis que l'odeur se faisait de plus en plus agressive, pour enfin me hisser à la bonne hauteur. C'est ainsi que je les découvris. Il n'y en avait pas seulement un ou deux, mais une dizaine de cadavres de chats jonchaient le toit. Certains d'entre eux ressemblaient encore à ce qu'ils avaient été de leur vivant, mais la plupart n'étaient plus que des tas de chairs aux couleurs éteintes, le pelage ouvert, les organes absents et les yeux percés par les coups de bec affamés.

« C'est quoi ce bordel ? » pestai-je en redescendant l'échelle. Je rentrai à l'abri dans le mobil-home, en tentant de chasser mon dégoût et l'odeur de ma découverte. Que pouvaient bien foutre ces cadavres sur le toit ? Lilly traquait-elle encore ces félidés en priant pour que les superstitions rendent au port son luxe d'antan ? Dans ce cas, pourquoi les stocker ici, mon père avait bien dû s'en rendre compte ? Je refermai la porte et c'est à ce moment-là que je découvris une enveloppe sur la moquette. Quelqu'un devait l'avoir glissée par la fente de la porte.

« Alors quoi, maintenant ? »

J'accrochai ma veste trempée à la patère du salon et attrapai l'enveloppe marron qui se révéla plus épaisse que je ne l'avais soupçonné. Il n'y avait pas d'adresse d'expéditeur, mais quand je sortis les nombreuses feuilles qui se cachaient à l'intérieur, je compris immédiatement de qui il s'agissait.

« Bon sang, il ne lâche rien celui-là ! »

Je m'assis sur le canapé et étalai les différentes feuilles sur la table basse. Les comptes rendus, sans aucun doute écrits par Franck lui-même, représentaient le plus gros du dossier. Mais, à ma grande surprise, j'y trouvai également l'interrogatoire initial de mon père, des photos de la scène de crime, ainsi que divers éléments auxquels seuls la police ou les avocats devaient avoir accès. J'ignorais si tenir ces feuilles entre mes mains faisait de moi un hors-la-loi, mais je passai l'heure suivante à les lire intégralement. De ce crime, je ne connaissais que le minimum : deux ou trois phrases de ma mère, une explication terne dans une des lettres d'Oriane et les informations glanées sur différents sites. Le corps de Gustave avait été découvert en pleine nuit, sur le quai, entre les deux pontons. Il avait été tué en chutant sur les rochers qui bordaient le rivage. Quand la police était arrivée, mon père se trouvait à ses côtés, assis. Il n'a opposé aucune résistance et s'est présenté comme le coupable. Le mois suivant, il était condamné à une peine de prison de cinq ans, le juge ayant statué sur un homicide involontaire. Selon le journal local de l'époque, mon père dormait sur son bateau quand il avait été réveillé par des bruits. Il s'était levé et avait deviné une silhouette dans la nuit. Il déclarerait plus tard avoir pensé qu'il s'agissait du voleur que les employés du port tentaient d'attraper depuis des mois. Il décida de l'effrayer en lançant un caillou qu'il trouva sur le pont. Seulement, le projectile surprit à ce point le garçon qu'il perdit l'équilibre sur les pierres couvertes d'algues glissantes et tomba de tout son poids, sa tempe heurtant violemment un rocher émergé. Fin de l'histoire. Cinq ans plus tard, mon père sortit de prison, revint vivre ici comme si de rien n'était jusqu'à ce qu'il décide de se suicider en sautant d'une falaise. Entre sa libération et son saut mortel, aucune nouvelle de sa part. Aucune carte d'anniversaire, aucun coup de fil ou confession.

Rien.

L'abandon.

Le silence.

Encore et toujours.

Faute d'explication, je me créai ma propre mythologie. Pour moi, il ne s'agissait nullement d'un accident. Je savais mon père violent. Une violence à peine visible, bien ancrée sous son apparence morne, mais qui éclatait le soir lorsqu'il se retrouvait en présence de ma mère. De plus, je l'avais entendu à maintes reprises proférer des menaces envers ce voleur invisible qui continuait de sévir. Surtout après la disparition du moteur du vieux Gremond. *Si je tombe dessus, il prendra cher, pas sûr qu'il s'en relève*… Et puis il y avait ces quelques bagarres, à la sortie des Trois Sirènes. Ainsi, mon père devint un véritable meurtrier qui avait saisi Gustave par les cheveux pour lui fracasser le crâne contre les rochers. Dans ma rancune de l'époque, il ne pouvait y avoir d'autre version. Mon père avait assassiné mon meilleur ami.

Je me levai pour me servir un verre de whisky. Une fois de plus, je me sentis pris au piège. Avant de me pencher au-dessus de ce dossier, je ne souhaitais qu'une chose, fuir Franck et cette ville. Le contenu de l'enveloppe n'avait rien révélé de nouveau, rien qui m'obligeait à changer mes plans et à ne pas faire mes valises. Seulement, je devais l'admettre, l'entêtement du policier m'intriguait. Pourquoi se donner tant de mal à me convaincre ? Et que penser des zones d'ombre qui entouraient la mort de mon père ? Quelqu'un l'aurait poussé ? D'où venait cet argent qu'il me léguait ? Pourquoi avait-il vidé une seule pièce de ce mobil-home, ma chambre d'enfant, l'endroit le plus innocent d'une maison ? Qu'avait-il fait de son bateau ? Et putain de merde pourquoi des cadavres de chats se doraient-ils la pilule sur le toit ?

Je fermai les yeux un instant. Tenter de faire le vide. Maîtriser sa respiration. Voilà les conseils qui me revenaient à l'esprit. Des conseils prodigués par mon psychologue, une quinzaine d'années avant de remettre les pieds ici, quand j'étais encore en proie à quelques épisodes de rumination mentale, ou nuages de grisaille comme je préférais les appeler. Les effets s'étaient estompés avec le temps, grâce à notre éloignement selon ma mère, qui n'hésitait pas à psalmodier que mon père et le port demeuraient les véritables responsables de ce spleen. Bien entendu, elle chassa l'idée que la guerre froide à laquelle ils se livraient sous mes yeux pouvait en être la raison principale. *Tout était si compliqué, à l'époque*, m'aurait-elle lancé si je le lui avais fait remarquer, durant ses derniers jours, sur son lit d'hôpital. Elle aurait certainement répété cette même réponse si je lui avais déposé la photo de son adultère sur ses jambes rachitiques.

Je fermai donc les yeux en essayant de chasser le sentiment angoissant qui grossissait dans mon crâne. Car plus l'essaim de questions bourdonnait autour de moi, plus l'éventualité d'un départ s'assourdissait.

Tandis que je me levai pour allumer la radio et dissiper les doutes qui me tenaillaient, quelqu'un frappa à la porte. Je montai le volume, *Sympathy for the Devil*, reprise des Guns N'Roses, et allai ouvrir à Franck qui devait deviner et savourer dans la puanteur de cette fin d'après-midi l'effet de son dossier sur mon désir de fuite. Mais au lieu du visage cabossé de l'ancien pêcheur, ce fut le visage rayonnant d'Oriane qui se présenta, et sa voix, à mes oreilles aussi douce que le bruissement des vagues, me persuada, sans qu'elle s'en doutât, de rester quelques jours encore.

20

1995

Jean et Franck nettoyaient la coque du *Juliana*, où quelques méduses de pétrole avaient déposé des traînées noires, quand ils virent les trois enfants s'éloigner du port comme s'ils avaient le feu aux fesses. L'apprenti pêcheur les suivit du regard en enviant leur innocence et cet été de liberté que la jeunesse dévorait à pleines dents.

— C'est ton gosse, là-bas ? demanda-t-il à Jean.

— Oui. Ces trois-là sont toujours fourrés ensemble ! Qu'ils en profitent ! Plus qu'une année au collège avant de partir pour le lycée !

— Tu ne le mettras pas en ville ?

— Non, si tout se passe bien, affirma l'Anguille en se remémorant la discussion qu'il avait eue avec le patron. Dis-moi, enchaîna-t-il en se reculant du bastingage et en déposant le balai-brosse sur le pont, tu rêves d'être flic, c'est ça ?

— Oui, affirma Franck en cessant à son tour de se pencher pour atteindre les résidus d'hydrocarbure, j'y compte bien. J'espère passer le concours dans deux ans.

— Tu crois que tu pourrais me rendre un service ?

— Je t'écoute.

— Ce n'est pas évident… Tu as dû entendre des rumeurs sur mon couple…

Franck regretta immédiatement d'avoir mordu à l'hameçon. Il aurait voulu remonter le temps. De quelques minutes seulement. Se retrouver à brosser la coque, la nuque tendue vers la mer, les bras éreintés par les va-et-vient, le front luisant de la chaleur du soleil…

— Pour être honnête, répondit-il, quelques-uns en parlent, oui… Surtout quand tu quittes les Trois Sirènes… Tu devrais moins boire, Jean. Cela ne ferait pas taire les médisants, mais au moins tu pourrais les contredire…

— Je pense qu'ils ont raison, avoua alors l'Anguille, en fixant l'horizon. Je pense que Juliana me trompe.

— Merde…

— Tu sais, c'est très facile de tomber amoureux. Un regard, une parole, un geste, en une fraction de seconde on se retrouve ferré comme le plus imbécile des poissons. Si seulement il pouvait être aussi facile de ne plus aimer… Elle veut me quitter, ça, ce n'est pas une rumeur, je l'ai entendu de sa propre bouche.

— Je suis désolé, Jean.

— Je la comprends, d'une certaine manière, continua le pêcheur sans relever cette dernière phrase de Franck.

Il avait conscience que cela ne servait plus à rien que l'on se désole pour lui. Il avait passé le cap du besoin de compassion. Ce boulot, le port, la pluie, toutes les merdes qui arrivent, ça use à la longue, même les plus optimistes.

— C'est pour cela que tu dors dans ton bateau ?

— Oui. Parce que je sais que quand je bois, je deviens con. Je l'ai déjà frappée. Je n'en suis pas fier. Mais parfois… je ne trouve pas les mots. Je reste muet devant elle, comme un gosse. Même les pires insultes ne suffiraient pas pour exprimer ma haine, alors oui, parfois je la gifle à défaut de m'expliquer. Et le pire, c'est qu'elle me sourit à ce moment-là. Une main sur sa joue meurtrie, elle me lance un sourire narquois, comme si elle mettait à jour ma vraie nature, et moi je me sens comme un chien à qui on aurait mis la truffe dans sa propre merde…

— Que veux-tu que je fasse ? s'inquiéta son ami.

— Je voudrais que tu m'aides à ne plus souffrir, à la laisser partir, à ne plus l'aimer…

— Je ne vois pas comment…

— Suis-la. Un soir, quand elle prétend partir pour travailler. Je n'y crois pas à ces histoires de ménage dans des bureaux. Il suffirait que tu la suives, que tu me prouves son adultère… Je pense que cela suffirait à me détacher d'elle, avoua l'Anguille.

— Tu la laisserais partir… avec ton fils ?

— Qu'est-ce qu'un gamin peut devenir ici ? Hein ? Tu l'as très bien compris, toi. Je veux que mon fils devienne quelqu'un, pas un double de moi. Je le verrais pendant les vacances, les week-ends, il pourrait venir ici, l'été. Il irait dans une bonne université.

Franck ne savait pas quoi ajouter. Il attendit que Jean se confie encore. Parfois les mots allègent l'amertume. Mais lui aussi resta silencieux. Le père de Damien alluma une cigarette, un semblant de trêve dans le tourbillon de ses pensées.

— OK, Jean, je vais le faire. Mais une seule fois. À condition que tu me promettes de ne plus la frapper. Quand ça va mal, tu peux m'appeler, tu le sais.

— Oui, je le sais, sourit tristement le père de Damien. Promis, si un soir j'ai besoin de m'évader, on file boire un verre aux Trois Sirènes, juste un, et je t'écouterai me raconter quel enfoiré t'a pété le nez…

Les deux hommes ne reparlèrent plus de leur pacte. Ils se remirent au travail, accueillant l'effort comme la porte de sortie d'une situation que tous les deux ne souhaitaient pas vraiment affronter.

Vers quinze heures trente, M. Duffrane, qui était assis à son bureau, à la capitainerie, les bons de commande annulés entassés devant ses yeux, reçut un appel d'un promoteur immobilier. Celui-ci ne tourna pas autour du pot et déclara connaître les difficultés que rencontrait le port, difficultés qui, selon lui, allaient devenir encore plus importantes dans les années à venir. Le directeur de la coopérative ne comprit pas immédiatement ce que son interlocuteur lui proposait. D'ailleurs, pour le père d'Oriane, la reprise de la pêche devait arriver bientôt, il n'en doutait pas. Bien sûr, l'activité économique interrompue depuis plusieurs semaines l'amenait au bord du dépôt de bilan. Il serait difficile de reconquérir ses clients qui se fournissaient ailleurs, dans des régions où le pétrole ne ternissait pas les eaux, parfois à l'étranger, mais il avait l'intime conviction que tout reviendrait à la normale d'ici une quinzaine de jours. N'était-ce pas ce que lui avait promis le préfet ? Il lui avait même parlé de certaines primes versées par l'affréteur du chalutier qui avait sombré, des primes qui arriveraient une fois le dossier monté et accepté par la commission des assurances. Alors pourquoi ce requin se préoccupait-il de son sort ? Avait-il senti le sang sans se douter qu'un pêcheur ne s'avoue jamais vaincu ? Avait-il simplement lu des chiffres, des courbes, des pronostics sans prendre en compte que la vie était ainsi, instable, capricieuse, secouée de vagues et de creux ? M. Duffrane lui raccrocha au nez en souriant à l'idée que ce promoteur serait incapable de tenir une journée en mer.

Il déposa ses lunettes de repos sur le sous-main en cuir de son bureau et fit pivoter son fauteuil en direction de la fenêtre. De là, il possédait une vue plongeante sur les deux pontons. La vingtaine de bateaux amarrés ondulaient au gré de la respiration marine. Quelques goélands se croisaient dans le ciel, sans doute eux aussi impatients de pouvoir se nourrir des poissons que les pêcheurs leur abandonnaient quand leur taille ne rentrait pas dans les critères de sélection. Les attroupements des volatiles au retour des fileyeurs lui manquaient. Tout comme leurs piaillements d'impatience, leurs ailes qui se déployaient majestueusement quand on leur lançait une sardine trop fluette pour rapporter quoi que ce soit… Si la pêche ne reprenait pas, migreraient-ils vers d'autres ports ? Ou alors, fidèles et têtus, resteraient-ils à quai, à attendre indéfiniment le retour des fileyeurs, en se nourrissant des quelques chats que la vieille Lilly tuerait pour eux ?

Philippe cessa de penser à ces oiseaux quand il vit Jean débarquer de son bateau avec un seau et des balais-brosses. Un autre pêcheur, Franck, le petit nouveau, marchait dans ses pas, le visage bas, inexpressif.

Je dois lui parler. Tout lui avouer. Lui expliquer que je suis désolé, que cette relation n'aurait jamais dû existier... Suis-je donc ce salaud archétypal qui baise la femme de son salarié ? N'ai-je donc jamais été un mari, un conjoint, un homme qui souffrirait de toute son âme si un autre type caressait le corps de l'être aimé ? Qu'il me foute son poing dans la gueule, je ne mérite que ça... Si je le pouvais, je me frapperais moi-même, de toutes mes forces, de toute ma trahison. Méline, je suis tellement désolé. J'ai sombré bien plus profond que ce putain de chalutier...

Duffrane saisit le combiné du téléphone et composa le numéro qu'il connaissait par cœur. Une voix féminine répondit. En penchant un peu plus la tête vers la fenêtre, le directeur aurait pu entrevoir le mobil-home d'où la voix émergeait. Mais cela aurait été un risque inutile. Les rumeurs qui grondaient comme l'orage suffisaient comme avertissement.

— C'est moi. Il faut que l'on se voie, jeudi soir.

— Que se passe-t-il ? Jeudi, dans cinq jours ?

— Je t'en parlerai, je ne peux pas avant...

— Bon... On se donne rendez-vous à...

— Non, Juliana. Juste une heure, je ne pourrai te voir qu'une petite heure. Nous resterons dans ma voiture.

Quand il raccrocha, le père d'Oriane se sentit soulagé. Une partie de sa rédemption était en marche. Il lui resterait à rompre avec Juliana, à s'expliquer avec Jean et à se confronter au portrait de Méline qui trônait dans son salon sans baisser le regard. Cette dernière étape serait certainement la plus douloureuse, cela il s'en doutait.

Seulement, dans une semaine, Philippe Duffrane croiserait le regard vide de vie de Gustave, et ce face-à-face morbide déjouerait deux de ses résolutions, sans qu'il comprenne sur le coup qu'il venait de sombrer un peu plus et qu'il emporterait avec lui, au fond d'une existence froide et sans couleur, tout ce pour quoi il s'était battu jusqu'à présent.

21

1976

Il me frappe. À n'importe quelle occasion. Une mauvaise pêche. Plus d'alcool dans le placard. Un ragoût pas assez assaisonné. Le feulement des chats dans la nuit qui le prive de sommeil. Les paroles que je prononce pour m'excuser et qu'il n'a plus envie d'entendre, comme si ma voix qu'il aimait tant auparavant s'était muée en une cacophonie irritante et inacceptable. Un soir, il est entré ivre des Trois Sirènes. Il m'a menacée de me trancher la langue si je n'arrêtais pas mes jérémiades. Mes jérémiades. Ce ne sont que des appels à l'aide. À la normalité. À la vie d'avant quand il n'était pas encore sourd, indifférent, étranger. C'est la mer qui l'a changé. Et j'ignore comment le ramener vers la terre, vers moi…

« Attendez, écoutez ce passage… »

1976

Hier, il m'a giflée si fort que je me suis évanouie. Quand je me suis réveillée, il dormait, son ventre gras se gonflant et se dégonflant au rythme de ses ronflements. Je me suis relevée, encore étourdie, et je suis sortie dans l'air frais pour pleurer. Il n'était pas comme ça avant. Il m'a aimée, je le sais et peut-être m'aime-t-il encore. Si seulement les poissons revenaient… Je passe ma journée à chercher des solutions. Quand il part plusieurs jours en mer, j'astique, je cuisine, je recouds ses vêtements usés afin qu'il se sente heureux, choyé. Mon cœur se serre quand depuis la baie des veuves – quel horrible nom – le brouillard m'empêche d'apercevoir son bateau. Sauterai-je à mon tour si un jour il ne revenait pas ? Oui, je le pense, du plus profond de mon âme…

« C'est horrible… »

Oriane était assise sur l'herbe, les jambes croisées. Elle tournait les pages avec une curiosité croissante, captivée par le récit de Lilly.

— Elle est folle, maugréa Gustave en donnant des coups de pied dans un caillou.

— Nous n'aurions pas dû…, regretta Damien, qui, assis à côté de la jeune fille, se demandait pourquoi son meilleur ami se sentait de si mauvaise humeur.

— J'irai les reposer, je le jure, se défendit Oriane, je n'en ai pris que trois, elle ne le remarquera pas avant que j'y retourne…

Avant de quitter la propriété de la veuve, et malgré les réticences de ses amis, Oriane avait insisté pour emporter avec elle quelques carnets. Gustave avait eu beau protester, indiquer que le vol n'avait jamais été au programme de leur périple, elle s'était entêtée. Ils se mirent d'accord sur un emprunt à court terme, une journée, sinon Oriane devrait se débrouiller seule pour les ramener. Damien aurait acquiescé depuis longtemps face au visage implorant d'Oriane, mais pour une raison obscure, Gustave fut plus difficile à convaincre – *sans doute parce que l'idée ne vient pas de lui*, conclut le garçon en aidant sa petite amie à descendre de la lucarne.

— Il la frappait…

— C'était un alcoolique, précisa Damien, en se demandant si cet argument aggravait ou excusait ces actes.

— Elle l'aimait, pourtant…

— Bon sang, s'emporta Gustave en envoyant au loin la pierre qui ne le divertissait plus. Ça s'trouve, elle l'a toujours sa langue ! Ce n'est qu'une légende pour gosses ! J'en ai ras le cul de traîner ici à sauver des chats et à attendre que le pétrole disparaisse ! On se fait chier ! Vivement que je parte en bateau avec mon père !

Damien et Oriane ne s'étonnèrent qu'à moitié de la colère subite de Gustave. Il leur avait déjà fait le coup, plusieurs fois. Son humeur badine pouvait se muer en une lassitude exacerbée sans prévenir, pour des raisons difficilement compréhensibles. C'était contre lui qu'il semblait lutter, comme si un conflit interne se jouait perpétuellement entre le Gustave qu'il avait toujours été et celui qu'il rêvait de devenir. Il salua le couple d'un bref « à plus » qui signifiait généralement un « à demain », puis descendit vers le port en traînant avec lui son humeur noire.

— Qu'est-ce qui lui prend en ce moment ? s'inquiéta Oriane. On dirait qu'on l'énerve.

— Je n'en sais rien, peut-être qu'il s'ennuie avec nous… Et puis en sautant de la fenêtre de chez Lilly, il s'est cogné la tête contre le portant en bois… ça suffit largement pour le mettre en boule.

— Écoute ça…

1976

Je suis triste pour lui. Qu'allons-nous devenir s'il est obligé de s'éloigner de plus en plus de la côte pour remplir ses filets ? Lorsqu'il rentre, la mine sombre, il ne cesse de m'injurier, moi et les chats. Il nous traite de fléaux. De porteurs de malheur. Il prétend que les chats sont à présent plus nombreux que les goélands, et que bientôt ils le seront plus que les poissons. Alors je le rassure, mais dès que mes paroles s'échappent de mes lèvres, il lève la main, et je me tais. Un soir que je rentrais de la ville, j'ai trouvé le cadavre d'un gros chat gris sur le bord de la route. Je l'ai ramené à la maison, et il s'est mis à rire comme je ne l'avais que rarement entendu. Il a donné un coup de pied dans le tas de chair molle, qui s'est envolée comme une peluche pour chien, avant de retomber dans un coin du jardin. On devrait tous les crever, c'est la solution ! s'est-il réjoui avant de rentrer se servir un verre. Alors, je l'ai pris au mot. J'ai commencé à traquer ces bestioles responsables du malheur de mon mari et, par conséquent, du mien.

— Tu savais que c'était une ancienne maîtresse d'école ?

— Lilly la folle ? Vraiment ? s'étonna Damien.

— Oui, c'est mon père qui me l'a dit. La plupart des hommes du port ont été ses élèves.

— Ben merde…

Damien eut du mal à se représenter cette femme errante transmettant son savoir à des élèves conquis. *Se coiffait-elle alors ou ses cheveux épars s'envolaient-ils au vent tels les serpents de la Méduse ? Vêtait-elle sa jeunesse de jolies tenues ou se contentait-elle des mêmes loques qu'à présent ? Sa folie était-elle perceptible ? Cachait-elle les marques sur son visage à l'aide d'un maquillage épais ?*

— Ils correspondent à quelle année les deux autres carnets ? demanda le garçon tout en continuant d'imaginer Lilly se mouvoir entre les rangs d'élèves, le regard hagard, les yeux affolés d'avoir croisé l'ombre d'un chat sous la fraîcheur du préau.

— 1977… et 1990…

Damien se tourna vers Oriane, le front plissé d'inquiétude.

— 1990 ?

— Oui, affirma Oriane en hochant lentement la tête.

— Tu es certaine de vouloir… enfin, je veux dire, elle a un grain quand même !

— Si elle en parle, je veux savoir… Mais je n'ai pas envie de le découvrir seule.

— Alors, je reste, répondit Damien avant de se pencher pour déposer un baiser furtif sur les lèvres de la jeune fille. Vas-y, ouvre-le…

Oriane abandonna le premier carnet sur l'herbe et ouvrit celui plus récent. Elle s'y plongea de longues minutes, tournant les pages, lisant en diagonale en espérant et en redoutant à la fois de trouver ce qu'elle cherchait. Ce n'est qu'arrivée à la moitié du carnet qu'elle posa une main tremblante sur la jambe de Damien.

— C'est là, elle en parle…, indiqua-t-elle en posant son index sur le début d'une phrase.

— Tu… tu veux que je te le lise ? proposa Damien. Ce sera peut-être plus facile ainsi…

— Oui, je veux bien.

1990

La femme du propriétaire du port a été retrouvée morte, chez elle. Je ne l'ai pas trop connue, elle n'était pas une de mes élèves, même pas de cette ville d'ailleurs. Ça s'est passé la semaine dernière. Si mon mari était encore de ce monde, il aurait dit que ces choses arrivent, qu'à chaque vague qui se casse contre le rivage, il y a une vie qui disparaît quelque part. Beaucoup de rumeurs bruissent depuis sa disparition. Il paraît que sa jeune fille se trouvait avec elle. Certains disent que la gamine ne s'en remettra jamais. Quatre heures en compagnie d'un cadavre, même à cet âge, ça doit laisser des traces. La boulangère a parlé de traumatismes certains. Sa belle-sœur est psychologue, et à chaque fois qu'elle revient d'un dîner de famille, elle se sent un peu plus psychologue elle-même. Elle répète entre deux fournées de pain que la gamine souffrira toute sa vie de la peur de l'éloignement. Je ne sais pas trop quoi en penser, si ce n'est que la pauvre fillette a dû les trouver bien longues, ces quatre heures... Tu me manques, où que tu sois. Je t'imagine parfois danser avec les sirènes, au fond des océans. Leur couperas-tu la langue, à elles aussi, pour les faire taire ?

Oriane referma le carnet. Elle inspira profondément, autant pour retenir sa peine que pour aérer ses pensées. Damien enroula son bras autour de ses épaules et la ramena contre lui. Il ignorait si Oriane avait des souvenirs de ces quatre heures. Elle ne l'avait jamais évoqué.

Parfois, il l'imaginait assise face au silence de sa mère. *Au bout de combien de temps a-t-elle fait la différence entre une sieste et un repos éternel ? A-t-elle hurlé pour la réveiller ? Fait-elle des cauchemars la nuit, des cauchemars où tous ceux qu'elle aime seraient allongés, les yeux grands ouverts et secs ?* Ils restèrent un long moment, lovés l'un contre l'autre, à se persuader que les boulangères ne faisaient pas de bons psychologues, que le temps qui passait n'amenuisait que partiellement les douleurs et que l'on n'y pouvait rien. Il suffisait de voir les adultes pour le comprendre. Tous semblaient traîner des peines antiques sans jamais réussir à s'en débarrasser. Puis Oriane se saisit du troisième carnet.

— Pourquoi 1977 ? s'enquit Damien en serrant la main libre de l'adolescente.

— C'est l'année de la disparition du mari de Lilly, selon la plaque commémorative scellée dans le mur de la capitainerie. C'est aussi l'année où il lui aurait coupé la langue d'après les pêcheurs…

— Je ne sais pas si j'ai bien envie d'en savoir plus…

— Trop tard maintenant, hors de question de remettre ces carnets sans avoir la réponse… Au moins, Gustave me remerciera de les avoir pris…

1977

Mes pièges se perfectionnent. J'arrive à attraper plusieurs chats dans le mois. Je tiens à jour les comptes que je montre fièrement à mon mari quand il rentre. Ces bêtes sont stupides. Un peu de nourriture et ils filent droit vers leur perte. Je me vante de mes progrès. Je suis certaine que la vie va devenir meilleure maintenant. Marcel m'écoute les bons jours, les mauvais il me tance pour que je me taise, mais j'insiste, parfois trop je le sais, pour lui expliquer qu'il est le seul à qui j'aime parler. Ce qui n'est pas exactement vrai, je le confesse. Je parle aussi à la femme du propriétaire des Trois Sirènes, Madeleine. Les femmes ont besoin de se confier, c'est ainsi. Les hommes eux se taisent, surtout les marins. Ils laissent macérer en eux leurs préoccupations, pensant que seul l'océan pourrait les entendre sans se moquer.

Puis, quelques pages plus loin :

1977

Marcel est rentré tard, ivre. Il dit qu'il profite au maximum, car dans un mois il part pour une longue sortie, plus d'une semaine, afin de vérifier que la mer ne s'est pas entièrement asséchée de poissons. Mais hier, à peine venait-il de franchir la porte que son visage m'a effrayée. Ses sourcils touffus repliés vers le haut de son nez, son regard sombre et décidé ainsi que la violence avec laquelle il a fermé la porte m'ont fait reculer. « Salope ! a-t-il crié en s'approchant de moi. Je t'avais dit que tu parlais trop ! Pourquoi es-tu allée raconter que je te battais ! » Je n'ai pas eu le temps de me protéger. Son poing s'est abattu contre mon crâne. Je suis tombée en arrière, contre la table et la vaisselle qui s'est brisée dans mon dos. « Je vais te la couper », marmonnait-il, assis à califourchon sur ma poitrine. Puis je me souviens d'un dernier coup de poing, d'un couteau dressé au-dessus de ma bouche.

Ensuite, j'ai perdu pied.

1977

Il regrette. C'est ce qu'il pleure, à mon chevet. Il m'aime, comme avant, je le sens. Ma langue est gonflée. Enfin, ce qu'il en reste. Dans sa colère, Marcel m'a expliqué qu'il avait lancé la partie tranchée aux chats errants, pour qu'ils s'en nourrissent, pour qu'ils en crèvent, parce que selon lui elle était empoisonnée. Mais tout est terminé à présent. Je m'en veux d'avoir trop parlé. Je n'aurais jamais dû me confier à Madeleine. Ce qui se passe dans une maison ne regarde que ses occupants. Je l'ai trahi. Et mon châtiment est à la hauteur de mon désaveu. Il m'apporte ma soupe, nettoie la vaisselle, hésite à me laisser quelques heures seule. Son amour est revenu. Ma langue cicatrise. Le silence nous a réconciliés.

22

2019

« Que s'est-il passé, tout à l'heure ? Tu es sorti précipitamment du bar… »

Oriane déposa le panier qu'elle portait sur la table basse, juste à côté du dossier. Elle n'attendit pas ma réponse pour en retirer une bouteille de vin ainsi qu'une tourte.

— À la viande, précisa-t-elle, c'est presque plus facile de trouver du bœuf que du hareng maintenant… Alors, tout va bien ?

— Oui, mentis-je, tout va bien. Je pensais que tu travaillais ce soir…

— Exact, mais Murielle a pu me remplacer. C'est une étudiante qui me donne un coup de main de temps en temps. Et puis, il n'y avait pas grand monde de toute manière. Je me suis dit que je serais mieux ici, avec toi…

Oriane s'approcha avec lenteur, ses yeux plongés dans les miens. Son corps se mouvait avec un charme sensuel. Les courbes que nous devinions jadis avec Gustave s'étaient affirmées avec le temps, transformant la jeune fille en une femme accomplie, éloignant la maladresse naturelle de l'adolescence pour laisser place à une maîtrise parfaite de ces atouts. Elle déposa un baiser appuyé contre mes lèvres. Je sentis sa bouche s'entrouvrir et sa langue se mêla à la mienne avec une avidité certainement héritée de ces années à attendre ce moment. Ses mains se dispersèrent tandis que son bassin se pressait contre le mien. Elle dut sentir mon trouble, car ses lèvres se décollèrent lentement, et son regard, toujours enivré de désir, perdit cependant un peu de son assurance.

— Excuse-moi, j'ai tellement espéré te retrouver…

— Non, je… c'est moi, prétextai-je en lui prenant la main.

J'avais envie de la retenir, de lui intimer de continuer mais je ne pouvais cesser de penser à cette photo. Quand ses lèvres touchaient les miennes et que je fermais les yeux, le visage de son père et de ma mère dansait sous mes paupières.

— J'ai besoin de me vider l'esprit, arguai-je en me détournant pour chercher l'ouvre-bouteille.

— Encore ces nuages gris ? demanda-t-elle en se repliant sur le canapé.

— Non, pas vraiment…

— Que se passe-t-il, alors ? Tu sais que tu peux tout me confier…

J'attrapai la bouteille, retirai la collerette et enfonçai la mèche torsadée dans le bouchon. Une fois ouverte, je remplis deux verres et la rejoignis en m'asseyant à côté d'elle comme je l'avais maintes fois fait sur l'herbe de la baie des veuves.

— Savais-tu… Savais-tu que nos parents avaient eu une liaison ?

Oriane me dévisagea, l'air incrédule. Puis des plis se dessinèrent au coin de ses yeux, ses pommettes se relevèrent et un large rire retentit dans le mobil-home.

— C'est cela qui te perturbe au point de ne pas m'embrasser ? s'amusa-t-elle en feignant l'outragée. Mais bien sûr que je le savais ! Mon père me l'a avoué de longues années après ! Et crois-moi, il n'était pas fier de lui !

Son rire me glaça le sang. Il me fit prendre conscience que je m'étais comporté comme un imbécile. Que ma vexation m'avait posé des œillères, m'empêchant de réfléchir avec distance, de comprendre qu'il n'y avait rien d'extravagant à cela, que des couples se cocufiaient chaque minute, *à chaque fois qu'une vague se brise sur le rivage*, aurait dit le mari de Lilly qui sans doute s'amusait lui aussi à baiser hors du foyer. On en écrivait des livres. Des chansons. Des films. Et moi, j'avais tout bêtement imaginé pouvoir échapper à cette vérité universelle. Je baissai les yeux, penaud. Oriane possédait donc toujours cette magie. Celle de disperser mes nuages gris. Je lui souris, le visage rougi par la honte. Elle rigola encore une fois, de manière plus feutrée, avant de lever son verre.

— C'est ce que j'aime en toi, ton romantisme farfelu ! déclara-t-elle en trinquant. Ce n'est qu'un secret d'adulte, de ceux qu'on ne confesse pas aux enfants. Et puis le temps passe, et on se dit à quoi bon… Ils ont couché ensemble, voilà tout !

Je ne pouvais lui donner tort. Délesté d'un poids, je me demandai si Oriane détenait également les réponses à mes autres interrogations et aux propos de Franck. L'envie de me confier me traversa l'esprit, mais elle fut freinée par un sentiment indistinct, l'idée que ce n'était pas encore le moment.

— Alors, qu'est devenu Damien après avoir fui le port ? Raconte-moi tout ! m'intima-t-elle. Tu as des enfants ? Une Pénélope qui t'attend quelque part ?

Non, Oriane. Aucune femme. Des aventures, oui, évidemment, mais rien de suffisamment fort pour m'ancrer et m'éloigner de ton souvenir. À chaque fois que j'ai embrassé une conquête, je t'ai cherchée dans ses baisers. À chaque fois que mes mains caressaient un corps, je me demandais comment toi tu réagirais. À chaque murmure de plaisir, j'ai désiré prononcer ton prénom.

Je me suis raconté. Ma vie à plus de quatre cents kilomètres. Mes études supérieures à la faculté d'histoire. Mon emploi dans un musée de la région. Mes illusions perdues. Mes rêves atrophiés. La maladie de ma mère et le silence de mon père. Sa mort. Leur mort. Et le désir de revenir ici pour la revoir, sans lui avouer celui de l'enlever, de l'emmener loin de cette ville. Elle m'écouta avec dévotion, ponctuant mon récit de brefs signes d'assentiment. Nous fîmes l'amour sur le canapé. Ce fut intense, pacifiquement violent, comme si nous pouvions enfin nous libérer de ce trop-plein de frustration accumulé, comme si nos guerres internes avaient trouvé là le terrain idéal pour exprimer leurs désirs de vie. Nos corps luttèrent, se repoussèrent, se raccrochèrent tels deux naufragés battus par les flots impétueux. Une fois notre combat achevé, nous restâmes l'un contre l'autre, emmitouflés dans la couverture rugueuse qui dormait jusqu'alors à côté du canapé, savourant le calme de la tempête passée.

— L'attente en valait le coup, sourit Oriane en appuyant sa tête contre ma poitrine.

— Oui, acquiesçai-je en respirant son odeur.

Pour la première fois depuis mon arrivée, je me sentis apaisé. J'allai jusqu'à me dire que je pourrais me satisfaire de cela, ici. Acheter une maison, faire un enfant à Oriane, après tout, nous n'étions pas si vieux, et vivre en emmurant les fantômes dans les fondations de notre nouvelle vie. Durant les quelques minutes que dura cette rêverie, l'étranger que j'étais se mua en un homme tout simplement revenu sur ses terres d'origine. Je n'étais plus l'Ulysse vivant un indésirable voyage, mais celui qui foulait le rivage de son Ithaque natale pour y finir sereinement sa vie. Seulement, la réalité reprit ses droits quand Oriane se détacha de moi pour saisir le dossier posé sur la table basse, devant nous. D'un coup, les liens qui m'amarraient à cet instant de paix des sens se rompirent et m'éloignèrent de mes utopies.

— Qu'est-ce que c'est ?

« Des papiers… » me contentai-je de dire, croisant les doigts pour que ces deux mots, prononcés avec le plus de détachement possible, suffisent à éteindre le sujet. Mais Oriane avait toujours été curieuse. Depuis le jour de notre rencontre où elle avait accepté sans ciller de nous suivre, Gustave et moi, sur les traces de Lilly. Elle ouvrit le dossier et comprit immédiatement de quoi il s'agissait.

— C'est donc pour cela que tu es revenu, dit-elle en parcourant les divers documents, pour enquêter sur la mort de ton père…

— Non, Or, c'est faux… Franck a déposé l'enveloppe sans me demander quoi que ce soit… Je ne suis pas là pour ça.

— De quoi vous avez parlé tous les deux, dans la remise ? Que s'est-il passé ?

— Je lui ai dit que je ne souhaitais plus écouter ses théories… que je voulais partir…

— *Re*partir ?

— Oui, mais j'étais sur les nerfs et…

— Tu serais reparti si je n'étais pas venue te voir ? me reprocha-t-elle, les yeux rougis.

— Non… je… je ne sais pas… Franck pense que mon père ne s'est pas suicidé, qu'il y avait quelqu'un avec lui ce jour-là, sur la baie des veuves.

— Et pour Gus, ce n'est pas ton père non plus ? C'est pour cela ces comptes rendus d'audition, ces descriptions de la scène de crime ? J'étais là quand la police est arrivée pour arrêter ton père ! Je l'ai vu attendre à côté du corps de notre ami ! Ton père l'a tué ! Personne n'a cru à l'accident, tout le monde savait dans quel état était ton père après votre départ, ce n'était qu'un trop-plein de haine et d'alcool qui attendait la première occasion pour se déverser ! Comment peux-tu mettre cela en doute, toi qui te trouvais à des centaines de kilomètres sans plus te soucier de nous ?

Oriane s'était levée du canapé. Sans se soucier de sa nudité, elle me fixait en attente d'une réponse, son visage ridé de colère et d'incompréhension.

— Je ne mets rien en doute, considère cela comme de la curiosité, rien de plus. Tu devrais le comprendre mieux que quiconque…, ajoutai-je, sarcastique, tandis qu'elle se détournait pour ramasser ses habits.

— Je peux comprendre, en effet. Mais débarrasse-toi de tes illusions. Ton père était un meurtrier qui aurait mérité bien plus que quelques années en prison. Et même si Gustave s'était un peu éloigné, n'oublie jamais qu'il aurait fait n'importe quoi pour nous. Ne salis pas sa mémoire en déterrant son cadavre, Damien.

Une fois rhabillée, Oriane passa la porte du mobil-home sans même un dernier baiser. J'avais certainement fait preuve de maladresse, mais sa colère me sembla démesurée. C'est vrai que j'avais déjà quitté le navire quand le port et son économie avaient sombré. Je n'étais plus là quand ils avaient subi le deuil et la mauvaise publicité que mon père leur avait imposés. Beaucoup en ville parlaient déjà d'un lieu maudit, d'un endroit où les poissons disparaissaient, où les marins ne revenaient pas toujours et où les chats et le pétrole se partageaient les côtes. La découverte du cadavre d'un adolescent avait parachevé ce sombre tableau. Oui, pendant ce temps, pendant que les nuages gris se transformaient en brume et léchaient les pontons comme pour s'en repaître, je me trouvais à mille lieues de la tragédie.

Je rejetai la faute sur Franck et ses élucubrations. Demain, je rassurerais Oriane. Je lui prouverais ma foi en nous, lui partagerais mon idée de nouveau départ. Seulement, après avoir revêtu ce que le désir m'avait fait retirer, je retournai sur le canapé et relus les procès-verbaux, ceux écrits par les premiers policiers rendus sur place. Car, échappées de cette discussion désolante, deux phrases prononcées par Oriane ne cessaient de me perturber : « J'étais là quand la police est arrivée pour arrêter ton père ! Je l'ai vu attendre à côté du corps de notre ami ! » J'avais beau chercher dans l'ensemble du dossier, à aucun moment sa présence n'avait été notifiée. Seuls le cadavre de Gustave, mon père et M. Duffrane étaient spécifiés noir sur blanc.

Il n'y avait aucune trace d'elle, nulle part.

23

1995
Juliana

Juliana raccrocha, la boule au ventre.

Philippe venait de lui signifier, de manière à peine voilée, que leur histoire touchait à sa fin. C'était la première fois qu'il lui paraissait si distant, si impénétrable.

À quel moment la lassitude s'empare-t-elle de notre esprit, de notre cœur, de l'intimité de notre lit ? Est-ce par une accumulation lente et pernicieuse ? Par une prise de conscience subite qui surgit de notre néant comme un éclair à travers les nuages ? À ces questions maintes fois pensées, Juliana ne put jamais trouver une réponse satisfaisante. Elle était incapable de se souvenir du moment où Jean lui avait paru moins flamboyant. Elle s'en voulait de ne pas trouver l'instant originel. Elle avait l'impression d'avoir été la victime d'un mauvais sort, que quelqu'un avait manipulé ses sentiments sans qu'elle s'en fût aperçue. Un matin, elle s'était réveillée, amputée d'une partie d'elle-même, de cette passion qui l'avait menée jusqu'ici et qui semblait s'être enfuie sans dire au revoir.

Juliana s'appuya contre le meuble de la cuisine. Que Philippe décide de la quitter ne se révélait pas d'une si grande importance. Elle savait que leur relation ne représentait qu'un pansement qui finirait par se décoller avec le temps. L'amour, elle le laissait aux autres. Juliana avait découvert avec l'expérience de la vie que cette notion n'était rien de plus qu'un slogan publicitaire, un sentiment illusoire, une futilité lourde de non-sens. Durant des mois, cela lui avait permis de se redécouvrir. Se maquiller. S'apprêter. Se sentir désirée. Jouir. Baiser des heures durant puisque au fond il ne s'agissait que de cela, d'un contrat tacite à la recherche du plaisir. Autant de gestes et de sensations qu'elle pensait noyés au fond de ce port, engloutis à jamais.

Non, le plus important ne résidait pas dans ce bref sentiment d'abandon puéril qui disparaîtrait dans la journée. Ce qui la tourmentait, c'était cette décision mise en suspens. Ce désir de quitter cette ville qu'elle avait à de nombreuses reprises formulé tout en sachant que les rendez-vous réguliers avec le patron du port la lui feraient repousser. Elle songea une nouvelle fois à Damien. Comment réagirait-il ? Pouvait-elle risquer sa détestation ? Oui, elle en était persuadée. Les premiers mois seraient difficiles. À cet âge, être séparé de son père, de ses amis pouvait être traumatisant. Mais après ? Songer à son futur. Voilà le mantra qu'elle se répétait pour ne plus douter. Souhaitait-elle le voir grandir ici, au milieu de ces pêcheurs qui petit à petit l'attireraient dans leurs filets au point d'en faire l'un d'entre eux ? Était-ce cela qu'elle voulait pour son fils ? Le voir errer au milieu de ces épaves de vies échouées ? Non, certainement pas. Et Jean non plus. Il le lui avait dit, un soir où le conflit avait revêtu l'aspect d'une simple conversation d'ordre pratique, abandonnant un instant les reproches et les vitupérations. Lui aussi voulait que Damien devienne autre chose. Il rêvait, grand, même. Peut-être plus grand que Juliana. Médecin, architecte, avocat, journaliste… Autant de professions qu'il fantasmait loin de l'océan. Mais au moins étaient-ils d'accord : si un jour ils devaient vraiment se séparer, Damien partirait avec elle puisque Jean ne pourrait rien lui offrir d'autre que cet horizon compressé entre ciel et mer.

Juliana chercha au fond d'elle-même une quelconque raison de ne pas fuir cet endroit. Elle n'en trouva aucune. Jean était devenu un être indistinct, gorgé d'alcool et de violence. Plus rien ne lui importait que son bateau, les poissons et la mer. Juliana se devait de les sauver, elle et Damien, de cette déchéance maudite. Ainsi, elle prit sa décision. La semaine prochaine, elle accueillerait sans illusion la fin de son aventure avec Duffrane. Ensuite, elle préparerait les valises et prétendrait qu'un peu de vacances dans le centre de la France lui feraient du bien, et que ses cousins seraient ravis de voir Damien. *Oui, juste quelques jours, mon chéri.* Puis, une fois là-bas, elle lui parlerait, écouterait ses suppliques, sécherait ses larmes sans dévier de son choix. Quitte à passer pour la méchante. C'est un rôle que les parents doivent parfois endosser, un déguisement impropre qui s'émiette avec le temps, une chimère taiseuse qui se transforme en acte raisonné quand l'enfant possède assez de recul pour comprendre. *Quand tu seras devenu un avocat célèbre, nul doute que tu me remercieras*, sourit-elle, seule dans sa cuisine. *En attendant, si tu dois me maudire, tant pis, après tout, il est normal que je souffre aussi, c'est moi qui t'ai embarqué dans cette famille sans lendemain…*

24

2019

Mes os me font souffrir. Mon souffle devient erratique et je perds souvent l'équilibre. Je pense que je vais bientôt mourir. C'est à peine si je capture trois ou quatre chats dans le mois. Je te rejoindrai bientôt, j'en suis certaine. En attendant, je sème quelques petits cailloux. Franck est passé me voir. Je l'aime bien. Il m'a apporté une brioche que j'avale difficilement tant ma gorge est sèche. Il m'a encore demandé si j'étais certaine. Je le suis. Il m'a sollicité pour notre petite affaire. Je dois simplement déposer une enveloppe chez Jean, enfin anciennement chez Jean. J'ai accepté, bien sûr, car je passe là-bas pour y jeter des cadavres. Qui va m'acheter mes chats, maintenant ? Je l'aimais bien aussi, Jean. Il était le seul qui me croyait encore. Qui pensait, comme toi, que les chats étaient la cause de tout. Deux euros la bestiole. Je sais qu'il faisait cela par pitié, mais aussi en souvenir du bon vieux temps, quand le port était ouvert, quand son gamin courait avec les deux autres et que la plaque de ta disparition n'avait pas encore été volée. J'aimerais *mourir avec ces dernières visions dans mon esprit. Ensuite, nous irons nager, toi et moi, sans plus jamais nous soucier de respirer…*

25

1995

Duffrane fit le tour des banques. Chaque fois il se confronta à des visages impassibles et des excuses qu'il jugea fallacieuses. La marée noire. La conjoncture. Les études établies lors des différents précédents. *Il vaut mieux attendre. Nous ne pouvons vous octroyer un prêt de cette ampleur, vos derniers bilans ne le permettent pas. Attendez quelques mois que les primes d'assurance vous soient versées…*

« Autant demander à un homme qui se noie d'attendre que les sauveteurs aient terminé leur déjeuner ! » avait-il lancé avant de mettre fin au dernier entretien.

Il appela le maire. Un vieil ami, respectable gestionnaire de la ville depuis plus de trente ans, qui lui avait un jour suggéré qu'un entrepreneur comme lui pourrait être son successeur, qu'il était un enfant d'ici, que tout le monde respectait, et qu'il en fallait souvent moins pour s'asseoir à sa place, derrière son bureau. Philippe n'y avait guère fait attention à l'époque, tout occupé qu'il était à faire prospérer sa nouvelle acquisition, *la coopérative de fileyeurs Duffrane*. Seulement, l'idée de briguer un mandat le charma plus qu'il ne l'aurait cru et s'immisça dans son futur qu'il rêvait fructueux. Il s'imaginait souvent donner du « Madame le maire » à Méline, savourer la fascination de ses administrés, des banquiers, agrandir la capitainerie, et pourquoi pas le port en croquant un peu le littoral à l'aide de mâchoires métalliques pour créer des structures d'appontement en dur. Les autres administrateurs de pêche de la région le regarderaient avec envie, comptant depuis leurs fenêtres le nombre de bateaux battant pavillon « Duffrane » tout en commentant sa réussite insultante. Ainsi, il tissa des liens avec les personnes qui comptaient. Le maire l'initia à quelques astuces, lui fit rencontrer du monde, l'illusionna de perspectives, de grandeur, de dîners qu'on ne paie jamais, de responsabilités souveraines, d'enveloppes déposées sans adresse d'expéditeur, bombées, rien de plus que de simples remerciements qu'il serait outrageux de refuser… Seulement, la mort de Méline mit un frein à toutes ces ambitions. Philippe s'enferma dans la capitainerie, et oublia cette idée qui lui paraissait à ce moment-là bien futile.

Assis face aux banquiers, il regrettait de ne pas avoir poussé plus loin sa perspective. Tous ces cols blancs lui auraient-ils refusé un prêt s'il avait été celui qui dirigeait la ville ? Bien sûr que non. Ils auraient signé sans se soucier des résultats de son entreprise, ils lui auraient offert le café, auraient discuté avec lui au lieu de le congédier comme un lycéen à problèmes.

Duffrane arpenta durant quelques minutes les rues de la ville. Le léger crachin qui glissait depuis le ciel lui parut réconfortant. Les chiffres dansaient toujours dans sa tête. Ceux des salaires, des charges, des remboursements d'emprunts... Pour n'importe quel homme sensé, la vérité serait apparue rapidement. Froide, mathématique, elle se serait frayé un chemin dans l'esprit embourbé du condamné et aurait écarté tous ses calculs d'un revers de lettres, huit exactement : faillite. Mais Philippe n'était pas homme à renoncer facilement. Le destin allait tourner, il en était certain. Les dossiers pour les assurances avaient été dûment remplis et postés. Il avait un peu triché sur quelques sommes, revu à la hausse le manque à gagner que la pollution avait occasionné et misé sur le fait que le propriétaire du bateau (une des plus grandes sociétés de l'industrie pétrolière) ne chipoterait pas pour quelques dizaines de milliers de francs. Il suffisait de tenir jusque-là. En attendant, il pourrait toujours se servir sur le compte d'Oriane. Sa fille ignorait que son père déposait régulièrement de l'argent sur différents produits financiers, argent consacré au paiement de ses études supérieures. Certes, la somme accumulée ne formait pas un matelas suffisamment confortable pour compenser le blocage économique du port, mais au moins représentait-il un sursis. Ajouté à cela que le maire lui avait promis de se pencher sur son problème, Duffrane pouvait envisager une sortie de crise bien avant d'être obligé de mettre la clef sous la porte. *L'avenir sourit aux ambitieux*, se dit-il en retournant vers le centre-ville pour effectuer un achat. *Le port se relèvera de cette époque compliquée. Tous loueront ensuite mon abnégation, les commandes se multiplieront, autant que les excuses, et beaucoup m'encourageront à me présenter aux prochaines élections !*

Revigoré par cette confiance soudaine, le directeur de la coopérative décida de s'atteler à la première tâche de sa résurrection et entra dans un magasin d'électronique. Vingt minutes plus tard, il en ressortit avec la facture d'une caméra de surveillance.

26

Durant la semaine qui s'écoula, chaque personnage suivit le scénario du rôle dans lequel, malgré lui, il était enfermé. Chacun de leur côté, ils s'efforcèrent de vivre, de faire taire leurs doutes, de rester sourds aux différents chants que leurs consciences entonnaient. Des chants prophétiques pour quelques-uns, utopiques pour d'autres. Ce bruissement silencieux, inaudible, connut son apogée quand la sirène d'une ambulance recouvrit le murmure des vagues qui s'échouaient entre les pontons. Les échos de cette hystérie se déploieraient encore quelques années plus tard, quand des corps seraient retrouvés sans que quiconque comprenne le lien qui les unissait avec les poissons, les chats, les marins et le pétrole.

Damien et Oriane se retrouvèrent chaque jour à la baie des veuves. Les deux amoureux purent profiter pleinement l'un de l'autre, car Gustave se fit plus discret, jusqu'à ne plus partager ses heures avec eux. Oriane l'aperçut une fois en compagnie de Lucas et Sylvain. Ils étaient tous les trois assis sur un banc et fumaient des cigarettes en buvant des bières. Leurs rires gutturaux et stupides résonnaient de manière lugubre dans le soleil d'été. La jeune fille ressentit l'envie d'aller le voir, de lui demander ce qu'il foutait avec ces deux connards, mais rebroussa chemin. Cela lui faisait de la peine, mais peut-être n'était-ce qu'une passade qui disparaîtrait à la rentrée, pas vraiment une tromperie. Damien fut déçu de l'attitude de son ami quand Oriane lui en fit part. Il trouva injuste cet éloignement, même s'il se sentait un peu coupable. Il se dit qu'il aurait dû faire un peu plus attention aux colères inexpliquées de Gus. Qu'avec un peu de réflexion, il aurait compris que ces sautes d'humeur étaient l'expression d'un mal-être. La culpabilité qu'éprouvaient Damien et Oriane diminua cependant au gré des journées. Parfois, ils en oublièrent même de prononcer le nom de Gustave, qu'ils croisaient quelquefois sur le port ou en ville avec ses deux nouveaux amis. Quand ces rencontres se produisaient, Lucas n'oubliait jamais d'en rajouter. Prenant Gus par l'épaule, s'esclaffant quand il ouvrait la bouche, lui tendant son paquet de cigarettes en saluant Damien d'un air détaché, il vivait cette migration comme une victoire bien plus précieuse que n'importe quel coup porté sur le visage de son ancien souffre-douleur. À croire qu'il avait oublié le secret qui les liait, ou plutôt que cette trahison suffisait à son bonheur.

Juliana annonça à Damien qu'ils partiraient bientôt en vacances dans sa famille. Elle lui lança cette sentence d'un air distrait, chantonnant avec légèreté les paroles des *Paradis perdus* que la radio diffusait dans la chaleur du mobil-home. Le garçon tenta de négocier, d'échapper à ce qui pour lui ressemblait à une punition, à un exil dégueulasse que sa mère justifiait avec détachement, sans prendre en compte qu'il n'en avait plus rien à foutre que ses parents s'engueulent pourvu qu'il passe ses journées avec Oriane. « À croire que tu n'as jamais été amoureuse », lui lança-t-il avant de s'enfermer dans sa chambre. Juliana ne broncha pas. Elle serra les dents pour ne pas flancher. Elle eut envie de lui expliquer que oui, elle l'avait été, amoureuse, mais que le temps flétrit les gens, qu'il ride leur peau, leur âme et assèche leurs sentiments. Et que même la pluie que pissaient constamment les nuages n'y pouvait rien.

Jean continua de se meurtrir le dos à ramasser des pelletées de pétrole solidifié. Durant la journée, son ardeur à la tâche l'isolait de la tristesse qui l'accablait quand il se couchait le soir dans son bateau. Il ne remontait que très rarement chez lui. D'une part parce qu'il redoutait de ne pas se maîtriser s'il se retrouvait face à Juliana, d'autre part parce que se montrer devant son fils dans cet état lui dévorait le cœur. Le père de Damien avait compris depuis longtemps que Juliana allait le quitter. Le plus difficile à admettre fut que ce départ pouvait être bénéfique pour son fils. Que s'il s'y opposait vigoureusement, ce ne serait que de l'égoïsme, indigne d'un parent. Il se réconfortait en imaginant une garde alternée, mais le plus souvent le réel soulagement provenait des verres qu'il avalait avec un désespoir assoiffé au comptoir des Trois Sirènes. Il descendait ensuite le chemin jusqu'au port, titubant et hargneux, sans se soucier de la caméra de surveillance que le patron avait installée à l'angle de la capitainerie.

Franck débuta discrètement la mission que lui avait donnée l'Anguille. Il se contenta tout d'abord de suivre

Juliana du regard, de noter dans sa mémoire les horaires auxquels elle quittait le mobil-home. Tout en nettoyant les rochers noircis par le pétrole, il s'évertuait à jouer les espions, en espérant au fond de lui que ses efforts ne mèneraient nulle part, si ce n'est à la paix dans l'esprit de Jean. Le soir, il traînait un peu du côté du quartier des pêcheurs. Il distinguait la silhouette de Juliana à travers les fenêtres, et à plusieurs reprises il se retint de ne pas aller la trouver pour tout lui expliquer, pour lui dire que son mari savait et que lui, qui se rêvait policier, se retrouvait à voler des moments de son intimité.

Puis, un soir, il la vit quitter son foyer, parfumée, apprêtée, et la suivit.

Duffrane était fier de lui. Dans la journée, le vendeur de matériel de surveillance était venu installer le moniteur et l'enregistreur dans son bureau de la capitainerie. Après avoir fixé la caméra à hauteur du toit, le spécialiste lui avait montré le fonctionnement des appareils.

— Vous pouvez déclencher l'enregistrement quand vous le souhaitez. Il suffit d'appuyer sur ce bouton, le rouge. La première cassette se met alors en marche. C'est un magnétoscope à quatre têtes vidéo, dès que la première cassette est pleine, la seconde se déclenche et prend le relais.

— Ce sont de simples cassettes VHS ?

— Exactement. Vous pouvez aussi programmer le départ de l'enregistrement, comme sur un réveil.

Il avait testé l'appareil durant deux heures. Face à son écran, il pouvait surveiller la quasi-totalité du port et jouer avec la molette du zoom optique. Sa nouvelle acquisition lui permettrait bientôt d'attraper le voleur qui sévissait depuis des mois. Il se persuada que le simple fait d'y parvenir sonnerait comme un nouveau départ pour tous. Que cela suffirait pour relancer la mécanique de son destin que le pétrole et la pénurie de poissons avaient quelque peu enrayée. Le premier domino venait d'être posé. Il y aurait ensuite celui des primes d'assurance, celui des nouvelles commandes, celui de la reprise d'activité, du succès, des élections… Mais avant cela, il devait parler à Juliana. Dans deux jours.

Gustave émit un rot bruyant qui l'étonna lui-même. Lucas et Sylvain se mirent à rire et tentèrent de l'imiter, mais aucun d'entre eux ne parvint à atteindre son équivalence sonore. Le soleil déclinait lentement au-dessus de l'eau. La mer était vierge de bateaux, sa surface orpheline et argentée scintillait d'éclats dorés.

— Tu te marres quand même plus qu'avec le couple de puceaux, non ?

— Ouais, c'est sûr, répondit Gustave en observant un vol de mouettes.

Il aurait aimé trouver au fond de lui une contradiction à cette affirmation. Damien et Oriane lui manquaient parfois. Il lui arrivait souvent de se demander ce qu'ils pouvaient faire pendant que lui fumait des clopes avec les autres. Mais quelque chose avait changé entre eux. Gus en avait marre d'être mis de côté. Oriane et Damien n'avaient plus besoin de lui, ils s'autosuffisaient. Leur amour stupide avait gommé son utilité aussi simplement que le pétrole avait cloué les bateaux aux pontons. Et puis Lucas l'avait interpellé, un soir qu'il rentrait chez lui, laissant les amoureux décrypter les carnets de Lilly la folle. Le garçon avait d'abord cru qu'il aurait droit à sa raclée, histoire de venger l'affront dont il avait été le principal acteur en jetant de la bière et en menaçant directement Lucas. Cependant, celui-ci ne lui flanqua pas son poing dans la gueule, sans doute par crainte de son grand frère, mais lui proposa une cigarette en guise de calumet de la paix. De fil en aiguille, Gustave s'était retrouvé à traîner avec eux, à se donner rendez-vous le lendemain, puis le surlendemain. Des heures à boire des bières piquées au supermarché, à fumer, à cracher comme des marins… Le temps s'écoula différemment. L'été se mit à ressembler à de vraies vacances et non plus à des journées à tenir la chandelle auprès du couple Oriane-Damien. Lucas et Sylvain ne lui inspiraient plus de crainte. Au contraire, il finit par les trouver sympathiques. Gus se rendit compte qu'ils étaient un peu comme lui, paumés dans leur adolescence. Ils parlèrent de cul, des Guns N'Roses, de ce shit que les lycéens fumaient en soirée, des bateaux qu'ils posséderaient plus tard, puis de cul, encore, en se passant le dernier magazine *Entrevue* de la semaine. Il arrivait parfois que Gus croisât ses anciens compagnons. Il pouvait lire dans leurs regards une sorte d'indifférence gênée, comme si à présent tous les trois parlaient un dialecte différent.

— Tu n'as jamais essayé de te la faire ? demanda Lucas en lançant sa bouteille vide par-dessus le parapet.

Le verre tournoya durant quelques secondes avant de se briser sur les rochers.

— Quoi ?

— Oriane, tu ne l'as jamais pelotée ?

— Non, rougit Gustave, elle sort avec Damien.

— Moi j'aurais quand même essayé…

Peut-être qu'il y avait pensé, à un moment. Et peut-être qu'elle aussi. Sinon pourquoi se mettait-elle toujours en maillot de bain devant eux ? Pourquoi dansait-elle aussi lascivement si ce n'était pour l'exciter ? Pourquoi ne lui avait-elle jamais reproché ces regards qu'il posait régulièrement sur ses courbes ? Gustave était persuadé qu'elle le savait et que, par son silence, elle l'encourageait. *Oui, c'est vrai*, songea-t-il, *s'il n'y avait pas eu Damien, moi aussi j'aurais essayé…*

DEUXIÈME PARTIE

Ce que hurlent les hommes

« À ce moment-là, quand Oriane vous a quitté en vous reprochant de trop vous intéresser au passé, qu'avez-vous pensé ? »

Les minutes me fatiguent. Au début, je me suis dit que cela serait amusant de donner ma version des faits. Valorisant, aussi. Mais les questions que cet homme me pose sont creuses. Le temps que je lui accorde m'ennuie. Je le vois lutter avec les mensonges et je me reconnais un peu en lui. J'étais autant perdu à l'époque. Je soupire d'une manière volontairement exagérée, mais même cela, il ne le perçoit qu'à moitié.

Qu'ai-je pensé à ce moment-là ?

Que nous venions de faire l'amour. Que je l'aimais. Que sa colère était belle. Que je devais m'excuser. Qu'elle me mentait aussi, même si je savais que ce n'était pas volontaire. Un oubli, rien de plus. Pas un mensonge, non, plutôt une simple erreur, un malentendu. J'ai eu également le vague sentiment d'être pris au piège. De quoi, de qui ? Je n'en avais pas la moindre idée. Peut-être de moi-même.

Je décide de fournir un dernier effort. Ce serait stupide de ne pas aller au bout de mon histoire maintenant que les personnages se sont dévoilés. Je croise les bras contre ma poitrine, me pince les lèvres en baissant le regard sur mes chaussures. La parfaite imitation d'une réflexion profonde.

— J'ai pensé… j'ai pensé que tout le monde me mentait ou m'avait menti. Ma mère, Oriane, mon père, Franck, le notaire… C'était un sentiment désagréable, je vous l'accorde. J'ai même douté que mon père fût réellement enterré dans ce cimetière.

— Qu'avez-vous fait ensuite ?

À se demander si cet homme est stupide. Que fait-on quand on se sent ballotté par les eaux du mensonge ? Que cherche-t-on à travers les silences criminels ? La vérité, espèce d'abruti… à n'importe quel prix.

— J'ai malheureusement décidé de comprendre…

1

2019

Franck se présenta vers neuf heures trente au mobil-home, une sacoche en cuir marron à la main. De ma hauteur, je l'observai s'approcher de la porte, toquer et attendre une réponse. Je décidai de le faire patienter quelques secondes avant de le héler du toit. Il leva les yeux, intrigué, et me vit, droit comme une croix de cimetière, une pelle à la main.

— Vous n'abandonnez jamais, vous ?

— Qu'est-ce que tu fabriques sur le toit ?

En guise de réponse, je disparus de son champ de vision puis réapparus, la pelle pleine d'un corps que je lançai à quelques centimètres de ses pieds. Le cadavre du chat s'écrasa sur les rochers saillants qui jouxtaient le chemin de terre.

— Figurez-vous qu'il y en a plus d'une dizaine de ces dépouilles ! Si vous avez une réponse à leur présence, je veux bien vous payer le café !

Je posai l'extrémité de la pelle contre le toit, tout en calant mon menton sur mes mains placées en appui sur l'extrémité du manche. Je devais ressembler à un agriculteur chevronné ainsi, ou aux deux hommes qui avaient recouvert le cercueil de mon père.

— Pour cela aussi, j'ai la réponse, rétorqua Franck en plissant son visage face au soleil qui se dressait derrière moi, et je prendrais bien un peu de sucre avec mon café !

Je reposai mon outil tout en me promettant de revenir plus tard déblayer ces charognes dont l'odeur ne cessait de croître. Je descendis l'échelle avec précaution, retirai les gants de chantier que j'avais découverts plus tôt dans le placard situé sous l'évier de la cuisine.

— Allons-y, si vous avez des réponses, moi j'ai des questions…

Je nous laissai le temps de terminer nos cafés, comme deux vieux amis pour qui les secondes perdues importeraient peu. Seulement, je perçus de la fébrilité chez le policier. Je devinais que se mettait en place dans son cerveau le schéma de sa démonstration. Les phrases d'accroche et les justifications devaient se cogner à l'intérieur de son crâne, sa volonté de me persuader lui brûler la langue. Je ne troublai pas sa concentration. J'avais passé la nuit à relire le dossier pendant que les volatiles prenaient mon toit pour un garde-manger, et plus je tournais les pages, plus je m'enfonçais dans le doute. En combinant les vérités que j'avais découvertes (sur ma mère, dans le testament, dans les différents comptes rendus, de la bouche même de Franck…), il était fort probable que le policier possédât une part de la vérité. J'ignorais pourquoi il pensait si fort que mon père ne s'était pas suicidé. Pour moi, le choix de la date n'était pas anodin : le même jour que son crime, vingt-quatre ans plus tôt. Cela sonnait comme un aveu. Mais si j'avais appris quelque chose en revenant ici, c'était qu'il ne fallait pas se fier aux apparences, encore moins à celles du passé. Alors j'attendis, nerveux à mon tour, que le policier reprenne vie pour m'expliquer.

— Je crains de t'apporter une étrange nouvelle.

— Encore une ? ironisai-je en souriant faiblement. Qu'avez-vous déterré cette fois-ci ?

— Tu sais, la somme d'argent dont tu as hérité ?

— Oui, je n'ai d'ailleurs toujours pas signé le testament, me souvins-je en avalant une gorgée de café, presque tiède.

— J'ai voulu enquêter sur le sujet. Mais le notaire a refusé de m'en indiquer la provenance. Il n'a pas été très coopératif, secret professionnel, selon lui.

— Oui, il me l'a fait comprendre également.

— Alors, continua Franck en sortant des documents de sa sacoche, j'ai demandé à la banque d'avoir accès aux relevés de compte de ton père. Au guichet, je suis tombé sur une ancienne… connaissance, qui m'a fourni ce que je voulais en échange d'un prochain dîner.

— Vous êtes un grand professionnel, Franck, le raillai-je pour tenter de détendre l'atmosphère.

— Je suis remonté sur plusieurs années en arrière, tiens, ici, me montra-t-il en déposant les feuilles sur la table basse. Tous les mois, ton père recevait de l'argent depuis ce compte. Une assez grosse somme, presque le double de son salaire quand nous étions pêcheurs.

— Tous les mois ?

— Oui. Il y a également ce compte d'épargne qui est détaillé ici. Ton père y déposait tous les dix du mois un peu moins de la moitié de la somme qu'il recevait mensuellement. En faisant un rapide calcul, j'ai déduit que ces virements existaient depuis 1995…

— Vous voulez dire depuis la mort de Gustave ?

— Cela coïncide, oui.

— Qu'est-ce que ça veut dire ?

— Pour le moment, ce que je sais c'est que ton père ne possédait pas d'épargne quand on travaillait ensemble, ou très peu. Ça fait partie des choses dont on discute quand on se retrouve seuls en mer. De nos projets futurs et le manque d'argent pour les réaliser. Ça passe le temps, ça permet de rêver éveillé. Je sais qu'il économisait pour tes études, mais que ce n'étaient que des miettes qui auraient été dilapidées en un trimestre dans n'importe quelle université.

— Qui lui a versé cet argent ?

— Je ne le sais pas encore. Le fichier de virement régulier ne comportait aucun nom, juste un numéro de compte. Ma… connaissance m'a promis de se renseigner dès qu'elle en aurait le temps. Ce sera rapide, je pense. Mais on a résolu une part de l'énigme. Ton père n'a pas gagné au loto ni découvert un trésor au fond des mers. Quelqu'un lui versait de l'argent. Reste à découvrir qui et lui poser quelques questions.

— Vous pensez que ce pourrait être ce bienfaiteur qui se trouvait avec mon père, à la baie des veuves, le jour de son « suicide » ?

— Oui, je le pense. Et il y a autre chose dont je voulais te parler. Toujours à propos de ces relevés. Regarde, ces lignes de débit.

Je me penchai au-dessus des documents, de plus en plus intrigué par ce que ces colonnes de chiffres cachaient en leur sein. Franck posa son doigt en face d'une ligne, puis descendit au mois suivant où il retrouva le même montant, à la même date, et ainsi de suite à chaque fin de mois. La somme représentait exactement l'autre moitié de l'argent qu'il recevait de la part de son bienfaiteur anonyme.

— Cette fois-ci, c'est ton père qui effectuait des virements, et lui n'a pris aucune précaution à cacher la personne bénéficiaire.

— Qui est-ce ? demandai-je en relevant la tête pour le fixer.

— C'était Juliana qui percevait l'argent. Les transferts cessent deux mois après son décès.

2

1995

Duffrane ne patienta que quelques minutes sur le parking. Juliana ouvrit la portière et s'installa à côté de lui, son parfum embaumant l'intérieur du véhicule d'une odeur désirable.

— J'ai besoin d'un verre, affirma-t-elle en ajustant sa ceinture de sécurité, c'est trop dangereux de rester si proche du quartier des pêcheurs, on pourrait nous voir. Sortons de la ville, on ne mettra pas plus de temps.

Le père d'Oriane s'exécuta. Même s'il restait ferme sur sa volonté de mettre fin à cette relation, il estimait qu'il lui devait bien plus qu'une explication furtive sur un parking. Ils roulèrent une trentaine de minutes avant de s'estimer suffisamment éloignés de potentielles rencontres fortuites et optèrent pour un café bondé qu'ils n'avaient jamais fréquenté ensemble. Le brouhaha des conversations feutrerait leur séparation, la rendrait moins tragique que lors d'un tête-à-tête. Juliana commanda un kir vin rouge tandis que Duffrane se contenta d'un Perrier. Il voulait garder les idées claires. Repousser le parfum enivrant, l'envie de l'embrasser une dernière fois, de la voir sourire… Un soleil déclinant ricocha contre la baie vitrée qui les dominait. Il éclaira leur table, leurs mains qui n'osaient accrocher les doigts de l'autre, leur proximité larvée, et ce fut Juliana qui la première brisa le silence :

— Je vais partir. Plus rien ne me retient ici.

— Jean est au courant ?

— Oui, nous en avons discuté.

— Je suis désolé, vraiment.

— Ce n'est pas la peine. Je n'ai jamais pensé que cela durerait. Nous avons tous les deux pris du plaisir. Je ne suis plus une enfant.

— Tu pars quand ?

— Dans deux jours. Tiens, voici l'adresse, lui dit-elle en sortant un papier de sa poche.

Philippe resta interdit quelques secondes. Voulait-elle qu'elle le rejoigne ? Il se sentit faible, prêt à accepter. Elle était la première femme qu'il fréquentait depuis Méline. Elle lui avait apporté du réconfort, avait éloigné ses pensées de la mort pour le ramener vers des désirs plus vivants, des désirs qu'il pensait avoir noyés sous les flots de son deuil. Mais il ne devait pas flancher. Le vent tournait. Le maire l'avait contacté pour connaître ses intentions. « Êtes-vous prêt oui ou non à vous lancer dans la bataille ? »

— Je suis navré, Juliana, je ne peux pas… Notre relation doit s'arrêter, il y a trop de risques et…

— Ce n'est pas pour toi, idiot. C'est pour qu'Oriane puisse écrire à Damien.

Philippe sourit bêtement, honteux de sa méprise. Elle lui rendit son sourire, un sourire qui signifiait qu'elle ne lui en voulait pas, qu'elle ne partait pas à cause de lui, d'eux, mais parce qu'elle l'avait décidé, sans doute bien avant que lui ne se promette d'en finir. À sa grande surprise, elle déposa un long baiser sur ses lèvres. Un baiser chaste, bien loin de ceux qu'ils avaient échangés en d'autres lieux, d'autres circonstances, et termina son verre en fermant les yeux pour se nourrir de la chaleur qui caressait son visage.

Derrière eux, dans la rue qui courait le long de la baie vitrée située à l'angle opposé, Franck abaissa son appareil photo. Il n'avait appuyé qu'une seule fois sur le déclencheur. Un véritable espion aurait certainement mitraillé sa cible sous divers angles, figé sur la pellicule une chronophotographie insistante. Mais l'ami de Jean se contenta d'une prise. Il estima qu'il détenait assez de malheur pour les jours à venir.

Juliana rentra au mobil-home une heure plus tard. Elle retira ses chaussures et sortit, pieds nus, pour fumer une cigarette. Devant elle, le port jouissait d'une lumière éteinte, ternie par les nuages qui semblaient retenus aux pontons par des cordes invisibles. Elle observa les silhouettes fouiller les vagues, se dresser vers le ciel pour se courber de nouveau en une chorégraphie simiesque. Elle repéra Lilly au loin, à l'extrémité de la baie des veuves. Son regard était tourné vers l'océan, comme souvent. *Voilà ce qui m'attend si je reste*, prédit-elle en recrachant une volute de fumée. *Un jour Jean ne reviendra pas et je deviendrai comme elle, une sirène orpheline, une sirène vidée de sa substance nourricière, sans plus personne à charmer…*

Dix minutes plus tard, Juliana inscrivait sur un papier la liste des affaires à ne pas oublier.

3

2019

« Elle disait qu'elle n'avait plus de nouvelles. Que mon père était sorti de sa vie le jour où il avait assassiné un enfant… »

Je restai interdit devant cette révélation. Durant toute sa vie, ma mère avait travaillé en tant que secrétaire dans une société de déménagement. Une existence modeste, modelée par une ambition prudente, sommaire. Jamais elle n'avait quitté l'appartement qu'elle avait pu louer après sa deuxième paie, abandonnant le studio dans lequel nous nous entassions depuis notre arrivée. Je ne l'ai jamais vue dépenser sans compter, s'acheter des vêtements coûteux ou programmer des vacances à l'étranger. Nous n'étions pas pauvres, mais nous ne pouvions nous permettre des dépenses imprévues sans être obligés de compenser par des privations. Je me rappelais m'être inquiété des frais que mon entrée en faculté de Tours engendrerait, l'inscription, la location d'un meublé, mais elle avait balayé mes craintes en m'expliquant qu'elle allait monter en grade, que la société pour laquelle elle travaillait ne connaissait pas la crise…

Je compris avec amertume qu'elle n'était pas seule, que mon père contribuait à mes études, que l'argent qu'il lui versait servait à me dessiner un futur, lui ce père que j'avais gommé depuis longtemps de mon existence, de mes pensées, de mes souvenirs. Ma première voiture... Mon stage en Angleterre pour étudier les formations druidiques de Stonehenge... L'argent qu'elle me versait chaque semaine sur mon compte et qu'elle me conseillait de ne pas dépenser uniquement dans les bars ou les soirées estudiantines... Mon ordinateur... Tout cela je le devais également à lui, l'assassin, le repris de justice qui avait sali mon nom.

— C'est donc lui qui subvenait principalement à mes besoins, admis-je en m'enfonçant dans la chaise sans plus oser toucher les relevés de compte.

— C'était son envie bien avant que vous vous éloigniez de lui. Les sommes d'argent qu'il a reçues par la suite lui ont permis de réaliser ce projet, mais c'était son souhait, comme tout parent.

— Donc ma mère m'a caché sa relation, amenuisant son rôle dans notre éloignement, elle a omis également de me prévenir que mon père lui envoyait de l'argent afin de l'aider... Vous avez d'autres dossiers la concernant ?

— Non, avoua Franck en écartant les mains en signe d'impuissance, pour ma part, j'en ai terminé avec elle.

— Alors quoi maintenant ? Que détenez-vous d'autre dans votre chapeau magique ?

— Le reste n'est que des suspicions, rien de suffisamment concret pour entamer une procédure officielle...

— Vous voulez dire que vous n'enquêtez sous aucune autorité ?

— Pour l'instant, oui. Tu peux me dire de partir si tu le désires. Je t'ai exposé une partie de mes opinions, je t'ai apporté des preuves. Si cela ne suffit pas à titiller ta curiosité, le reste de mes paroles n'aura aucun sens.

Je pris le temps de la réflexion. Voulais-je en connaître davantage ? Voulais-je prêter une oreille attentive à sa théorie selon laquelle mon père ne se serait pas suicidé, qu'une autre personne l'aurait poussé du haut de la baie des veuves ? Déjà, malgré moi, le portrait de mon père se liquéfiait. Mes certitudes, ma haine tenace, ces teintes à la fois sombres et vives qui avaient coloré l'image que je me faisais de lui coulaient le long de son visage tel le maquillage d'un clown triste. Je fermai les yeux un instant. Une voix maternelle résonna, comme quand j'étais enfant : *Écoute ta mère, Damien, écoute-moi... Quand tout devient gris, concentre-toi sur ma voix...*

Mais la tonalité de la voix n'était plus la même. Moins chaleureuse, moins réconfortante. Un début de migraine se dessina sous mes paupières closes, et quand je rouvris les yeux, la pièce me parut beaucoup plus terne qu'auparavant.

— Qui est votre témoin, celui qui a vu mon père accompagné avant son suicide ?

Franck se redressa, satisfait et concentré, prêt à répondre à toutes mes questions.

— Lilly.

— Lilly la folle ?

— Elle n'est pas folle, juste malheureuse, rectifia-t-il en haussant les épaules. C'est d'ailleurs elle qui est venue déposer le dossier ici pendant que nous discutions aux Trois Sirènes.

— C'est donc elle qui aurait vu quelqu'un pousser mon père ?

— Oui, c'est exact. Elle est venue me trouver environ quatre jours après. Les journaux parlaient d'un accident, d'un suicide ou d'une maladresse.

— Comment… comment vous a-t-elle expliqué sa version, aux dernières nouvelles elle est muette ?

Le policier sortit alors un carnet de sa sacoche. Je reconnus immédiatement le modèle. Le même format, la même reliure à spirale et surtout la même écriture que celui que j'avais tenu dans mes mains. Le carnet de 1990 renfermait des phrases concernant le décès de la mère d'Oriane. Celui-ci, 2019, sans doute des mots sur le potentiel assassinat de mon père. Le parallèle provoqua chez moi un long frisson qui lécha avec application ma colonne vertébrale. Franck ouvrit le carnet à l'endroit où un marque-page dépassait de la tranche et me le tendit.

2019

L'Anguille… Si tu l'avais connu, tu l'aurais aimé, j'en suis sûr. Lui aussi appréciait outrageusement le whisky et, paraît-il, il frappait sa femme. Nous étions en quelque sorte voisins. Moi retirée ici, et lui solitaire là-bas, à l'ancien quartier des pêcheurs. Je me souviens d'avoir frappé à sa porte quand il est sorti de prison. Je lui ai apporté des bocaux de tomates, de haricots blancs et le reste d'un bouillon. J'ignore pourquoi. Je crois que j'avais pitié. Vivre seul au milieu de nulle part, ce n'est pas une torture, c'est une liberté. Mais vivre au centre d'un quartier qui autrefois résonnait de vie, en voilà un supplice.

Il m'a proposé de rentrer quelques minutes à l'abri de la pluie, mais j'ai décliné poliment, après tout, la ville entière le considérait encore comme un assassin. Quand je suis revenue le surlendemain pour récupérer les bocaux vides, il m'a tendu un billet de cent francs. Il me l'a tendu comme on tend un caillou, sans plus de cérémonie. L'Anguille m'a demandé si je pouvais lui apporter régulièrement des provisions. Il me noterait tout sur un papier et me paierait à chaque fois. Je ne pouvais pas refuser. Même si me rendre en ville faisait souffrir mes articulations, cela m'arrangeait bien, cet argent. Ainsi, chaque semaine, je déposais un panier devant sa porte avant d'aller plus loin vérifier mes pièges. Quand je revenais, le panier était vidé, et un caillou posé dans le fond recouvrait un nouveau billet.

Un jour, il m'a ouvert avant que je disparaisse. Cette fois, j'ai accepté le café. Il l'a bu en silence, comme par respect pour ma langue coupée. Avant de nous quitter, il a posé deux francs dans le creux de ma main. Je me rappelle m'être dit que payer quelqu'un simplement pour partager un café trahissait un certain désespoir. Mais il a précisé que je devais continuer à protéger ce port. Qu'il était prêt à me payer deux francs par cadavre de chat pour que je perpétue l'espoir. Il avait les larmes aux yeux, et je dois l'avouer, je n'étais pas loin de craquer moi aussi. Il m'a dit de le faire pour toi, pour les pêcheurs qui autrefois me voyaient passer sans jamais me juger, pour son fils et ses amis, pour les poissons et pour que les sirènes chantent de nouveau. Alors j'ai accepté. Je déposais mes prises devant son mobil-home puis m'en retournais en pensant à toi, à quel point tu serais fier de moi.

Mais hier, en sortant de la forêt qui donne sur la baie des veuves, je l'ai vu, lui et une autre personne. Je me suis cachée derrière un arbre et me suis demandé qui d'autre pouvait approcher l'assassin. J'ai à peine eu le temps de me blottir contre un chêne que l'homme au ciré vert a tendu les bras dans le dos de l'Anguille et l'a poussé dans le vide. J'aurais voulu crier pour l'en empêcher, mais ma bouche n'a délivré qu'un marmonnement sourd noyé dans la violence de la pluie. J'ai coupé à travers la forêt et suis rentrée pleurer comme une enfant. L'Anguille était morte, et ma solitude nouvelle me donna un peu plus l'envie de te rejoindre…

4

1995

Le lendemain de son rendez-vous avec Juliana, Duffrane se rendit à la capitainerie le cœur léger. Déjà les hommes rassemblaient les galettes de pétrole charriées par la nuit. Le directeur eut l'impression que les bacs étaient moins remplis que les jours précédents, ce qui agrémenta un peu plus sa bonne humeur. Il passa une heure à visionner en accéléré l'enregistrement de la nuit. À sa connaissance, rien n'avait été volé, mais il ressentait un certain plaisir à découvrir la vie nocturne du port ainsi qu'à tester son nouveau matériel. Quelques chats avaient erré le long des pontons, leurs yeux brillant dans l'obscurité. Il aperçut également la silhouette reconnaissable de Lilly traverser le champ de la caméra. Elle marchait lentement, ressemblant à une créature de conte. Le dos voûté, aux aguets, il la vit errer en somnambule avant de disparaître à l'angle de la capitainerie. L'Anguille eut droit également à sa scène. Le pêcheur traversa rapidement l'objectif, d'un pas mal assuré. À un moment, Duffrane crut tenir là sous ses yeux les coupables des différents vols. Trois garçons s'exposèrent au pied des pontons puis décidèrent de s'asseoir sur la berge.

Il reconnut deux des trois adolescents : Lucas et Gustave, tous les deux fils de pêcheurs. La silhouette rondouillarde du dernier ne lui disait rien. Le père d'Oriane jeta un regard furtif à l'horloge de la vidéo. Minuit pile. Un des garçons fouilla dans son sac à dos. Il en sortit un petit sac ainsi qu'un paquet de cigarettes. S'ensuivirent des gestes qui ne laissaient aucun doute sur le type de produit que Lucas préparait sur ses genoux. Puis il y eut la flamme du briquet, singulièrement intense à travers l'œil de l'objectif, et le joint tourna de main en main sans qu'aucun des trois garçons ne s'inquiète de la présence du témoin numérique. Après une bonne demi-heure, ils quittèrent le port sans dégradation ni larcin.

OK, des chats, Lilly, l'Anguille, des gamins qui tuent le temps comme leurs parents et moi-même le faisions à leur âge, rien de plus… Duffrane se promit tout de même de parler à sa fille, histoire qu'elle ne traîne pas trop avec ces lascars.

Une fois l'enregistrement arrivé à son terme, il sortit retrouver ses employés. Les visages marqués par les courtes nuits le saluèrent avec cette attitude respectueuse et furtive typique des hommes de la mer puis se retournèrent, happés par leur tâche. Après avoir enfilé une paire de gants, il s'attela à vider les bacs dans des poubelles disposées plus loin sur la berge. Juliana n'avait pas fait de scène, pas d'esclandre. Ils avaient agi en adultes. Il s'en félicitait même s'il s'avouait que la facilité avec laquelle elle avait accueilli leur rupture avait légèrement pincé son orgueil.

Qu'importe, souffla-t-il en vidant le contenu odorant dans la benne, *l'important est que cela se soit réglé sans bruit.*

« Patron ? »

Jean venait d'apparaître sans que Duffrane l'entende. Il masqua sa surprise en se frottant le front de sa manche.

— Oui, Jean ? Tout va bien ?

— Oui, enfin, à part ce bordel, plaisanta l'Anguille en se tournant vers l'océan.

— Nous allons y arriver, ce port redeviendra ce qu'il était, en plus propre même !

— Je ne vous embête pas longtemps, c'est juste... Par rapport au petit service que je vous ai demandé... le lycée...

— Ah oui ! oui bien sûr... Je n'ai pas encore eu le temps, mais vous savez quoi, je termine ça et je passe des coups de fil ! Je ne vous promets rien, mais je vais essayer.

— Merci, c'est vraiment sympa... Oh, et bien joué pour la caméra, je suis persuadé que plus rien ne disparaîtra...

Duffrane passa une nouvelle fois sa manche sur son front. Cette fois-ci, il en essuya plus de sueur que tout à l'heure. Il n'y avait plus de risques que l'Anguille les surprenne à présent, mais pouvait-il compter sur le silence de Juliana ? N'allait-elle pas, durant une dispute ou pour simplement le blesser, citer son nom ? Non, il en était persuadé. Si la séparation avait été mouvementée, emplie de reproches et d'aigreur, le doute aurait été permis. Mais plus maintenant. *Alors, calme-toi, il est inutile que tu lui en parles, que tu avoues cet adultère. Juliana va quitter cet endroit. Avec le temps, notre secret va devenir un souvenir diffus, une anecdote à laquelle nous penserons occasionnellement sans être vraiment certains qu'elle se soit réellement produite.*

« Qu'est-ce que tu fous ? »

Franck se tenait assis sur le ponton, les pieds dans le vide, un manuel entre les mains. Il leva la tête pour répondre à Jean qui, debout, les mains dans les poches, le toisait du haut de ses deux mètres.

— C'est la pause, j'en profite pour réviser.

— Qu'est-ce que c'est ?

— Un manuel de police, lui apprit Franck en lui montrant la couverture cartonnée. J'aurai besoin de tout assimiler pour passer mon examen d'entrée en école de police.

— Tu crois qu'un livre pourra t'apprendre le métier ? lui demanda Jean en s'asseyant à ses côtés.

Le Gardon ne sut si son ami se moquait de lui ou parlait sérieusement. Il se demanda si Jean avait déjà ouvert un livre. Après tout, pour devenir pêcheur, un homme n'avait besoin que de son courage et de sa foi dans les superstitions marines.

— En tout cas, ça va m'aider, se contenta-t-il de répondre.

— Pour les pêcheurs aussi, il y a un manuel, déclara l'Anguille.

— Les nœuds ? Le permis bateau ?

— Non, bien mieux que cela, rétorqua le père de Damien en se relevant. Et tu vas le lire. Tu ne seras pas policier demain matin, alors autant te plonger dans la connaissance de ton métier actuel.

Franck vit la silhouette longiligne se diriger vers le *Juliana*. Jean monta à bord, disparut quelques minutes à l'intérieur de la timonerie puis revint, un livre de petite taille à la main.

— Tiens. Tu n'en apprendras jamais autant que dans ce bouquin.

— *Le Vieil Homme et la Mer*, prononça à voix haute le garçon, quelque peu honteux d'avoir pris son capitaine pour un illettré.

— Tu sauras ainsi pourquoi chacun d'entre nous se lève le matin : pour attraper nos rêves. Ne lâche jamais les tiens, gamin, il n'y a que toi qui puisses les harponner.

À dix-huit heures, la troupe se dirigea d'un pas lesté des efforts fournis en direction des Trois Sirènes. Franck rangea le livre dans son sac à dos et suivit les autres en se promettant de ne pas rester trop longtemps au bar. L'envie de découvrir ce que cet Ernest Hemingway avait écrit de si précieux en était une des raisons. La seconde se cachait dans le fait que le garçon redoutait que Jean lui demande des détails sur sa filature de la veille. Il n'avait pas encore déposé la pellicule chez le photographe et se demandait encore ce qui serait le pire pour l'Anguille, la vérité ou l'ignorance. Après deux verres de bière, il prit sa décision : il ne lui mentirait pas. Un policier se devait d'être juste, concret. Sa mission avait été de rapporter des faits et des gestes. La notion de sympathie, d'amitié, ne devait en aucun cas interférer dans son jugement ni son travail. Il commanda un troisième verre, songea à la boîte de raviolis qui l'attendait dans son frigo, quand Jean s'approcha de lui et trinqua à la santé d'Hemingway.

— Tu sais qu'un cocktail porte son nom ? demanda Jean, les yeux déjà rougis par l'alcool.

— Vraiment ?

— L'ancien ! cria l'Anguille à destination du propriétaire des Trois Sirènes. (Le vieil homme essuyait ses verres derrière son comptoir, solitaire comme un marin parmi les requins.) Tu as du marasquin ?

L'homme dodelina de la tête avant de vérifier un verre à la lumière du néon qui brillait au-dessus de lui.

— Bon, tant pis, maugréa Jean en vidant son verre. En tout cas, il a un cocktail à son nom… Dis-moi, ajouta-t-il après quelques secondes de latence, c'est qui ?

— C'est qui ?

— Tu l'as suivie comme prévu, hier soir, non ?

— Oui.

— Et ?

Franck regretta de ne pas être rentré directement à son mobil-home. À cette heure-ci, il serait en train de manger des raviolis en lisant Hemingway, et tant pis s'il aurait ignoré qu'un cocktail à base d'alcool inconnu portait son nom ! À présent, il se trouvait au pied du mur, face à un Jean qui attendait la réponse à une question que personne ne devrait se poser. Franck but une gorgée, une seconde puis décida de se lancer.

— Oui, Jean, elle te trompe. Je l'ai vue. Je ne sais pas qui c'est, il n'est pas d'ici, mentit-il. Je suis désolé.

— Merci, se contenta de répondre Jean qui ne semblait plus si ivre que cela. C'est douloureux, mais je le savais, là, au fond de moi, précisa-t-il en pointant son cœur d'un doigt cagneux. Lis ce livre.

5

Le jour tant redouté arriva.

Juliana avait déjà rempli la 205 Peugeot des bagages quand elle réveilla Damien. Le garçon fit mine de ne pas entendre les coups sur la porte, mais il ne put repousser la fatalité bien longtemps : sa mère débarqua finalement dans sa chambre, tira les rideaux et découvrit le corps recroquevillé sur lui-même sous la couverture qui le protégeait du monde extérieur. Damien se murait dans le silence depuis plusieurs jours. Juliana quant à elle se terra dans une indifférence feinte, préparant le petit déjeuner, parlant de sa journée, de ce qu'ils visiteraient une fois arrivés en terre berrichonne, comme si la vie continuait son cours, comme si le silence pouvait être inoffensif.

Damien s'assit sur le bord de son lit et revêtit le survêtement qui dormait encore sur le tapis. La veille, lui et Oriane s'étaient promis de s'écrire tous les jours, de ne pas s'oublier, de penser à l'autre à chaque seconde qui s'écoulerait. La jeune fille avait versé quelques larmes, puis avait souri en prétendant que quinze jours ce n'était pas grand-chose quand on s'aime, qu'elle en profiterait pour aider les pêcheurs, pour remettre les carnets dans la bibliothèque de Lilly. Qu'elle remettrait leur univers en place pour quand il reviendrait. « J'essaierai même de faire la paix avec Gus ! » lui promit-elle avant de déposer un long baiser sur ses lèvres tremblantes.

« Alors, ça y est, fiston, c'est le départ ? »

Jean se trouvait devant la capitainerie, une pelle et un seau déjà dans les mains. Dès que Damien l'avait aperçu, il s'était évadé quelques minutes pour le retrouver.

— Ne t'inquiète pas, l'informa Jean, en le prenant dans ses bras, je ne t'aurais pas laissé partir sans te dire au revoir. Tu es toujours ce qu'il y a de plus important...

— Tu aurais pu la faire changer d'avis, lui reprocha Damien en se réfugiant dans ses bras.

Il se gorgea de son odeur si particulière, un mélange de senteurs difficilement identifiables, cuir, tabac, marine, mêlées à celle plus intime de sa peau.

— Cela fait longtemps que ta mère ne m'écoute plus, lui fit-il remarquer avec légèreté, sur le ton d'une confidence humoristique.

— Tu vas pouvoir revenir dormir dans le mobil-home maintenant. Tu peux dormir dans ma chambre si tu veux !

— D'accord, approuva l'Anguille en déposant un baiser sur son front. Ça va passer vite, ne t'inquiète pas. Amuse-toi. Les heures s'écoulent plus rapidement quand on s'amuse. Et si tes cousins t'emmerdent, dis-leur que je viendrai leur tirer les oreilles ! Quand tu reviendras, ce serait sympa d'aller faire un tour en mer, juste toi et moi...

— Oriane pourra venir ?

Jean sourit. Il se demanda à quel moment son fils était devenu cet adolescent qui ne rougissait plus quand on lui parlait de filles. *Sans doute pendant que je me trouvais sur mon bateau*, pensa-t-il, avalant sa mélancolie.

— Si son père est d'accord, oui, affirma-t-il. Je préparerai trois cannes à pêche dans ce cas.

— Papa ?

— Oui, mon fils.

— Tu me manques.

— Je sais, toi aussi tu me manques. Mais ne t'inquiète pas, à ton retour, je discuterai avec ta mère, tout rentrera dans l'ordre, promesse de marin !

Jean ne mentait qu'en partie. Oui, ils auraient une discussion. Il lui demanderait certainement qui était cet homme avec qui elle couchait. Mais non, rien ne rentrerait dans l'ordre. Juliana se défendrait, l'accuserait de mille maux, lui répéterait que son fils étouffait en grandissant ici et, lui, le cocu, amputé du dernier espoir de ramener vers lui la mère de son fils, la laisserait partir comme Circé se résolut à libérer Ulysse, le cœur à la fois meurtri et rempli de rancune.

À genoux sur la banquette arrière, Damien vit le port rétrécir puis disparaître. Juliana tenta quelques approches, immanquablement vouées à l'échec. « Tu veux quelle radio ? Il y a un sac de chips derrière, mais n'abuse pas ! On s'arrêtera sur l'autoroute pour manger. Tu pourras prendre ce que tu voudras. »

Au fur et à mesure qu'ils s'éloignaient, elle sentit un poids invisible se dissoudre dans l'habitacle de la voiture. Elle s'était levée tôt ce matin afin de préparer les valises. Elle n'avait pas attendu que Damien se lève parce qu'elle ne voulait pas qu'il lui pose des questions sur la quantité de vêtements pliés, le nombre de livres qu'elle emportait ou pourquoi ses jouets préférés se retrouvaient tous au fond d'un sac en lin, soigneusement caché dans le coffre, sous son coussin favori. Juliana s'était promis d'expliquer à son fils que leur séjour risquait de s'éterniser un peu, le temps qu'elle se reprenne, qu'elle respire à nouveau, que la présence et l'absence de son père lui inspirent autre chose que les cendres d'une vie qu'elle n'avait pas vu brûler. Mais pas tout de suite, pas en voiture. Elle attendrait quelques jours, jusqu'à ce que Damien retrouve le sourire grâce à ses cousins. Elle avait l'habitude. Au départ si réticent, il se décrispait ensuite quand il partait en vadrouille dans la campagne hantée de mille et une légendes du Berry, quand il jouait au foot avec leurs voisins, quand il veillait tard jusqu'à s'endormir assis, autour du feu de camp improvisé dans l'arrière-cour. Ensuite, elle aurait une longue conversation avec Jean. Ce ne serait pas une surprise, il était déjà résigné à la voir partir. Ils avaient même discuté des conditions : ne pas trop s'éloigner, partager les week-ends et les vacances, ne pas dire du mal de l'autre devant Damien. Après cette conversation et ces accords mutuels, Juliana avait contacté une agence immobilière située dans une ville éloignée d'une centaine de kilomètres. Unc ville enfoncée dans les terres. Presque un autre monde. Elle s'était rendue sur place, avait visité des studios puisque ses moyens ne lui permettaient pas de louer plus grand, avait menti sur le nombre de personnes à loger, *oui, juste moi*, pour finalement déposer un dossier complet.

Son plan lui sembla sans faille. Pendant que Damien dormait sur la banquette de la 205 – ou faisait semblant de dormir pour échapper à ses tentatives de dialogue –,

Juliana s'engagea sur la bretelle d'autoroute en direction de sa nouvelle vie, persuadée d'agir pour le bien de tous.

Pour pallier le mutisme de son fils, elle soliloqua en murmures. Des phrases parfois sans importance, des remarques réprobatrices lancées aux autres conducteurs, des refrains de chansons posées ici ou là… À d'autres moments, ses réflexions se faisaient plus personnelles. Tandis que le paysage se muait en platitudes agricoles, elle discutait avec la solitude de son fils, comme s'il se trouvait assis à ses côtés, sur le siège passager. « Tu vois ces champs, ils nous souhaitent la bienvenue. Tu sais quelle est la différence avec la ville d'où l'on vient ? Ici, la terre absorbe, elle accueille. Là-bas, la mer réverbère, elle repousse tout, la lumière, les marins, les femmes qu'elle ne tolère pas sur un bateau… » Damien l'entendait. Il la détesta un peu plus pour les efforts qu'elle apportait à dédramatiser cet exil. Seule l'envie de pisser qui se présenta à mi-parcours l'extirpa de son immobilité vengeresse. Même le sandwich et le soda qu'il choisit dans les rayons de la station-service lui parurent fades et indigestes. Lorsque la voiture redémarra, il s'allongea de nouveau, ferma les yeux et pria pour que ces quinze jours s'effacent aussi rapidement qu'un dessin sur le sable.

6

2019

Je rendis le carnet à Franck qui le laissa sur la table basse. J'aurais pu douter de ces écrits, de la santé mentale de Lilly, de la perspicacité du policier, mais je n'en avais plus la force. Mes doutes chutaient les uns après les autres à la manière d'une rangée de dominos. Même la présence des cadavres de chats sur le toit avait trouvé son explication. Mon père les déposait certainement là pour nourrir les goélands. D'une certaine manière, j'étais fier de lui. L'idée qu'il aide Lilly démontrait une générosité indiscutable, ainsi qu'un respect pour tous les marins qui œuvraient jadis autour des pontons.

— Bon, si je vous suis, il s'agit d'un assassinat. Comment trouver le coupable ? Lilly ne vous a-t-elle pas fourni plus de détails, la couleur des cheveux, sa taille… ?

— Non, sa vue ne lui permet plus de voir aussi bien qu'auparavant, elle a déjà eu du mal à me donner la couleur du ciré, regretta Franck.

— Alors, comment avancer ?

— Je ne pense pas qu'il faille avancer, Damien, bien au contraire. À mon avis la vérité se cache des années en arrière, lors de la mort de Gustave.

— Tout le monde sait ce qu'il s'est passé cette nuit-là, soupirai-je en renversant la tête en arrière, contre l'appui de la chaise. Je ne vous parle pas de la version édulcorée des journaux. Mon père était violent, alcoolique, cocu et abandonné. Que voulez-vous qu'il ressorte de cela si ce n'est une rage démesurée, abjecte et aveugle ? Je pense que Gustave s'est retrouvé pris au piège. Se sont-ils croisés quand mon père rentrait des Trois Sirènes complètement ivre ? A-t-il cru que Gus était le voleur qui continuait ses larcins en se jouant des angles de la caméra ? Je n'en sais rien, mais le fait est qu'il l'a tué, et sans doute pas en lançant au hasard une pierre dans la nuit…

— Donc, pour toi c'est sans appel, il est coupable ?

— Oui. Ne me dites pas que vous croyez que…

— Non, démentit le policier avec conviction, je pense malheureusement comme toi, il n'y a pas à remettre son acte en question, il s'est rendu tout de suite et a expliqué son geste. Ton père n'est jamais revenu sur ses déclarations. Seulement, j'ai le sentiment qu'il se cache bien plus derrière la condamnation de Jean. J'avais déjà des doutes, car je connaissais l'Anguille et jamais je ne l'aurais imaginé tuer un gamin, pas de son propre chef. Je connais la violence meurtrière, je sais à quoi elle ressemble. Je l'ai souvent croisée à l'âge que tu avais quand tu as quitté cet endroit. Les yeux de ton père n'ont jamais brillé de cette lumière fiévreuse, de cet abandon. Et maintenant, avec cette histoire de mouvements bancaires et le témoignage de Lilly, je sais qu'à un moment, la vérité s'est perdue.

— J'aimerais vous croire, mais vous ne possédez aucune preuve. J'admire votre amitié pour mon père, cependant, ne pensez-vous pas qu'elle vous induit en erreur ?

— Laisse-moi t'exposer mes doutes, proposa Franck. Le dossier que tu as lu semble cohérent, il concorde avec les témoignages, les données recueillies, le jugement, mais il manque tout de même de crédibilité. Nous sommes déjà d'accord que la version de la glissade sur les rochers est assez surprenante. Ce qui est tout aussi surprenant est que mon prédécesseur ainsi que le juge l'aient validée. Mais imaginons qu'elle soit véridique. Dans ce cas, le corps de Gustave aurait dû se trouver sur le rocher, à l'endroit de sa chute. Pourquoi le retrouve-t-on sur la grève, allongé sur le sable ?

— Très bien, j'endosse le rôle de l'avocat du diable : mon père s'est rendu compte de ce qu'il venait de faire et a essayé de le sauver, de lui apporter les premiers soins, peut-être un massage cardiaque…

— Admettons, consentit-il avec une certaine malice. Donc ton père, qui a lancé une pierre en direction du bruit qu'il entendait, prend Gustave dans ses bras et le met à l'abri, sur le sol. C'est aussi l'idée que le juge a retenue, le confortant dans son jugement d'homicide involontaire, prenant en compte dans sa sentence l'aide apportée. Te souviens-tu des nuits, ici, sur le port ?

— Oui, je traînais parfois vers les pontons quand mes parents s'engueulaient.

— Tu sais donc qu'il n'y a pas d'éclairage, que le port est plongé dans une obscurité plus ou moins épaisse selon la lune.

— Oui, Votre Honneur, ironisai-je face à ce petit jeu que tous les deux nous entamions avec une certaine excitation.

— J'ai vérifié auprès des archives du centre météorologique de Brest, sur Internet. Cette nuit-là, le 12 juillet 1995, le ciel était voilé et la lune à son premier quartier. Donc, il y avait très peu de visibilité.

— Ce qui explique pourquoi mon père n'a pas pu distinguer de silhouette quand il est sorti de son bateau…

— Tout à fait, alors explique-moi comment il a pu retrouver la pierre qu'il venait de lancer…

Franck sortit un agrandissement photographique de sa sacoche. Une pierre d'une quinzaine de centimètres, aux bords saillants, reposait sur une table, accompagnée d'une règle de mesure.

— Je ne comprends pas…

— Cette pierre a été découverte aux côtés du corps, sur la grève. Regarde bien ici, à l'angle pointu. Tu vois la tache sombre ?

— De l'humidité ? Du pétrole ?

— Non, Damien, il s'agit de sang.

— Du sang ?

— Tu pourrais arguer que c'est la pierre lancée par ton père qui a provoqué la mort de Gustave, que malgré le manque de lumière il a visé remarquablement juste. Mais son bateau se trouvait amarré à l'extrémité du second ponton, soit à une trentaine de mètres des rochers. Et quand bien même, la pierre aurait fini dans l'eau en roulant le long de la roche.

— Dans ce cas, quelqu'un a bien dû se poser la question, trouver l'explication…

— Cette photo et l'existence de cette pierre n'ont jamais été déposées au dossier, affirma Franck. Je l'ai retrouvée dans un fichier annexe à l'affaire, de ceux où l'on classe des données encombrantes qui n'apportent rien à l'enquête.

— C'est quoi ce bordel ?

— Je continue ?

— Oui.

— Tu te rappelles les vols qui avaient lieu au port ? L'horloge, le moteur, la plaque commémorative en hommage à la disparition du mari de Lilly…

— Bien sûr.

Évidemment que je m'en souviens. De mon silence complice également. Lucas. Si j'avais révélé ton identité sans craindre tes représailles, les choses auraient-elles tourné autrement ? Gustave serait-il encore en vie ?

— Duffrane avait décidé d'installer une caméra, continua Franck sans déceler ma culpabilité d'adolescent, juste sous le faîte du toit de la capitainerie. Je me rappelle l'avoir surpris à plusieurs reprises en train de visionner les enregistrements pendant que je me rendais aux vestiaires. Parfois même il me montrait Lilly en train de fouiller la nuit à la recherche de chats. Ce que je veux dire, c'est qu'il y avait des cassettes dans l'enregistreur, et que celui-ci fonctionnait parfaitement. Mais selon le dossier, le 12 juillet, il n'y eut aucun enregistrement, aucune bande vidéo à vérifier. M. Duffrane avait simplement oublié de remettre des cassettes dans le magnétoscope. C'est ce qu'il a expliqué aux policiers.

— Vous croyez qu'il ment ?

— Non, pas forcément. Philippe se montrait très préoccupé à l'époque. Les commandes s'annulaient, le pétrole continuait de s'accrocher aux côtes et il y avait aussi sa liaison avec Juliana… Je trouve juste que c'est un manque de chance assez intrigant.

— Je… je ne comprends pas. Ces faits n'ont-ils pas été exposés durant l'enquête ?

— Voilà ce que je pense, Damien. Pour une raison que j'ignore, l'enquête a été bâclée. Trop rapide, trop évidente, ton père s'est retrouvé en prison avec une peine légère. Et plusieurs années plus tard, on apprend qu'il recevait de l'argent, beaucoup d'argent, d'un mécène anonyme et que quelqu'un l'a poussé du haut de la baie des veuves.

— Mais il a avoué ! Jamais il n'a nié être l'assassin !

— Je sais. Mais j'ai l'intime conviction que si en effet ton père a tué Gustave, ce n'était pas sous l'emprise d'une colère meurtrière. Je crains qu'il ne l'ait fait sciemment. Que quelqu'un l'ait forcé à le faire et que dernièrement ton père ait décidé de parler et en ait payé le prix.

— Vous croyez donc que l'argent versé sur son compte viendrait de… ce contrat ? Une sorte de rente pour son meurtre ?

— Ça y ressemble…, approuva le policier en hochant la tête.

— Mais… Gustave ? Ce n'était qu'un gamin ! Qui pouvait lui vouloir du mal au point d'organiser son assassinat ? Pour quelle raison ?

— Je n'en sais rien, regretta Franck, comme tu l'as dit, je n'ai aucune preuve, juste des hypothèses. Peut-être que l'identité du créditeur secret nous aidera à avancer, peut-être que Lilly se souviendra d'un détail, mais pour l'instant, je t'ai donné toutes mes informations. Je n'ai plus rien à l'intérieur de mon chapeau magique…

7

1995

Il était quatorze heures quand Franck récupéra le tirage de sa photo. Il paya le photographe et, une fois à l'extérieur du magasin, s'empressa d'ouvrir l'enveloppe, de vérifier le cliché et de le glisser dans la poche de son ciré comme s'il lui brûlait les doigts.

Depuis qu'il s'était réveillé ce matin-là, l'esprit légèrement embrumé par les verres de la veille, il n'avait cessé de penser à cette photo. Que penserait Jean s'il lui tendait la preuve en rentrant au port ? Que dirait-il de son mensonge, du fait de lui avoir assuré la veille qu'il ne connaissait pas la personne se trouvant en compagnie de Juliana ? Il voyait déjà Jean, passé la surprise de reconnaître Duffrane, se diriger vers la capitainerie, le cliché froissé dans son poing, pour régler son compte au directeur. L'Anguille serait alors immédiatement renvoyé, prié de déménager et de libérer le ponton de son bateau. Était-ce là la meilleure solution ? *Certaines vérités sont vouées à être enterrées pour le bien de tous*, songea Franck en descendant le chemin de terre. *Comme l'origine de mon nez cassé, de la cicatrice au-dessus de mon arcade... Avouer à ma mère que mon père se servait de moi comme d'un punching-ball l'aurait acculée un peu plus dans le coin du malheur. Qu'aurait-elle fait si elle avait su ? Elle aurait ignoré cette vérité, et reprit un verre très certainement…*

Il passa devant le bungalow de Jean et vit que les volets de la chambre de son fils étaient fermés. Jean lui avait annoncé ce matin que Juliana et Damien étaient partis, que pour une quinzaine de jours il serait seul et pourrait dormir dans le mobil-home. Franck n'avait su quoi dire. L'Anguille frottait le pont avec vigueur, sans adresser un regard au monde autour, recroquevillé dans sa souffrance. Alors son ami le laissa seul, devinant que c'était là la meilleure chose à faire, le laisser seul comme lorsqu'il se rendait en pleine mer et qu'il éteignait le moteur pour discuter en tête à tête avec l'océan. Vers treize heures, il prétexta une course rapide en ville. Il croisa Duffrane, qui, assis dans son bureau, fixait avec attention l'écran de son moniteur. Franck eut envie de tout lui avouer. De lui dire qu'il savait pour sa liaison, pour le verre partagé dans une ville voisine, pour le baiser dans ce bar. Mais comment réagirait le directeur ? Ne choisirait-il pas de se débarrasser de Jean, de mettre en avant la perte financière engendrée par la pollution, l'absence de poissons, pour licencier le pêcheur ?

Bordel, Duffrane, vous ne pouviez pas juste vous en abstenir ?

Duffrane salua d'un bref sourire Franck qui passait devant son bureau. Il reporta immédiatement son attention sur les images qui défilaient, déçu de ne rien découvrir de compromettant. Quelques minutes plus tard, il reçut un appel d'un ami garde-côtes qui lui annonça une bonne nouvelle : la fuite d'hydrocarbure avait été maîtrisée, plus que quelques jours à subir la pollution le temps que les marées charrient le pétrole échappé. Duffrane le remercia comme si c'était lui qui avait fermé les vannes assassines, lui promit une bonne bouteille de champagne et joignit immédiatement les nombreux clients pour leur annoncer la nouvelle. La plupart accueillirent l'information avec froideur. Ils lui expliquèrent qu'ils ne pouvaient pas renouveler leurs commandes tant que des tests n'auraient pas été faits sur l'état de la faune marine et que, pour l'instant, ils se ravitaillaient ailleurs. « Nous n'avons pas le choix, nous devons fournir des poissons, les gens n'en ont plus rien à foutre qu'ils proviennent de Grèce ou de Thaïlande, ce qu'ils veulent c'est du poisson consommable, et du pas cher ! »

Philippe raccrocha avec diplomatie, serrant les dents, les poings, et ravala son envie de tous les noyer dans un bac rempli de pétrole, de les voir crever devant lui pour leur manque de confiance. Il composa le numéro du maire, sa ligne personnelle, pour prendre la température :

— Bonjour Maurice…

— Salut Philippe ! répondit une voix joviale, aux cordes vocales encrassées de tabac. Tu as appris la bonne nouvelle ?

— À l'instant. Je savais que le vent tournerait, que cette merde n'était que temporaire.

— C'est ce que j'ai toujours aimé chez toi, ton optimisme ! le félicita le maire. C'est une valeur nécessaire chez un homme politique, usante mais nécessaire…

— À ce propos, je pense que je suis prêt.

Duffrane connaissait le maire depuis longtemps. Il savait que c'était un homme solide, à la poigne affirmée, qui détestait les palabres interminables, les hésitations et les sous-entendus. Pas besoin de lui lécher les chaussures pour attirer sa sympathie, il suffisait d'affronter son regard, sa prestance intimidante et de se lancer sans parachute.

— Prêt pour ?

— Marcher dans tes pas.

Il y eut un long silence. De ceux qui font hésiter les correspondants à répéter leur phrase de crainte de ne pas avoir été entendus. Puis le maire reprit la parole, presque en murmurant :

— Les élections ont lieu l'année prochaine, je crains que…

— Ce n'est pas un problème, le coupa Duffrane, une fois que le port aura retrouvé son activité, je me libérerai du temps. Ce n'est vraiment pas un problème.

— Tout de même, tempéra le vieil homme, je ne peux pas t'apprendre les ficelles du métier en quelques mois… Que dirais-tu plutôt du poste d'adjoint ? Je peux encore tenir un mandat, quoi que disent mes adversaires, ceux que je n'ai pas encore tués, ajouta-t-il sans une once de plaisanterie dans le ton. Ce serait une manière de t'installer sereinement dans l'esprit des électeurs, de leur donner le temps de te projeter dans leurs désirs de votes ultérieurs.

Duffrane visualisait déjà sa présence lors des conseils. Sa chaise, située à droite du maire, les signatures qu'il apposerait sur les documents, les poignées de main des administrateurs et les sourires serviles… Il entendait les pelleteuses croquer les rochers pour agrandir le port, l'aiguille de la balance de pesée claquer contre son boutoir de poids maximum, et devinait la future fierté dans les regards de ses employés. *Oui, adjoint, cela sonne pas mal, comme le premier pas sur un chemin balisé de succès…*

— Je te fais confiance, Maurice, affirma Philippe. Si tu penses que c'est la meilleure option, allons-y pour le poste d'adjoint.

— Oui, je le pense. Comment va Oriane ?

— Elle grandit, et elle ressemble de plus en plus à sa mère.

— Elle sera magnifique alors…

Maurice connaissait Méline pour avoir, à de nombreuses reprises, dîné chez les Duffrane. À leur arrivée ici, quand Philippe avait repris et développé la coopérative qui dormait depuis des années, il s'était, en bon stratège, rapproché des gens d'importance de la région. Il n'avait pas lésiné sur les frais de bouche, les bonnes bouteilles envoyées pour chaque anniversaire ou même les participations financières aux différentes campagnes. Cela avait permis aux *fileyeurs Duffrane* de croître sans jamais être inquiétés par une quelconque visite impromptue de différents services d'urbanisme ou par un contrôle fiscal surprise.

— Pour ce qui est de… des prêts bancaires… tu as pu te renseigner ? s'informa-t-il, toujours direct.

— Je reçois des responsables d'agence cet après-midi, précisa le maire, j'ai bon espoir, ne t'inquiète pas, je t'appelle dès que j'ai des propositions.

— Merci, Maurice. Au fait, j'ai installé une caméra sur le port…

— Toujours ces vols…, maugréa le vieil homme.

— Oui. Par amitié je dois te confier que ton petit-fils passe par ici, la nuit, pour fumer de l'herbe. J'ai effacé l'enregistrement, mais il serait bon de lui en toucher deux mots avant qu'un policier ne le prenne en flagrant délit. Je n'en ai pas parlé à son père, on sait tous les deux comment cela finirait…

— Tu as presque tout compris à la politique, Philippe ! Je te remercie, j'en toucherai deux mots à Lucas. Ce gamin, quel gâchis…

— C'est un jeune qui s'emmerde, tout simplement, tempéra Duffrane en songeant à ces nuits d'été où lui-même, âgé d'une quinzaine d'années, éculait les bières en maudissant la terre entière.

— Bon sang, j'ai fait rénover la piscine, le parc et le terrain de basket ! Ça a coûté un fric fou à la commune, on me l'a assez reproché ! J'aurais dû construire une prison pour tous les enfermer ! plaisanta le maire d'une voix monocorde qui pouvait prêter à confusion pour qui ne connaissait pas son humour pince-sans-rire.

— Je sais, mais c'est ainsi, rien de grave, il n'a tué personne, je sais que tu trouveras les mots.

— Merci en tout cas, je te rappelle demain.

Philippe raccrocha, en partie rassuré. S'il obtenait ce prêt, et les aides en provenance des assurances, plus rien ne pourrait empêcher l'expansion des *fileyeurs Duffrane*. Depuis quarante-huit heures, il prenait les bonnes décisions : la caméra, la rupture avec Juliana, sa carrière politique… Il croisa les mains derrière son crâne et soupira de soulagement. *Méline serait fière de moi... et Oriane le sera, elle oubliera l'absence de Damien, sourira à nouveau…*

C'est en songeant au jeune garçon que le directeur se redressa et attrapa le morceau de papier qui traînait sur son bureau. Il lut l'adresse écrite par Juliana avant de partir. Un départ définitif, lui avait-elle fait comprendre, vers une nouvelle vie, loin d'ici, une séparation qui par ricochet chamboulerait sa fille et contre laquelle il se devait de la préserver.

Alors Duffrane chiffonna le message avant de le jeter dans la poubelle à ses pieds, persuadé une nouvelle fois de prendre la bonne décision.

8

— Bon sang ! T'as besoin de lunettes ou quoi ?

Gustave en était à son troisième essai. Il n'avait pas touché une seule bouteille.

— Passe-moi le lance-pierre ! lui ordonna Lucas en se plaçant à ses côtés, à une dizaine de mètres du mur en ciment où se trouvaient alignés les « cadavres ». Il faut inspirer et expirer d'abord, puis tu vises et tu bandes ton bras en tirant sur l'élastique. Comme ça. Et après tu tires ! C'est pourtant simple !

La bouteille de kronenbourg explosa sous l'impact du caillou épais, attirant les applaudissements de Sylvain.

— Bien joué Lucas, t'es le meilleur !

— Tu as compris, Gus ? Allez, concentre-toi, tu m'as l'air ailleurs ce matin, tu vas y arriver…

Gustave se retint de l'envoyer chier. Il s'était levé du mauvais pied, sans l'envie de voir quiconque. Mais quand Lucas avait tapé lourdement sur le volet de sa chambre, il n'avait pas eu d'autre choix que de se lever, de s'habiller en urgence et d'avaler la bière qu'il lui tendait en affirmant qu'il s'agissait là du meilleur des petits déjeuners. Ensuite, ils avaient traversé le quartier des pêcheurs en trombe sur leurs vélos puis s'étaient dirigés vers un coin isolé de la jetée, à l'abri des regards indiscrets.

Le garçon n'eut pas plus de réussite avec les tirs suivants. C'était à se demander s'il ne ratait pas les cibles uniquement pour désavouer la confiance que Lucas plaçait en lui. Sylvain s'empara à son tour du lance-pierre et fit mouche dès la première tentative.

— Si tu vises aussi bien avec ta bite, ironisa l'adolescent joufflu, porté par son ascendant et par les deux bières déjà absorbées, tu mourras puceau !

— Ferme ta gueule, le gros, je suis sûr que tu ne la vois même pas, ta bite, quand tu te douches…

Sylvain aurait aimé enfoncer son poing dans la bouche de ce petit merdeux dont il appréciait de moins en moins la présence. Il ne comprenait pas pourquoi Lucas l'avait pris sous son aile. Tout paraissait si parfait quand ils n'étaient que deux ! S'était-il lassé de lui, sa présence ne lui suffisait-elle plus ? Seulement, Lucas rit à gorge déployée en voyant ses comparses prêts à en découdre et étouffa tout règlement de comptes en décapsulant trois nouvelles bouteilles.

— T'es toujours puceau, Gus ?

— Qu'est-ce que ça peut te foutre, Lucas ?

— Relax, je suis surpris, c'est tout…

— Pas moi, maugréa Sylvain, assis, recroquevillé sur lui-même et tétant sa bière comme un biberon.

— Je veux dire, continua Lucas en fixant Gustave, si j'avais été à ta place, la petite Oriane, je m'en serais occupé.

— C'est la copine de mon ami…

— Ah oui, et il est où, ton « ami » ? Je ne le vois nulle part ? Tu nous as dit que c'était une allumeuse, qu'elle dansait à moitié nue devant toi… Tu as été trop con pour comprendre les signaux, c'est tout…

— Les signaux ?

— Oui, les signaux. Ce que les hommes comme moi comprennent et que les puceaux comme vous ne détectent pas.

— J'suis pas puceau, grogna Sylvain.

— Ta mère, ça ne compte pas, lui lança Gustave, en trinquant avec Lucas, tous les deux hilares.

— Ce que je veux dire, reprit le leader, c'est qu'Oriane avait envie de toi, ça crève les yeux ! Tu n'as juste pas su saisir ta chance, c'est comme ça. Si tu veux, je peux te brancher avec les sœurs Brunet, elles dépannent pour cinquante francs. Je me les suis faites à tour de rôle dans les toilettes du collège, gratos bien sûr…

Gustave ignora laquelle de ces deux hypothèses cachait un mensonge. Les sœurs Brunet avaient la réputation de coucher avec tout le monde, même si personne n'avait jamais avoué officiellement le fait devant elles ni leur père, qui se trouvait être professeur de math au collège.

Quant à Oriane, Gustave pouvait lui accorder le bénéfice du doute. Il s'était souvent demandé ce qu'elle pensait quand leurs regards se croisaient, ou quand elle le surprenait à observer son corps sans protester. Il songea irrémédiablement à Damien. En venant ici, ils étaient passés devant son mobil-home. Le garçon avait remarqué que les volets étaient baissés et compris que son ami était parti, il se souvenait vaguement de l'avoir entendu en parler quand ils traînaient encore ensemble. Au fond de lui, Gus aurait aimé qu'il le prévienne, qu'il lui dise au revoir. Comme avant. Comme lorsque Damien n'était pas encore enivré d'Oriane, quand ils passaient leur temps ensemble, à jouer au foot, à traîner le long du port et à se raconter des histoires de marins.

Que cette période lui paraissait lointaine ! À cause d'elle, à cause de lui, il en était réduit à passer ses journées avec Lucas et Sylvain, et même s'il les trouvait sympas, à leur manière, ce n'était pas pareil. À eux, il ne proposerait jamais de s'entailler les mains pour se lier à jamais. Mais Gustave ne pouvait nier que ses nouveaux compagnons lui apportaient une forme d'épanouissement. Ils l'aidaient à combattre ce bourdonnement coincé dans sa tête, cette mélodie incessante qui tournait dans son cerveau et qui lui faisait serrer les poings. Il ignorait d'où provenait cette colère permanente. Il l'avait sentie poindre un après-midi en compagnie de Damien et Oriane tandis qu'ils se bécotaient sans plus faire attention à sa présence. Elle l'avait accompagné cette colère, alors qu'il rentrait chez lui et que ses parents lui avaient reproché de ne pas avoir vidé le lave-vaisselle. Et plus tard encore, dans la solitude et l'étroitesse de sa chambre. Depuis, elle ne l'avait jamais vraiment quitté. Comme si elle s'était transformée en un organe vital qui pourrissait toutes ses pensées. Alors oui, vider des bières, viser des bouteilles ou des goélands avec le lance-pierre, fumer de l'herbe, la nuit, sur le port, insulter le souvenir de ses anciens amis, tout cela calmait à certains moments le volcan qui grondait en lui. Mais jamais suffisamment pour, le soir, s'endormir la paume ouverte. Ses parents croisaient ses sautes d'humeur en levant les yeux au ciel et soupiraient en prononçant le mot *adolescence*, qui ne signifiait rien aux oreilles du garçon, si ce n'est un terme générique vide de sens pour qualifier ce mal-être qui avait subitement germé en lui.

— Eh, vous voulez faire un truc cool ? proposa Gustave après avoir compté mentalement l'argent qu'il devait posséder dans la coque en porcelaine de sa tirelire, une barque miniature achetée sur le marché, et qui ne devait contenir qu'une vingtaine de francs en petites pièces, montant insuffisant pour les sœurs Brunet.

— Vas-y, dis quoi… l'incita Sylvain, soudainement docile.

— Ouais, vas-y le puceau, c'est quoi ton plan ?

— Venez, je sais où on peut trouver de l'alcool. Il faudra juste que Sylvain rentre son ventre pour passer par la fenêtre…

*

Oriane ne savait pas comment commencer. Le plus difficile était toujours la première phrase. Le reste viendrait facilement. Après quelques minutes à chasser les tournures ridicules, la bonne formule apparut, simple, concrète et tellement réelle : *tu me manques*. Une fois cette évidence couchée sur le papier, le reste coula naturellement de son stylo pendant plus d'une page. Elle raconta à Damien des banalités qui, elle en était certaine, l'intéresseraient pour le simple fait qu'elles provenaient de sa perception à elle, tout comme il pouvait l'écouter parler pendant des heures de sujets insignifiants simplement pour entendre sa voix. La jeune fille, sans en avoir conscience, ressemblait alors au reflet rajeuni de Lilly la folle. Sœurs par cette solitude et ce silence imposés, toutes les deux posaient sur le papier leurs pensées du jour, les adressant aux absents avec une passion similaire, gravant dans ce rituel la promesse de retrouvailles, dans le monde des vivants pour l'une, dans le monde des marins noyés pour l'autre.

À la fin de la lettre, Oriane dessina un goéland volant au-dessus d'une mer remplie de fileyeurs, un moyen de lui exprimer sa foi en une normalité retrouvée à son retour. Oriane prit une enveloppe dans laquelle elle inséra la précieuse feuille. Demain elle en écrirait une autre, puis le lendemain encore. Une missive chaque jour, c'est ce qu'elle avait promis tout en sachant que Damien, lui, ne suivrait pas le même rythme. Elle ne lui en voulait nullement, elle savait qu'exprimer ses sentiments lui était plus difficile, même par écrit. Seulement, il avait oublié de lui donner une adresse. La jeune fille laissa l'enveloppe dans sa chambre et quitta la maison. Elle savait vers qui se tourner : Jean, le père de Damien. Il suffisait d'aller lui demander au port.

Le ciel lui sembla particulièrement gris quand elle se mit en marche en direction du front de mer. Des nuages épais et bas paraissaient aimantés par la terre, ou trop chargés de pluie pour pouvoir s'envoler plus haut. Elle marcha une dizaine de minutes le long du littoral, se nourrissant de l'air marin, du vent léger qui faisait danser ses cheveux comme le courant s'amuse des algues marines. La fille de Duffrane descendit le quartier des pêcheurs en réfléchissant à ce qu'elle allait écrire dans sa prochaine lettre. Peut-être lui dirait-elle qu'elle s'en voulait d'avoir volé des carnets chez Lilly. Qu'il avait raison, que ce n'était pas bien et qu'il était important de les remettre en place. D'ailleurs, elle avait déjà planifié son retour à la cabane, dans deux jours, lorsque la pluie coulerait des nuages, car elle savait que Lilly sortirait peu avant l'averse afin de vérifier ses pièges.

Oriane pénétra dans la capitainerie pour saluer son père. Elle le trouva dans son bureau, étrangement joyeux. Quand il lui demanda ce qu'elle faisait ici, elle se contenta d'expliquer qu'elle s'ennuyait à la maison et garda sous silence la véritable raison de sa venue au port. Elle était certaine que son père ne comprendrait pas son impatience, qu'il affirmerait, dans un ton réprobateur : *quinze jours ce n'est rien, l'absence et le silence permettent souvent aux sentiments de se régénérer*. Philippe était rempli de ces certitudes morales. Il les lui distribuait généreusement comme un adulte éclairé, rôle qu'il devait jouer seul depuis le décès de Méline. Oriane l'écoutait sans ciller, se demandant, en hochant la tête de manière mécanique, si son père avait été un jour enfant.

Elle trouva Jean à l'extrémité du ponton, debout sur le pont de son bateau à vérifier l'état de ses filets. La surprise se lut sur son visage quand il la vit s'approcher timidement du *Juliana*. L'homme s'essuya les mains sur sa salopette et s'avança pour l'aider à monter à bord.

— Oriane ? Que fais-tu là ? Ça va ?

— Oui, monsieur, ça va, le rassura-t-elle en posant des yeux curieux sur les différents outils qui jonchaient le bois du sol.

Les bateaux l'avaient toujours intriguée. Son père refusait qu'elle sorte en mer, il disait qu'une femme à bord portait malheur, enrobant ainsi de mystère ces fileyeurs sur lesquels tous les garçons de son âge voguaient déjà avec une fierté d'homme.

— Qu'est-ce que je peux faire pour toi ? C'est ton père qui t'envoie ?

— Non, monsieur…

— Tu peux m'appeler Jean…

— Euh… d'accord Jean, c'est juste que… que Damien est parti en oubliant de me donner l'adresse où lui écrire, et je me demandais…

— Si je pouvais te la donner ?

Oriane regretta subitement de l'avoir dérangé. La manière avec laquelle il venait de la couper était désagréable. Même le sourire bienveillant du marin s'était estompé et avait laissé place à une sorte d'inquiétude, ou plutôt de tristesse. Son front plissé dessina des vagues de peau tortueuses au-dessus de ses sourcils arqués. *Cela ressemble à un masque de douleur*, pensa la jeune fille, *sans doute Damien lui manque-t-il à lui aussi. Peut-être qu'il aimerait lui écrire, mais que son stylo reste suspendu au-dessus de la feuille, muet, incapable de retranscrire ses sentiments…*

— Tu as un papier et un crayon sur toi ? lui demanda Jean en se détournant de son regard.

— Non, regretta Oriane.

— Attends, je vais te trouver ça, prononça le marin avant de disparaître dans la timonerie.

Oriane en profita pour poser ses mains contre le plat-bord du fileyeur. Le bois rugueux lui sembla d'une solidité réconfortante. Son doigt longea une aspérité qui courait le long de la planche, telle la cicatrice qui dormait paisiblement dans le creux de sa paume.

— Tu es déjà partie en mer ? lui demanda Jean en redescendant.

Il lui tendit un morceau de papier qu'Oriane s'empressa de ranger dans la poche de son bermuda.

— Non, jamais, avoua-t-elle.

— Bon, écoute, si Damien te le demande, tu ne sais rien, OK ? lui déclara-t-il sur le ton de la confidence.

— OK…, murmura-t-elle, curieuse d'en connaître davantage.

— Tu vois les trois cannes à pêche posées là-bas ?

— Oui.

— Damien voudrait que je vous emmène pêcher un jour.

— C'est vrai ?

— Oui, c'est la vérité, affirma l'Anguille.

— J'adorerais !

— Mais pour cela, reprit-il, il faudra que tu en parles à ton père. Si tu n'es jamais partie en bateau, sans doute voudrait-il que ce soit lui qui t'emmène la première fois, c'est quelque chose qui tient à cœur aux parents.

Je lui demanderai ! Ce serait génial !

Oriane n'en revenait pas. Elle s'imaginait déjà se poster à la proue, son épaule collée contre celle de Damien, tous les deux face à la mer qui glisserait sous le bateau en s'écartant devant leur amour. Cette perspective la remplissait de joie. *Voilà ce dont j'avais besoin*, reconnut-elle en son for intérieur, *une raison pour supporter son absence, une récompense pour mes souffrances. Damien ne m'abandonnera pas, il reviendra pour moi, je ne serai plus jamais seule, maman…*

— Monsieur ?

— Oui ?

— Merci beaucoup ! Dans ma prochaine lettre, je lui écrirai que vous êtes quelqu'un de très gentil, et promis, je ne trahirai pas notre secret !

— Merci, Oriane, sourit Jean en l'aidant à descendre du bateau, et s'il te plaît, ajoute que je pense à lui tous les jours.

Oriane quitta le père de Damien et marcha le long du ponton d'un pas pressé, déjà impatiente de décrire cette rencontre dans sa lettre. Alors qu'elle dépassait la capitainerie pour remonter le quartier des pêcheurs, elle aperçut furtivement trois silhouettes disparaître dans les fougères. Gustave, ainsi que ses deux nouveaux meilleurs amis. La jeune fille se figea. Elle savait parfaitement où ce chemin menait. Elle l'avait emprunté quelques jours plus tôt.

« Fait chier, pesta-t-elle en se dirigeant vers les hautes herbes. Bordel Gus, pourquoi tu les emmènes chez Lilly… »

9

2019

Franck me salua en me promettant de reprendre contact dès qu'il posséderait l'identité du mystérieux bienfaiteur. Selon lui, tout s'éclairerait à ce moment-là, et j'ignorais si j'étais prêt à affronter la réalité qu'un simple nom révélerait.

Il était midi passé quand je quittai le mobil-home pour me rendre aux Trois Sirènes. Durant le court trajet, je tentai de comprendre pourquoi mon père s'était rendu coupable d'un tel crime. Possédait-il des dettes cachées ? Avait-on exercé un chantage pour le contraindre à tuer Gustave ? Si le fait qu'il l'ait tué ne faisait aucun doute, les raisons demeuraient obscures.

Je n'eus droit qu'à un sourire discret lorsque je passai la porte du bar. Oriane se trouvait derrière le comptoir et je perçus sa gêne dans son regard bien avant qu'elle ne se détourne de l'entrée pour déposer un casier de bouteilles dans la réserve. Une jeune fille au physique ingrat essuyait quelques verres d'un air blasé, sans doute cette étudiante dont Oriane m'avait parlé. Je la saluai d'un geste de la main – qu'elle ignora avec un naturel déconcertant, une attitude certainement travaillée au fil des soirées passées à écouter les clients enivrés lui déclarer leur flamme – et me dirigeai vers l'arrière-salle. Mis à part un homme seul accoudé au bar et un couple âgé qui fixait leurs verres comme une boule de cristal, le bar était vide.

— Oriane, je suis désolé pour hier…, m'excusai-je tandis qu'elle refermait déjà la porte du local.

Elle se tourna vers moi, repositionna une mèche échouée sur son front.

— Damien… oh merde, pourquoi je me sens comme une gamine quand tu es là… Écoute… je pensais que tu étais revenu pour enterrer le passé, j'ai même espéré que tu sois là pour moi, comme une connerie de chevalier venu m'enlever de cette ville… et hier…

— Je suis là pour toi Oriane, je te le promets. C'est juste que… j'ai l'impression que mes parents m'ont menti toute ma vie et j'ai besoin de réponses, cela n'a rien à voir avec nous. C'est l'espace d'un ou deux jours, ensuite je serai libéré de ma mère, de mon père, et de cette sensation désagréable d'avoir été berné. Après, promis, il ne s'agira que de nous, et s'il faut que je porte une armure en plastique et chevauche un canasson pour te ramener avec moi, je le ferai…

— Avec un brushing et des dents qui brillent ?

— Je ne pense pas que le cheval serait d'accord pour aller chez le dentiste…

— Imbécile, lança-t-elle en se retenant de rire. Tu as mangé ?

— Non, pas encore.

— Des lasagnes, ça te dit ? me proposa-t-elle en se dirigeant vers le bar. Murielle m'en a préparé un plat gigantesque…

— Murielle, la serveuse sexy que tu caches derrière ton comptoir ?

— T'es ignoble… Installe-toi où tu veux, je ramène ça.

Nous déjeunâmes tout en évitant de discuter de mes parents, de Gustave ou de tout autre sujet évoqué la veille. Les lasagnes de Murielle se révélèrent exquises. Nous parlâmes de choses diverses, des voyages que nous avions faits, de nos goûts musicaux, des expositions visitées, des livres qui dormaient à côté de nos lits. Les adultes que nous étions devenus se découvrirent à travers ces petits riens, et il faut l'admettre, se plurent encore plus. Ce n'est qu'au café qu'Oriane me demanda ce qui me tourmentait à ce point. Je lui expliquai alors les conclusions de Franck, lui apportant autant de détails que possible, tout en gardant pour moi le fait surprenant que son père n'ait livré aucun enregistrement cette nuit-là. À ma grande surprise, elle m'écouta avec attention, sans rejeter mes hypothèses et aucune colère ou frustration n'animèrent son visage. Même quand j'évoquai le fait que sa présence au port n'avait été notifiée nulle part, elle m'en expliqua avec calme la raison :

— Oui, j'ai un peu grossi le trait, j'avoue. Mais le fait que tu parles de ce drame alors que tu ne l'as pas subi de plein fouet m'a révoltée, désolée. Je n'étais pas aux côtés de Gustave, ce n'est pas vrai. Je me trouvais dans la capitainerie, dans le bureau de mon père. J'étais venue avec lui.

— Vous étiez déjà présents quand c'est arrivé ?

— Non, juste après. Nous étions à la maison, en train de regarder un film qu'il avait loué quand il s'est rendu compte qu'il avait oublié de racheter des cassettes vidéo pour la caméra du port. Filmer le voleur était devenu pour lui une obsession, il ne voulait pas laisser une seule nuit sans surveillance. Alors il a décidé de retourner à la capitainerie et d'utiliser une ancienne VHS. Je l'ai accompagné. C'est en arrivant sur les lieux que l'on a découvert ton père et… Gustave. Il m'a immédiatement dit de rentrer dans son bureau et de n'en sortir que lorsqu'il viendrait me chercher. Je ne pouvais rien voir de sa fenêtre, mais je me souviens des gyrophares. Leurs lumières bleues dansaient sur les murs de la pièce à m'en donner le tournis…

J'aurais tant voulu être là. Sans doute aurais-je lu la vérité sur ce visage familier. Était-il en larmes ? Avait-il peur ? Restait-il stoïque, satisfait de s'être acquitté de la tâche qu'on lui avait confiée ? Savait-il déjà qu'il ne me reverrait plus, que par son geste odieux il tirait un trait définitif sur son fils, sur sa chance de le voir grandir, de l'emmener à la pêche, de le réveiller en l'embrassant les week-ends de sa garde alternée ? Oui, j'aurais aimé me tenir face à lui et deviner dans sa détresse une quelconque explication. Peut-être lui aurais-je tendu la main si j'avais su tout ce que je sais à présent. Pour le relever. Pour qu'il garde sa prestance paternelle tout en tanguant sur ses bases d'homme cocufié, de pêcheur sans mer à enlacer, d'amant abandonné… Il serait resté un criminel, mais aussi mon père, aussi loin que je me trouverais de lui par la suite…

— Que s'est-il passé après, pourquoi l'exploitation du port s'est-elle arrêtée ? demandai-je en chassant ces pensées emplies de regrets et de nostalgie.

Le visage de l'Anguille s'évanouit, happé par la terre, froid, gris, en décomposition dans un cercueil sur lequel j'avais craché avec fierté.

— Les aides de l'État et les remboursements des assurances ont trop tardé. Les commandes se sont dirigées vers d'autres fournisseurs et il a fallu licencier les pêcheurs. Une fois que l'argent est arrivé, le mal était fait. Chacun a cependant touché ce qui lui revenait, des mois de salaire plus une prime généreuse.

— Tu sais à combien s'élevait cette prime ?

Je tenais peut-être là l'explication des sommes d'argent anonymes qu'il recevait. Il était possible qu'il se fût arrangé avec Duffrane pour ne pas tout percevoir en une fois. Même si la somme engrangée me semblait conséquente, il était tout à fait envisageable que les assurances du pétrolier aient décidé de se montrer généreuses afin d'étouffer la grogne des marins, des associations et de l'État. Sans compter la publicité déplorable que des procès à rallonge risquaient d'engendrer. Mais dans ce cas, la version de Franck selon laquelle mon père aurait été payé pour son crime et son silence tombait à l'eau… Si l'argent provenait des assurances, mon père avait tué « gratuitement »…

— Non, aucune idée, mais je sais qu'elle était suffisamment importante pour que tout le monde s'en satisfasse. Même Lilly a eu droit à son indemnité, sans doute par respect pour son mari. Il y a quelque chose que je ne comprends pas dans ton hypothèse : qui pouvait en vouloir à Gustave ?

— Je l'ignore, avouai-je. A-t-il agi différemment quand je suis parti ? S'est-il attiré des problèmes ?

— Non, je ne pense pas. On ne se voyait plus beaucoup, il traînait avec Lucas… mais il y aurait eu des rumeurs. Il y a juste eu cet incident…

— Quel incident ?

— Chez Lilly. Ils y sont retournés, tous les trois, avec Sylvain.

— Que s'est-il passé ? m'inquiétai-je en remarquant le visage soudain affligé d'Oriane.

— Je pense que Gustave avait besoin de… d'exprimer sa colère. La maison de Lilly était peut-être un symbole pour lui, celui de notre dernière escapade commune. Je les ai suivis en cachette, et j'ai assisté à toute la scène. Je n'ai pas eu le courage de les arrêter, j'étais comme pétrifiée… Ils ont osé, Damien, ils ont osé le faire…

10

1995

« Venez, je vous dis, je suis sûr ! Dans le débarras il y a plein de bouteilles d'alcool, son mari était un ivrogne ! »

Lucas fit mine de partager l'enthousiasme de Gustave. D'une certaine manière, Lilly l'effrayait un peu avec son regard vide et ses cheveux filandreux. Il ne lui avait jamais parlé, mis à part les moqueries lancées de loin auxquelles elle semblait ne pas faire attention. Mais cette vieille, elle ne lui inspirait pas confiance. Et puis ces histoires de chats… On disait même qu'elle les mangeait, qu'elle s'en faisait des colliers avec les os et qu'elle lisait l'avenir dans leurs intestins…

Plus jeune, son paternel lui racontait comment le mari de Lilly avait disparu en mer. Une vague de plusieurs mètres de haut avait fracassé son bateau. Le vieux n'était cependant pas au bout de ses malheurs. Il avait combattu de longues heures contre la noyade. Mais, à la nuit tombée, les poissons carnivores avaient commencé à lui déchirer la chair des pieds. À cause du froid, le pêcheur ne sentait déjà plus ses membres inférieurs. Il les gardait en mouvement par pur réflexe, de longs gestes épuisés qui ne le maintenaient à flot que par instinct de survie. Mais les morsures des poissons, ça, il le comprit lorsqu'il vit la mer se teinter de rouge. Alors il ferma les yeux et se laissa couler. Lucas s'endormait avec ces images en tête tandis que son père quittait la chambre d'un air satisfait. Plus tard, le garçon entendit une autre version selon laquelle ce serait Lilly elle-même qui aurait provoqué la mort de son mari alcoolique et brutal en buvant du sang de chat et en lançant des incantations depuis la baie des veuves.

En grandissant, Lucas recouvrit ces légendes du linceul de la réalité : le vieux s'était noyé, tout simplement, sans poissons carnassiers ni malédiction. Mais il ne pouvait s'empêcher de repenser à ces histoires quand il croisait la vieille Lilly ou quand le vent marin soufflait autour des mobil-homes comme un long cri d'agonie. Ainsi qu'au respect inhabituel que montraient tous les pêcheurs à cette femme sans importance. Il n'avait jamais compris pourquoi ils la laissaient vaquer à ses occupations sans lui adresser le moindre reproche. *Ont-ils peur d'elle ?* se demanda-t-il en écartant les herbes hautes qui se redressaient devant lui une fois que la silhouette de Gustave les eut courbées pour se frayer un passage.

Sylvain quant à lui restait silencieux. Il suivait ses deux comparses en tentant d'adopter leur rythme. Ses joues rougeaudes se gonflaient et dégonflaient en libérant des soupirs d'inconfort. Il fermait la marche et il n'aimait pas cela. Dans les films d'horreur, c'était toujours celui qui se trouvait en arrière qui se faisait tuer en premier. Et Lilly, elle le faisait flipper. Sylvain ne l'aurait jamais avoué à Lucas, mais la vieille venait souvent le hanter dans ses cauchemars. Dans son sommeil, la scène demeurait toujours la même : il se retrouvait attaché sur une chaise, au milieu d'une pièce vide, au centre de murs décrépis dont suait une substance visqueuse et translucide. Une porte s'ouvrait et Lilly apparaissait en tenant dans ses mains un plateau recouvert d'un tissu ensanglanté. Quand elle arrivait face à lui, elle retirait le torchon et lui présentait ce qu'il recouvrait : des yeux de chat. Ensuite, elle sortait un couteau de sa poche et pointait la lame à quelques millimètres du globe oculaire de Sylvain. « Si tu veux sortir d'ici, il faut que tu manges tout… Sinon, ce sont tes yeux qui se retrouveront sur ce plateau… » Et la sensation qu'il éprouvait quand il se réveillait en nage de ce cauchemar n'était pas du soulagement. Non, ce qu'il ressentait, c'était le goût du sang dans sa bouche, et le poids effrayant de dizaines de regards au fond de son estomac.

Sylvain marqua une pause. Il se pencha en avant, les mains sur les genoux pour reprendre son souffle et pria pour ne pas vomir. Cela faisait dix bonnes minutes qu'ils marchaient. Son tee-shirt lui collait à la peau, les herbes griffaient ses jambes et ses bras, et il sentait dans son cou la présence de minuscules insectes irritants. Après s'être redressé, il reprit son avancée et décida de dévier son esprit de Lilly (de ses ongles longs et sales, de son sourire édenté quand elle lui ordonnait de finir l'intégralité du plateau…) pour le diriger vers Gustave. Pour qui se prenait-il, ce puceau ? De quel droit marchait-il en tête, devant Lucas, tel le capitaine d'une mission d'exploration ? *Et si je l'attachais à une chaise et que je le laissais jusqu'à ce que Lilly revienne… elle s'occuperait de lui, lui ferait bouffer des yeux jusqu'à ce qu'il s'étouffe...* Sylvain le détestait pour diverses raisons : parce qu'il l'avait attiré au milieu de ces herbes, parce qu'il avait détruit le précieux binôme qu'il formait avec Lucas, parce que Lucas l'écoutait à présent plus que lui, lui demandait son avis, lui tapait sur l'épaule en se marrant même quand rien de drôle n'avait été prononcé, lui filait le joint en deuxième, partageait avec lui la dernière bière... *Lui, lui, lui !* grimaça le garçon.

Un craquement de branche provenant de l'arrière le figea. Il resta quelques secondes immobile, tétanisé à l'idée d'une main décharnée qui l'agrippait par l'épaule pour lui retirer les globes oculaires à l'aide d'un vieux couteau rouillé. Il ferma les yeux en serrant si fortement les paupières que sa tête se mit à tourner. *Enfoiré de Gustave, je savais que le dernier mourait toujours en premier, et toi aussi tu devais le savoir, p'têt que Lucas le sait aussi, que vous êtes ensemble dans la combine, que vous m'avez laissé derrière pour vous débarrasser de moi...* Il sentit sa vessie se contracter au point de ne plus être certain de pouvoir la contrôler. Cette crainte de pisser dans son bas de jogging et d'affronter ensuite les railleries de Gustave lui sauva la vie. C'est elle qui instilla dans son esprit suffisamment de révolte pour se mettre à courir sans plus se soucier des herbes et rejoindre les deux conspirateurs.

Malgré sa rancœur, Sylvain fut soulagé de voir qu'ils ne s'étaient pas aventurés dans la maison de Lilly sans l'attendre. Les deux garçons se trouvaient accroupis, à surveiller la cabane.

— Putain, qu'est-ce que tu foutais ? lui reprocha Lucas en se retournant.

— Deux minutes, il faut que je pisse, déclara Sylvain en se soulageant non loin du chemin.

— Elle n'est pas là ?

— Non, elle doit être encore dans la forêt à poser des pièges, suggéra Gustave.

— Vous êtes déjà venus ici, avec les autres blaireaux ?

— Oui. Mais on n'a pas fouillé dans la réserve. C'est là que les bouteilles doivent se trouver. C'est facile d'accès, il suffit de passer par la fenêtre, là-bas.

Gustave pointa du doigt le pan de mur le plus proche. Sylvain, de retour, plissa les yeux. Il douta très fortement de pouvoir se faufiler à travers cette minuscule ouverture. Il lut dans le regard des autres le même doute, mais aucune moquerie ne surgit. Cet étrange respect de sa morphologie l'intrigua. *Qu'ont-ils eu le temps de comploter durant mon absence ?*

— Bon, indiqua Gustave d'un ton qui déplut immédiatement à Sylvain, le mieux c'est que l'un de nous fasse le guet. Sylvain, tu t'y colles. On te passera les bouteilles par la fenêtre.

Et parce que maintenant tu te prends pour le chef, songea le garçon en ajoutant un nouveau grief à sa liste.

— Allez, on y va… on a assez perdu de temps, lança Lucas avant de courir vers le côté de la cabane.

*

« Merde ! » pesta Oriane en relevant son pied de la branche qui venait de craquer sous son poids. Elle demeura immobile de longues secondes, compta encore jusqu'à soixante avant d'avancer de nouveau. De toute manière, il était inutile de se dépêcher et de risquer de se faire prendre. La jeune fille savait où ils se rendaient. Ce qui l'inquiétait était la raison pour laquelle Gustave retournait là-bas en compagnie de ces deux abrutis. Elle redoutait leurs projets et espérait que Lilly serait chez elle. Jamais ils n'oseraient la défier. Ils seraient obligés de rebrousser chemin.

Elle longea l'allée en terre à pas feutrés, aux aguets, et atteignit l'extrémité sans rencontrer les garçons. Enfouie dans les herbes, elle observa Sylvain lancer des regards nerveux aux alentours du terrain, à demi caché derrière l'angle gauche de la cabane. Ce qu'elle craignait était en train de se produire : Lucas et Gustave s'étaient glissés à l'intérieur. Oriane regarda autour d'elle, sur le sol, à la recherche d'une pierre. Elle en déterra une, moins grosse qu'elle l'aurait espéré, et se mit en position. Son plan était simple : elle viserait le toit, en espérant que le bruit de la pierre contre les tuiles suffirait à effrayer les rôdeurs. Ensuite elle se mettrait à courir le plus vite possible en direction du port et se cacherait dans la capitainerie en attendant de voir les trois autres silhouettes essoufflées dépasser les pontons à leur tour. Seulement, au moment où elle se redressa pour lancer son projectile, Sylvain se rapprocha de la fenêtre et se hissa sur la pointe des pieds. Une bouteille apparut de l'intérieur, puis une seconde que le garçon déposa sur l'herbe avant d'en saisir une troisième. *Ils viennent chercher de l'alcool*, comprit Oriane avec soulagement, *ils viennent simplement piller la cave de Lilly…*

La jeune fille se baissa et décida d'attendre que Gustave et Lucas sortent de la maison avant de repartir, tout en regrettant que Damien ne soit pas à côté d'elle pour lui prendre la main, apaiser les battements de son cœur et éteindre ce mauvais pressentiment qui ne la quittait pas.

*

— Ça pue la mort là-dedans, souffla Lucas, à peine les pieds posés sur la dalle en ciment du cagibi.

— Les bouteilles doivent se trouver ici, indiqua Gustave en promenant la flamme de son briquet vers les recoins les plus sombres.

— Il y a quoi dans les autres pièces ? Vous avez fait le tour complet ?

— Oui, rien de bien intéressant, c'est une maison de vieux, il n'y a même pas la télévision. Là, regarde, je le savais !

Au fond de la minuscule pièce, adossé au mur, se dressait un casier à bouteilles en fer noir. Les deux garçons s'en approchèrent, auscultèrent les étiquettes ainsi que le contenu à travers le verre.

— Quatre bouteilles de vin… Merde, elle a dû siffler le reste…

— Ou l'utiliser pour cuisiner des ragoûts de chats, plaisanta Gustave. C'est mieux que rien !

— Mouais, avoir fait ce chemin pour si peu, regretta Lucas en éteignant son briquet. Passe-les à Sylvain, moi je vais faire un tour.

— Tu ne vas rien trouver, je t'assure, intervint Gus.

L'idée que Lucas se promène librement dans l'intimité de Lilly ne lui plaisait guère. Il s'en voulait déjà de ne pas avoir empêché Oriane de voler les carnets. Et s'il était revenu, c'était simplement pour que ces deux abrutis cessent de le traiter de puceau, pour leur montrer que lui aussi savait prendre des risques.

— M'en branle de ce que tu dis, casse-toi si tu veux, rentre chez papa et maman. Moi je vais me promener un peu chez cette vieille folle.

Lucas ouvrit la porte de la réserve en grand et pénétra dans la pièce principale. Gus fit passer les bouteilles à travers la fenêtre, prévint Sylvain qu'ils arriveraient dans quelques minutes et suivit Lucas, à distance, comme si le fait de se tenir éloigné de lui l'émancipait des dégradations que son compagnon projetait certainement de réaliser. Lucas visita chaque pièce, laissant les portes grandes ouvertes afin que Lilly la cinglée sache que quelqu'un était venu.

— Elle croira p'têt que c'est son mari… ouais, je suis certain qu'elle lui parle la nuit, je parie même qu'elle se touche encore la vieille folle en repensant aux gifles qu'elle se prenait !

— On ferait mieux de filer…

— Putain ! T'es chiant toi ! On partira quand je l'aurai décidé !

— C'est juste que… on ne sait pas où elle est…, tempéra Gustave.

— Et alors ? Si elle vient nous emmerder, je la plante avec ça !

Lucas venait de sortir de sa poche un couteau à cran d'arrêt. La lame brillante jaillit de son fourreau en un clic sourd.

— C'est quoi ce truc ? grommela-t-il en se rapprochant de la bibliothèque.

Tout en marchant, il tendit le bras. L'extrémité de la lame griffa le papier peint du mur, laissant derrière elle une longue cicatrise onduleuse.

— Des carnets, précisa Gustave, rien que des carnets inutiles…

— Ah ouais ?

— Ouais, on les a déjà feuilletés, que du blabla sans importance.

Lucas resta un long moment face à la bibliothèque. Son couteau dansait avec nervosité contre sa cuisse tandis que l'index de son autre main caressait la tranche des carnets comme pour les compter. Puis il se retourna, un large sourire aux lèvres, fixant Gustave d'un air déterminé.

— J'ai une idée, je ne sais plus comment ça s'appelle, je n'ai jamais été intéressé par les cours d'histoire, mais je sais que c'était dans le programme ! Et en plus, si tu me dis que tous ces carnets ne servent à rien, autant l'en débarrasser !

*

Oriane s'impatientait. Cela faisait dix bonnes minutes que Sylvain avait déposé les bouteilles sur le sol et les autres n'étaient toujours pas ressortis.

Qu'est-ce qu'ils foutent ?

*

Sylvain lui aussi se posait des questions. Il sautillait en essayant de voir à travers la fenêtre, mais celle-ci était trop haute. Alors, il se contentait de longer le mur et de jeter des regards furtifs aux alentours tout en soupirant bruyamment.

Cinq minutes plus tard, il y eut enfin du mouvement. Deux grands sacs-poubelle furent éjectés de l'intérieur et tombèrent lourdement à quelques centimètres de Sylvain qui, résigné, s'était assis sur l'herbe, le dos contre le mur. Il se releva immédiatement et aida ses amis à sortir de la cabane.

— Putain, qu'est-ce que vous foutiez ? C'est quoi ça ?

— On essayait les sous-vêtements de Lilly, blagua Lucas en allumant une cigarette. Tu en veux une ?

— Non, merci, refusa Gustave pour qui l'humeur n'était pas à la plaisanterie, mais plutôt à l'envie de se tirer le plus rapidement possible.

— Il y a quoi dans ces sacs, bordel, j'aime pas être mis de côté comme ça ! s'emporta Sylvain.

— Ferme-la un peu ! Regarde, voici le trésor !

Lucas ouvrit les sacs en deux à l'aide de son cran d'arrêt. Il tira ensuite sur les lambeaux de plastique pour les vider. Les carnets de Lilly se retrouvèrent entassés, déjà souillés par la boue que le fragile soleil d'été n'avait pas encore eu la force de sécher.

— Des livres ?

— Ouais, des livres, des carnets, des cahiers, on s'en fout.

— Et qu'est-ce qu'on va faire de ça ? demanda Sylvain, déçu par la découverte de ses compagnons. *Des carnets… c'était du fric qu'il fallait chercher, des trucs à manger ou alors des cadavres de chats qu'ils auraient cloués à la porte de la cabane ! Mais des carnets ?*

— Eh bien, le terme exact m'est revenu pendant que je fouillais la réserve à la recherche de combustible. Un autodafé ! s'exclama fièrement le chef de bande en levant les bras au ciel.

— Lucas, allons-nous-en, ce n'est pas la peine de…, tenta Gustave qui regrettait amèrement de les avoir guidés jusqu'ici.

Lilly ne méritait pas cela. Il y avait toute son histoire d'écrite dans ses pages, des récits inutiles pour eux, mais certainement d'une grande valeur pour elle.

— Ferme-la, le puceau ! Sinon c'est toi que j'enflamme ! le menaça Lucas en faisant gicler quelques gouttes de combustible à quelques centimètres du garçon.

— Bien dit, Lucas ! s'enthousiasma Sylvain qui reconnut enfin son ami.

Je m'étais trompé, ils ne sont pas potes en fait, Lucas ne faisait que semblant…

— D'ailleurs, reprit leur chef en aspergeant les carnets de liquide, montre-nous que tu n'es pas un dégonflé, allume le bûcher…

Lucas tendit à Gustave une feuille qu'il avait préalablement déchirée d'un carnet et humidifiée d'alcool.

— Prends-la et embrase-la avec ton briquet. Tu n'auras qu'à la laisser tomber. Après on récupère les bouteilles, on se tire tous en courant pour fêter ça quelque part ! Prouve-nous que tu en as dans le pantalon…

Gustave fixa tour à tour les deux garçons. Il lut la détermination malsaine de leurs visages et comprit qu'il n'avait pas le choix. S'il n'obéissait pas, le reste de son été ne serait qu'un long calvaire d'injures et de moqueries. Peut-être même que s'il refusait, Lucas le planterait avec son couteau. Il suffisait de croiser son regard menaçant – la parfaite copie de celui qu'il lui avait adressé quand il avait osé lui envoyer la canette de bière, à la baie des veuves – pour savoir qu'il ne supporterait pas un autre affront sans se venger. Gustave saisit la feuille de papier. On pouvait distinguer dessus l'écriture de Lilly, des mots à l'encre bleue, penchés vers la droite comme un bateau en prise à des vents violents. Il sortit son briquet de sa poche sous les encouragements satisfaits de Sylvain et Lucas puis se positionna au-dessus de l'amoncellement de carnets.

*

« Non…, souffla Oriane alors que Gustave enflammait la feuille qu'il tenait dans la main. Tu ne peux pas faire ça… Tu ne peux pas brûler ses souvenirs… »

Des larmes qu'elle ne comprenait pas perlèrent à l'angle de ses yeux. Elle aurait voulu crier, sortir de sa cachette en se ruant vers eux pour les empêcher de commettre l'irréparable. Mais qu'auraient-ils fait ? Gustave l'aurait-il défendue ou alors ignorée comme lorsqu'ils se croisaient en ville et qu'il n'osait lui adresser qu'un furtif geste de la main ? Lucas n'aurait-il pas profité de la situation pour l'éloigner dans une pièce de la cabane et la forcer à l'embrasser ?

Damien, si tu avais été là, tu aurais su quoi faire... Je ne suis bonne à rien sans toi... Reviens vite, je t'en prie...

C'est au moment où la jeune fille se décidait à rebrousser chemin pour ne pas assister à la mise à feu que Gustave lâcha la page enflammée vers les carnets. Aussitôt des flammes épaisses s'élevèrent vers le ciel dans un souffle puissant qui fit reculer les trois garçons de surprise. Les torsades de feu s'engouffrèrent dans les souvenirs de Lilly, grignotèrent le passé devant les regards hypnotisés des adolescents qui déjà se déplaçaient en direction du chemin sans pour autant quitter le brasier des yeux.

Cette fois, les larmes d'Oriane coulèrent sur ses joues, autant de tristesse que de colère. Elle songea aux phrases qu'elle avait lues dans les carnets emportés avec elle. Oriane les avait rouverts, dans la solitude de sa chambre. Elle se souvenait de certains passages, emplis d'une folle poésie, et s'était imaginée écrire à sa mère de la même manière. Et bien qu'elle ne posât aucun mot, l'idée de communiquer ainsi avec elle lui avait apaisé l'esprit. Elle avait murmuré un faible merci à destination de Lilly avant de s'endormir, tout en se promettant de lui rapporter ses carnets et de s'excuser.

C'est en dirigeant son regard vers Gustave qu'elle perçut, de l'autre côté de la clairière, un mouvement furtif. Elle fixa immédiatement les arbres qui se dressaient de l'autre côté de la maison pour comprendre pourquoi un frisson glacial venait de lécher son corps.

Non…, murmura Oriane en posant sa main sur sa bouche. *Mon Dieu, depuis combien de temps est-elle là ?*

Elle se mit à courir vers le port sans plus s'inquiéter de révéler sa présence. Elle courut à travers les herbes hautes qui lui griffèrent les bras. Elle courut pour fuir ces carnets qui brûlaient et dont les souvenirs à l'agonie obscurcissaient déjà le ciel. Elle courut pour s'éloigner de cet ami qu'elle ne reconnaissait plus et qui, en agissant comme il le faisait, brûlait aussi une partie d'elle, cette innocence qui imprégnait l'enfance de la certitude que rien ne changerait, que les cicatrices au creux des mains ne vieilliraient jamais et que les promesses murmurées deviendraient vérités.

Elle courut enfin jusqu'à la capitainerie pour se faire mal. Pour souffrir à son tour. Pour que son cœur explose, que ses muscles se déchirent en lambeaux. Pour noyer dans sa propre douleur la souffrance qu'elle avait surprise quelques secondes plus tôt sur le visage d'une vieille femme, mutique et effrayée, entre deux arbres de sa propriété. Lilly, tel un animal du Douanier Rousseau, se cachait, immobile, hébétée, spectatrice de son propre malheur.

*

Lilly resta à l'abri jusqu'à ce que les trois adolescents quittent sa propriété. Elle demeura quelques minutes sans bouger. Le feu avait diminué, mais des flammes affamées fouillaient encore les décombres de leurs langues orangées. Quand le brasier se fut éteint, elle sortit de derrière les arbres d'un pas fragile. Des larmes silencieuses sinuaient jusqu'à son menton et les premiers sanglots apparurent alors qu'elle s'agenouillait sur l'herbe. Ses mains griffues s'enfoncèrent dans la terre humide. Les pensées qu'elle avait couchées dans ses carnets revenaient à elle comme un écho morbide échappé de l'océan. Elle imagina mille vengeances, mille tourments à infliger à ces trois criminels. Elle souhaita leur mort, regretta qu'ils ne fussent de simples chats dont une rapide rotation du cou suffirait à la débarrasser. Quelques rares feuilles brunies avaient survécu. Lilly les ramassa avec tendresse, les déposa près d'elle en reconnaissant chacune des phrases. *Il y a tellement de secrets dans ces mots*, songea-t-elle en essuyant ses larmes, *tellement de silences et de vérités. Que ferais-tu à ma place ? Oh je sais, tu serais déjà en train de les poursuivre. Tes poings s'abattraient sur leurs gueules irrespectueuses... Je vais te faire revivre, mon amour, ne t'inquiète pas. J'ai assez de mémoire pour tout réécrire. Si seulement je pouvais tremper ma plume dans leur sang…*

Lilly emporta les pages miraculées chez elle. Une fois rentrée, elle redressa les meubles qui avaient été poussés sur le sol, ramassa des débris de verre et ferma la lucarne de la réserve. Ensuite, elle fouilla dans l'armoire de sa chambre à la recherche d'un carnet neuf. Elle en trouva un bien caché sous une parure d'oreiller, celle qu'elle avait elle-même brodée lorsque son mari se trouvait en mer. La vieille femme s'assit à la table du salon et ouvrit le carnet. Elle attrapa le crayon qui patientait à côté d'un vase vide et inscrivit trois prénoms :

Lucas, Sylvain, Gustave.

Puis, se souvenant de la jeune fille qui s'était mise à courir après l'avoir aperçue, elle ajouta :

Oriane est innocente. Elle n'a pas participé. Cette jeune fille a déjà connu trop de malheurs. Sa mère est morte il y a quelques années. Une rupture d'anévrisme. Mais je sais que c'est faux. Voici le premier secret de ce nouveau carnet. Voici une des nombreuses promesses silencieuses. Voici comment la mère d'Oriane est véritablement décédée.

11

2019

« Ils les ont tous brûlés ? »

Je n'en revenais pas. Jamais je n'aurais cru Gustave capable de faire cela. Je lui en voulais, mais ne pouvais m'empêcher de penser qu'Oriane et moi étions en partie responsables. Si nous ne l'avions pas laissé s'éloigner, si nous n'avions pas oublié sa présence, aveuglés par notre amour égoïste, tous ces événements auraient-ils existé ? Certainement pas. Les carnets de Lilly seraient toujours alignés dans sa bibliothèque, Gustave serait toujours vivant et mon père en train de fixer l'océan.

Effet papillon à la con, pestai je intérieurement.

— Oui, je pense. Les deux sacs étaient remplis, et le feu intense.

— Que s'est-il passé ensuite ? Lilly a-t-elle porté plainte ? En a-t-elle parlé au père de Gustave ou de Lucas ?

— Je ne crois pas, du moins, je n'en ai pas eu vent durant les deux jours qui ont suivi. Après, il est arrivé ce que tu sais…

Nous restâmes quelques minutes silencieux. La cloche de la porte des Trois Sirènes tintait de temps à autre pour annoncer le départ ou l'arrivée d'un client. Murielle hochait alors la tête en lui demandant sa commande, se détournait du comptoir pour fouiller les frigos ou les étagères et lui tendait son verre avant de replonger dans son iPhone. Il y avait quelque chose de mécanique dans son attitude. J'imaginais difficilement cette étudiante cuisiner avec passion des lasagnes pour sa patronne en chantant à gorge déployée un air d'opéra ou en se trémoussant sur un standard de son époque. Cela aussi elle devait l'effectuer machinalement, avec une torpeur bien éloignée de l'image passionnée qu'imposait la perfection de son plat dont je m'étais servi à deux reprises. *Parfois, la nonchalance et le silence produisent des résultats surprenants*, me dis-je en la quittant des yeux.

— Et si…

Oriane écrasait le reste de sucre fondu au fond de sa tasse à café. Elle avait murmuré ces deux mots sans relever la tête et je n'étais pas certain qu'elle les eut prononcés pour quelqu'un d'autre qu'elle-même.

— … et si, reprit-elle en dressant son visage face au mien, Lilly avait décidé de se venger ?

Je plongeai mon regard dans le bleu céleste qui se présentait à moi. Je me sentis aspiré, happé par ces yeux dont je ne possédais, avant de retourner dans cette ville, que des souvenirs évanescents.

— Damien ? s'inquiéta-t-elle face à mon silence. Ça ne va pas ? Tu as une crise d'angoisse ?

« Non, bien au contraire », eus-je envie de lui répondre avant de l'embrasser. Mais je me contentai de secouer doucement la tête et de songer à Lilly. L'idée m'avait également traversé l'esprit. Se pouvait-il que cette femme, vieille femme pour nous à l'époque, à travers nos critères d'enfants, mais véritablement âgée à présent, ait fomenté sa vengeance à l'aide de mon père ?

— Pourquoi mon père l'aurait-il aidée ? Il n'avait rien contre Gustave, il l'aimait bien même, ça se sentait quand on le croisait.

— Je sais, mais… Il faut que tu comprennes que ton père n'était déjà plus celui que tu connaissais. Beaucoup auraient du mal à se relever de ce qu'il vivait à l'époque… Son travail, sa femme, toi, tout s'éloignait, tout coulait autour de lui. Peut-être s'est-il raccroché à ça, à une promesse donnée à une vieille femme, à cette promesse que tous les hommes du port avaient murmurée à la mort de son mari : de veiller sur elle et de la protéger. Je n'oublierai jamais le visage de Lilly quand je l'ai croisée alors que les carnets brûlaient. Ce qu'ils ont fait est dégueulasse, ces pages contenaient tous ses souvenirs, toutes les pensées qu'elle envoyait à son mari, tous les mots qu'elle ne pouvait plus lui murmurer, même dans sa solitude…

— Je ne doute pas qu'elle ait eu envie de se venger, mais l'argent ? soulignai-je en pensant aux sommes déposées régulièrement sur le compte de mon père.

— Je t'ai dit qu'elle avait eu droit à une somme d'argent, j'ignore quel en était le montant, mais je pense que mon père a dû être généreux. Je pourrais lui demander si tu veux, peut-être se le rappelle-t-il.

— C'est gentil, mais je préfère que tout cela reste entre nous. Pas besoin de réveiller toute la ville simplement à cause de mes états d'âme.

— Comme tu veux, mais maintenant que je possède plus de détails, j'ai moi aussi le sentiment que le passé nous cache quelque chose, et je serais prête à parier sur

Lilly, malgré mon affection pour elle, me confia Oriane en se levant et en débarrassant nos assiettes.

— Tu penses vraiment que ce serait elle ? Ce serait aussi Lilly qui aurait poussé mon père du haut de la baie des veuves ?

— Damien, d'après toi, quel meilleur moyen pour un meurtrier d'éloigner les soupçons ? Elle affirme qu'elle a vu quelqu'un avec ton père, mais sommes-nous obligés de la croire ? Jean ne pouvait pas se méfier d'elle, il n'en avait aucune raison. Qui d'autre que les pêcheurs du port se douterait que cette veuve silencieuse, d'apparence innocente, assassine des dizaines de chats ? Personne !

— Qui se douterait que Murielle confectionne de si formidables lasagnes…

— Quoi ?

Des images dansèrent dans mon esprit. Je vis Lilly supplier mon père de l'aider. Je l'imaginai essayer de le convaincre, lui écrire en tremblant. Puis, lentement, son cœur vaciller face à la détresse de la vieille femme, jusqu'à ressentir de la colère. Une colère qui se mêlait à celle déjà présente en lui, qui la gonflait comme une tumeur cancéreuse, mélangeant les cellules nocives, ma mère, l'argent, les carnets, les pleurs de Lilly, le pétrole, l'amant, moi, l'irrespect de Gustave… au point de gangrener son bon sens. Si Lilly avait eu à chercher une personne suffisamment désespérée pour accomplir ce crime, nul doute que mon père représentait le candidat idéal…

— Non, rien… Tu as raison, acquiesçai-je en me levant à mon tour, c'est une piste qui mérite d'être creusée.

— Damien, je tiens vraiment à toi. Partons d'ici avant qu'il ne soit trop tard. Quittons cette ville, tous les deux. Je peux vendre le bar, et en attendant prendre quelqu'un pour le gérer, ce n'est pas difficile, les clients sont plutôt rares. Signe ce testament, fais ce que tu veux de l'argent et fuyons cet endroit, vivons la vie qui nous était promise. Laisse Franck se débrouiller avec la vérité, c'est son travail après tout.

— C'est un bon plan, approuvai-je en lui déposant un baiser sur les lèvres. Donne-moi deux jours, le temps de régler les derniers détails et de faire un tri dans le mobil-home. Ensuite, je te promets que l'on partira. Il y a trop de tristesse ici pour que tu restes seule et sans doute beaucoup de joie ailleurs.

— Je t'aime Damien, je t'ai toujours aimé…

— Moi aussi Oriane, mais ne m'embrasse plus devant Murielle, elle pourrait devenir jalouse…

— Pfff, imbécile ! Allez, laisse-moi travailler, il faut d'ailleurs que je la libère avant qu'elle ne s'endorme sur son téléphone.

Je l'embrassai une dernière fois, d'une manière plus appuyée, et sortis des Trois Sirènes en saluant avec emphase la jeune étudiante qui leva à peine les yeux de son écran. Dehors, une pluie fatiguée chutait sans conviction des nuages. Je respirai un instant l'odeur de ce paysage humide comme j'avais l'habitude de le faire gamin. Oriane avait raison, sur tout. Rester ici ne servait à rien sauf à m'empêtrer dans des souvenirs douloureux. Mon père était mort. Il avait tué Gustave et même si comprendre dans quelles conditions exactes ce drame s'était produit se révélait d'une grande importance pour Franck, cela ne changerait rien pour moi. Je savais désormais que mon paternel n'était pas véritablement un salaud, que ma mère avait sa part de responsabilité dans la fausse image que je m'étais construite de lui. Mais il n'en restait pas moins un meurtrier. Continuer à fouiller le passé ne me rendrait pas plus heureux. Je devais repartir. Avec Oriane.

Je marchai d'un pas léger en direction de ma voiture. Pour la première fois depuis mon arrivée dans cette ville, je me sentis délesté d'un poids invisible, comme si, grâce aux perspectives énoncées par Oriane, notre départ, notre avenir, je m'étais mué en un simple touriste, sans autre attache que celle d'un amour de jeunesse retrouvé. Avant de retourner au mobil-home et de trier les affaires que je souhaitais récupérer (la radio, la télé et peut-être quelques livres), je fis une halte au supermarché du coin pour acheter de quoi tenir pendant au moins deux jours. Je pris divers produits, des plats préparés, deux bouteilles de sancerre blanc ainsi qu'un pot de café lyophilisé qui viendrait remplacer celui périmé que mon père m'avait légué. Je croisai des regards vitreux, des visages sans vie, ternis par la grisaille et l'effondrement économique d'un quartier jadis rempli de vie et de corne de brume. *Voilà donc ce que je serais devenu si j'avais continué de grandir ici*, me dis-je en déambulant dans les rayons. *Au moins, je vous dois cela ! À toi, maman, un exil forcé, mais qui m'a permis de voir autre chose que des nuages lourds et un horizon noyé dans une mer obscure. Et à toi, papa, de pouvoir suivre des études sans me soucier de trouver des emplois pour les payer. Il est là, votre véritable héritage, le seul dont je doive me soucier à présent…*

Arrivé au parking du magasin, je déposai mes achats dans le coffre et ouvris ma portière quand une voix résonna dans mon dos.

« C'est donc vrai ce qu'on dit, la petite merde est revenue au bercail ! Je suis sûr qu'elle est passée voir Oriane l'allumeuse en plus ! »

12

1995

« Comment as-tu osé ! »

La gifle partit sans qu'Oriane n'en ait réelle conscience. La colère lui enivrait l'esprit. Le claquement sec la fit cligner des yeux, puis sa main endolorie retomba le long de son corps sans plus oser bouger. Derrière elle, dans le ciel, la colonne de fumée qui s'était élevée une heure plus tôt depuis la cour de Lilly avait disparu.

Gustave la fixa avec surprise. Jamais il n'aurait cru qu'elle lèverait un jour la main sur lui. Son esprit luttait contre des vents contraires. La tristesse. La déception. La stupéfaction aussi. Pensait-elle qu'il savait ce que Lucas ferait ? Doutait-elle qu'il ait tenté de le dissuader ? Ne comprenait-elle pas qu'il s'en voulait, qu'il désirait prendre un bateau et partir loin en mer pour ne jamais revenir ? Il baissa les yeux, ne sachant quoi dire. *Qu'importent les mots qui franchiront mes lèvres, ils ne seront jamais suffisants*. Il se sentit une nouvelle fois inutile. Et stupide. Que voulait-il prouver en amenant Lucas et Sylvain chez Lilly ? Qu'il n'avait peur de rien ? Que les légendes du passé le laissaient indifférent ? Ou bien voulait-il tout simplement souiller le dernier souvenir agréable d'un moment passé avec Oriane et Damien ? Damien… lui aurait trouvé les mots pour dédramatiser la situation. Il aurait éloigné Oriane puis serait revenu pour affirmer que tout allait rentrer dans l'ordre une fois sa colère passée. Mais il n'était plus là. Il était parti sans même lui dire au revoir.

Inutile, stupide et... seul.

— Tu as brûlé ses souvenirs ! lui reprocha Oriane en essuyant des larmes d'un revers de manche. Tu te rends compte ! Elle n'avait plus que ça !

— Or… je suis…

— Désolé ? C'est ça ? Si tu étais resté avec nous à lire ces carnets, tu aurais compris leur importance ! cria-t-elle soudainement.

— Si vous m'aviez laissé une place entre vous, rien de tout cela ne se serait passé !

Cette fois, ce fut la rancœur de Gustave qui gifla Oriane. La jeune fille baissa les yeux à son tour devant le regard fiévreux et malheureux de son ami.

— Tu sais ce que c'est de se sentir invisible ? Hein ! Tu sais ce que c'est de voir ses meilleurs amis s'éloigner de toi sans savoir comment les retenir ? As-tu déjà rencontré des silences qui te meurtrissent au point de vouloir fermer les yeux et prier pour que ce ne soit qu'un mauvais rêve ?

— Oui…

— Vos silences, Oriane ! Vos silences quand j'étais de trop, quand vous vouliez vous retrouver seuls sans oser me le dire ! As-tu déjà lutté…

— Oui…

— … contre des silences, Oriane ? hurla Gustave en serrant les poings. As-tu déjà lutté contre des silences !

— Oui ! cria Oriane. (Ses mâchoires serrées s'arquèrent sous l'effet de la colère.) J'ai lutté contre des silences, Gustave… pendant de longues minutes, pendant que les secours essayaient de réanimer ma mère. Et tu sais quoi ? Je n'ai jamais cessé de me sentir seule depuis ! Alors, va te faire foutre avec tes états d'âme à la con ! On était là ! On était là ! Il suffisait de nous expliquer ! Toi aussi tu étais acteur de nos silences ! Ne joue pas la victime ! Il suffisait de nous expliquer ! Nos silences n'étaient pas définitifs, eux ! Aucun de nous trois n'est mort !

13

2019

Je mis quelques secondes à le reconnaître.

L'adolescent à la carrure d'adulte qui nous effrayait tant s'était transformé en un homme corpulent et usé. Une bedaine généreuse coulait au-dessus de la ceinture de son uniforme de caissier. Sa taille n'avait pas changé, mais elle s'était enrobée de graisse et de kilos qui donnaient à la silhouette de Lucas l'allure d'un géant maladroit. Mais si je dus me concentrer tout d'abord pour poser un prénom sur cet inconnu qui m'interpellait, je n'eus plus aucun doute sur son identité lorsque sa bouche, cerclée d'une barbe aussi mal entretenue qu'un champ en jachère, dévoila une dent cassée.

— Ça fait un bail, dis donc ! lança-t-il en s'approchant de ma voiture. Je vois que les choses ont bien tourné pour toi, ajouta-t-il en scrutant le véhicule.

— Lucas… Il ne manquait plus que toi…, soupirai-je. Ne te sens pas obligé de me présenter tes condoléances…

— Quoi ? s'étonna-t-il, sourd à la subtilité ironique. Je m'en tape que ton vieux bouffe les pissenlits par les racines, il n'a que ce qu'il mérite !

— Ah, tu voulais simplement de mes nouvelles ? Désolé, je te prendrais bien dans mes bras, mais… je crains de ne pas les avoir assez longs…

Cette fois-ci, il perçut le sarcasme. Son visage s'éclaira d'étonnement. Dans son esprit reculé, rien n'avait changé. Il me considérait toujours comme son souffre-douleur, comme un gamin chétif qu'il pouvait menacer et frapper selon son envie. *La stagnation du corps entraîne celle de l'esprit*, me dis-je en me dirigeant vers la portière conducteur. *Ce pauvre type n'a jamais dû quitter cette ville. Tout son être s'y est endormi, au point qu'une Mercedes achetée d'occasion symbolise à ses yeux une vie réussie… Oui, la routine de son existence poisseuse, sans aucun doute arrosée et enfumée par de nombreux expédients à en juger par ses yeux injectés de sang et sa couperose avancée, l'a immanquablement pris au piège…* Cette dernière pensée me fit sourire. « Il n'est jamais bon de se réjouir du malheur des autres », aurait dit ma mère. Mais face à Lucas et à ce qu'il était devenu (ou plutôt face à cet état d'adolescent imbécile qu'il n'avait jamais quitté), je me dis que ce devait être un mensonge de plus, et chassai toute mauvaise conscience de mon esprit.

— Qu'est-ce que tu viens foutre ici ? Tu devrais déjà être parti…

— J'attendais de revoir mon ancien meilleur ami ! répondis-je en lui faisant face et souriant un peu plus.

Je vis au fond de ses yeux de la stupeur. Il ne comprenait pas comment je pouvais oser me foutre de sa gueule si ouvertement.

— Tu travailles dans ce supermarché ? Pour toi aussi les choses ont bien tourné.

— Dégage de ma ville !

— Oh, très bien monsieur le maire ! J'ai juste quelques affaires à régler avant. Mais je vous préviendrai de mon départ !

Cette fois-ci, il mordit à l'hameçon. Ses deux mains repoussèrent ma poitrine et plaquèrent mon dos contre la voiture. Son visage s'approcha de moi et ses yeux rougis me fixèrent avec détermination.

J'ai dit « dégage de cette ville, sac à merde ». On ne veut pas de toi ici. Tu veux que je te dérouille comme avant ? Hein ?

Son haleine puait l'alcool. Ses cheveux gras brillaient comme s'ils venaient d'être mouillés. Dans sa certitude erronée que les avantages acquis par le passé le restaient pour toujours, il manquait deux éléments majeurs. Le premier était que j'avais grandi. Certes Lucas me dépassait encore de quelques centimètres, mais je n'avais pas besoin de me positionner sur la pointe des pieds pour soutenir son regard. Le second élément était que j'avais appris de ce passé. Quand ma mère m'avait inscrit dans mon nouveau collège, j'avais eu de nouveau à subir le harcèlement de quelques élèves. Un soir qu'elle me vit rentrer avec une partie du visage marquée par des coups, elle décida qu'il était grand temps d'agir. Sa première idée fut d'en découdre elle-même avec ces *enculés* (ce fut la seule fois où je l'entendis utiliser ce terme devant moi). Mais je lui expliquai que ce serait pire, qu'en plus de se venger, ils me traiteraient de fillette, de fils à maman incapable de se débrouiller seul. Alors elle trouva une autre solution : la semaine suivante, elle m'inscrivit à un club de boxe. Face à mes réticences, elle me promit qu'il s'agissait juste d'apprendre à se défendre et non pas de faire de la compétition. « Je m'en voudrais toute ma vie si on cassait ton joli nez sur un ring ! » Ainsi, durant trois années, je frappai contre des sacs, j'esquivai des coups que l'entraîneur lançait avec justesse, sautai à la corde, musclai mon corps. Quand la fatigue me faisait traîner des pieds, je me motivais en m'imaginant face à Lucas, dans un remake de *Rocky 3* où Clubber Lang, après avoir rendu ridicule l'étalon italien lors d'un premier combat, bouffait la poussière sans comprendre comment son adversaire avait pu se transformer ainsi. Par la suite, après avoir corrigé l'un de mes bourreaux de lycée, je cessai les cours de boxe, mais, depuis, un sac de frappes sur lequel je m'exerçais de temps à autre pendait dans mon garage.

— Écoute, Lucas, je n'en ai rien à foutre de ce que tu veux. Tu crois vraiment que j'ai toujours peur de toi ? Regarde-toi, tu es une loque. Je parie que tu te branles encore sur de vieux exemplaires d'*Entrevue* et que tu mates cette dent cassée dans ton miroir en te répétant que tu es un homme, un vrai. Tu n'es qu'un pauvre type qui se réveille le matin, fume un pétard et se persuade que tout est comme avant. Mais au cas où tu ne l'aurais pas remarqué, plus rien ici n'est comme avant… Ni le port, ni les rues, ni toi, ni moi. Alors, recule.

— Sinon quoi ? me défia-t-il en gonflant de manière grotesque sa poitrine. P'têt que je ne t'ai pas assez corrigé quand t'étais môme. P'têt que tu es revenu pour ça, pour prendre une raclée… Tu savais que j'avais baisé ta petite copine ? Hein ? Je lui ai mise bien profond en plus, comme Gustave lui avait mise, et beaucoup d'autres après…

Le premier coup de poing lui brisa le nez. Le faible craquement du cartilage venait juste de résonner qu'un deuxième coup s'abattit sur sa pommette, l'ouvrant sur quelques centimètres. Lucas recula en tanguant comme un ivrogne. Dans un dernier sursaut d'orgueil, il se lança en avant, mais fut stoppé par un uppercut (prends appui sur ta jambe avant, penche-toi vers la gauche et frappe de bas en haut en fléchissant ton bras quand ton adversaire est à la bonne distance) qui lui éclata la lèvre et dégagea sur le goudron du parking une dent biseautée. Lucas chuta en arrière, contre un véhicule dont l'alarme se déclencha et sonna la fin du combat.

Je m'approchai de lui, le poing douloureux, et l'observai. Je fus incapable de savoir s'il pleurait, s'il regrettait ou s'il continuait de vitupérer en me promettant un match retour. De ses lèvres ouvertes ne sortaient que des gargarismes étranges qui libéraient des coulées de salive et de sang sur sa chemise et son pantalon. Assis sur le sol, les jambes écartées et les bras ballants, ce fut à son tour de se sentir plus petit et vulnérable. Un sentiment nouveau pour lui. Désagréable et effrayant. Ses yeux apeurés restaient figés sur le goudron, en direction de la dent qu'il venait de perdre. Sans doute pleurait-il ce symbole de sa domination perdue. Peut-être se demandait-il à quel moment tout avait commencé à changer. Le jour où les pêcheurs avaient retrouvé du pétrole autour des pontons ? Le jour où ils s'étaient amusés à brûler les carnets de Lilly ? Ou bien quand le corps de Gustave avait été retrouvé sur la jetée…

Avant de partir, je sortis de la voiture une bouteille d'eau et une vieille serviette qui traînait dans la boîte à gants. Je m'accroupis face à lui, en déposant le tout entre ses jambes.

— Tu veux que je t'emmène à l'hôpital ?

— …

— Ce n'est qu'un nez et une dent. Ce n'est pas cher payé pour les années que tu m'as fait passer. Je t'avais dit de reculer. Et ne t'avise plus jamais d'insulter Oriane devant moi.

— Tuj… tuj n'a vien compris…, articula-t-il avec souffrance.

— Toi non plus, Lucas. Tu n'as jamais rien compris aux autres. Ni à Gustave, Oriane, moi, ni à Lilly… et je doute que tu te sois compris un jour. Je pars bientôt, ne t'inquiète pas. Toi et cette ville serez débarrassés de moi. J'aurais préféré que cela se passe autrement, crois-moi.

Le visage ensanglanté que Lucas avait relevé à l'évocation de la vieille femme se rabaissa vers le sol. Je montai dans ma voiture et quittai le parking, les mains tremblantes, tandis que des gouttes de pluie s'échouaient contre le pare-brise et que les remords inondaient déjà ma conscience.

14

L'alarme de la voiture hurla quelques minutes avant de s'éteindre. Lucas leva la tête en grimaçant pour offrir son faciès meurtri à la fraîcheur qui s'écoulait des nuages. Il laissa la pluie diluer le sang de son visage puis s'essuya avec le tissu abandonné par Damien. Sa langue fouilla sa gencive et s'immisça dans le vide qu'occupait auparavant cette dent que son père lui avait jadis brisée. De l'extrémité de ses doigts, il tâta son œil, ses joues et ses lèvres. « L'enfoiré », prononça-t-il avant de serrer les mâchoires de douleur. Il n'avait pas la force de se relever. Alors il demeura de longues minutes adossé à la roue du véhicule. Au fond de lui, il savait très bien qu'il aurait pu rendre les coups. Il avait deviné la première attaque, il l'avait même provoquée en insultant Oriane. *Ces deux là sont toujours amoureux*. Cette pensée le fit sourire intérieurement. Damien, qui venait de lui faire la morale sur le fait que plus rien n'était comme avant, se trouvait toujours sous l'emprise de cette fille.

Une putain d'ironie !

Il lui aurait suffi de contrer puis d'attaquer. Comme le jour de ses dix-huit ans où son père complètement ivre s'en était pris de nouveau à lui. Juste un écart sur le côté suivi d'un coup de tête puissant et bien placé. Ce fut la dernière fois qu'il vit son vieux. Le lendemain, celui-ci jetait ses valises dans la rue en lui promettant de le tuer si jamais il le croisait dans les rues de cette ville. Mais il n'en avait pas eu le temps. Une semaine après, son père se faisait sauter le caisson avec son fusil de chasse. Il admit que Damien avait de solides bases de boxe, mais en temps normal cela n'aurait pas suffi.

Alors quoi ? Pourquoi l'as-tu laissé faire ? Parce qu'il se trompe, une fois de plus.

Lucas réunit tout son courage pour se relever. Son visage le brûlait et chaque plissement de ses muscles faciaux entraînait une décharge électrique dans son cerveau, qui entraînait à son tour une grimace d'inconfort. Cercle vicieux. Finalement, il parvint à se redresser et à s'accouder sur le capot du véhicule. La pluie glissait le long de ses cheveux gras et plaquait sa chemise contre ses épaules. Il tituba jusqu'à sa voiture garée plus loin tout en se demandant pourquoi Damien avait prononcé le prénom de Lilly. Que savait-il au juste ? Avait-il entendu parler de la mort de Sylvain ?

Toi, Damien, tu ne l'as jamais comprise cette vieille sirène silencieuse. Comme ton père et les autres après, tu t'es laissé charmer par son mutisme. P'têt qu'elle voulait que l'on se rencontre une dernière fois... P'têt qu'elle attendait ce moment pour noyer sa vengeance...

15

1995

Tu me manques…

Duffrane ignorait pourquoi il s'était senti obligé d'ouvrir l'enveloppe. À peine venait-il de lire cette phrase de sa fille qu'il éprouva un sentiment de honte et se promit de ne pas décacheter les prochaines lettres.

Le patron du port ignorait comment Oriane avait réussi à obtenir l'adresse de Damien. Le mot rédigé par Juliana avant de partir se trouvait pourtant toujours au fond de la poubelle. Ce matin, Oriane lui avait demandé de poster la lettre. Philippe avait acquiescé en masquant sa surprise. Il lui avait proposé de laisser chaque fois la lettre sur le plan de travail de la cuisine, pour qu'il puisse s'en charger en se rendant au port. Ainsi le courrier partirait à la première levée.

Maintenant, assis à son bureau, Duffrane se répétait qu'il agissait pour le bien de sa fille. Juliana ne reviendrait pas. Elle lui avait parlé d'un appartement déjà réservé, d'un collège situé non loin dans lequel Damien suivrait sa troisième, de sa nouvelle vie loin de cette mer égoïste et de ce mari alcoolique.

— Oriane va être dévastée.

— Je sais Philippe, crois-moi, si je pouvais faire autrement…

— Comment vas-tu lui annoncer, à Damien, que vous ne reviendrez plus ?

— Je ne sais pas encore… Jean va m'aider. Il lui expliquera que c'est mieux ainsi, qu'ils se verront pendant les vacances. Damien va me détester, mais je sais que je fais le bon choix. Il n'y a pas d'avenir pour lui dans cette ville …

— L'économie va repartir…, tempéra Duffrane.

— Arrête, tu ne peux pas vraiment croire ça ! Toi aussi tu devrais songer à te reconstruire, que feras-tu si le port ferme ?

— De la politique. Ou agent immobilier, il n'y en a pas beaucoup d'installés ici.

— Parce que personne ne cherche plus à s'installer dans une ville où la principale économie déserte les côtes… Et toi, que vas-tu dire à Oriane ?

— Que le temps guérit tout.

« Que le temps guérit tout… » murmura Duffrane en repensant au contenu de la lettre. Aussitôt cette phrase lui parut mensongère. Oriane n'avait pas encore guéri de la mort de sa mère. Il le devinait quand parfois elle retenait ses larmes devant le cadre du salon. Il s'agissait de la seule photo visible dans la maison. Les autres dormaient dans un album enfermé dans un des tiroirs de la buanderie. La psychologue l'avait prévenu que l'enfant aurait besoin de temps, que cette épreuve risquait même de la marquer sa vie entière. « Pour votre fille, ces quatre heures ne représentent pas seulement la mort, mais aussi sa culpabilité. Inconsciemment, ces quatre heures passées aux côtés de sa mère décédée sont autant de minutes où elle aurait pu la sauver. Votre fille va prendre conscience de cela en grandissant. Veillez sur elle, ses remords peuvent se matérialiser par des comportements violents envers les autres ou elle-même. Oriane va vouloir expier ce sentiment de culpabilité. Soyez vigilant. » Seulement, il n'en fut rien. Le seul changement qui apparut fut son besoin de ne jamais trop s'éloigner de son père. Comme si elle craignait que lui aussi s'allonge un jour pour ne plus jamais se réveiller.

Qu'en serait-il si Oriane connaissait la vérité ? Les répercussions auraient été désastreuses pour elle... Toute sa vie elle se serait sentie coupable...

Ils n'étaient pas nombreux à la connaître, cette vérité. Il y avait le maire, bien sûr, un des plus fidèles amis de Duffrane, le gendarme en chef de l'époque et le médecin qui avait déclaré le décès. Tous avaient promis de préserver Oriane. Et Lilly aussi. À l'époque, il l'employait pour nettoyer la capitainerie. Philippe ne sut jamais ce qui le poussa à demander à Lilly de s'asseoir face à lui. Peut-être parce qu'il avait besoin d'en parler à une personne extérieure à « l'affaire ». Ou peut-être parce que Lilly dans son mutisme tragique avait appris à écouter. Il avait déposé devant elle une feuille et un crayon. Puis, il lui avait expliqué comment Méline avait mélangé ses médicaments dans une tasse de thé et, après l'avoir bu, s'était allongée en silence pendant qu'Oriane dormait dans sa chambre. « Ce n'est pas un mauvais mensonge si cela adoucit sa peine. Je veux qu'Oriane continue de penser que c'est ainsi, que parfois la vie donne et reprend sans aucune explication. »

Lilly avait accueilli cette confession sans toucher à la feuille de papier. Puis, en se levant, elle avait griffonné quelques mots que Duffrane n'avait lus qu'une fois la vieille femme hors de son bureau : « Ne lui dites jamais la vérité. Cela la tuerait. Votre secret est le mien. »

Personne ne se douta qu'il s'agissait d'un suicide. Tout comme les journaux ne firent nullement allusion à la dépression post-partum de sa femme, à son incapacité à ressentir la moindre affection pour sa fille malgré les psychologues, les traitements et la logique universelle. Au fil des années, Méline sombra dans la dépression. Certains jours, elle se levait de bonne humeur. D'autres, elle ne se levait pas et demeurait stoïque, allongée dans son lit, sans se soucier de l'enfant qui ne comprenait pas cette absence et qui ouvrait la porte de la chambre en jetant un regard inquiet sur le corps inerte. Le père d'Oriane faisait son possible pour apaiser la tristesse de sa fille et de sa femme. Il divertissait Méline en lui expliquant que la future mairesse ne pouvait rester ainsi, qu'au-dehors des gens voudraient la voir pour vérifier si ce que l'on racontait sur sa beauté enchanteresse n'était pas qu'une légende marine. Alors elle souriait faiblement, lui demandait si elle était vraiment belle et rougissait quand son mari lui certifiait que oui, elle demeurait la plus belle femme qu'il eut rencontrée.

Oriane se tenait toujours hésitante sur le pas de la porte, attendant qu'on lui donne l'autorisation d'aller plus avant. Alors elle avançait prudemment, en cherchant le regard de sa mère, encouragée par le sourire fragile de son père. Une fois assise sur le lit, elle observait ses mains sans mot dire. Parfois, Méline, comme sortie d'un sommeil de conte de fées, la serrait contre sa poitrine et s'étonnait de son mutisme. D'autres fois, Oriane patientait de longues minutes avant que son père ne brise le silence et l'emmène petit-déjeuner.

Quand Duffrane partit ce matin-là pour le port, il n'avait aucune raison de s'inquiéter. Depuis plusieurs semaines, Méline refaisait surface dans la vie réelle. Sa dépression semblait lâcher du lest et ce fut elle qui insista pour garder Oriane avec elle.

— Tu es certaine de…

— Chéri, ne t'inquiète pas, je vais mieux, je le sens là… et là…, avait-elle précisé en désignant son crâne puis son cœur.

Alors Philippe les avait laissées seules, en demandant à sa femme de l'appeler dans la matinée pour le rassurer.

— Je te le promets, cesse de te faire du mouron, la tempête se calme…

Duffrane fixa une dernière fois la lettre de sa fille avant de la rouler en boule et de la jeter dans la poubelle. Il ne voulait plus qu'Oriane se sente abandonnée. Et c'est ce qui allait se produire avec Damien. Le gamin n'y était pour rien, il ne faisait que subir les erreurs de ses parents, mais inutile de la nourrir d'un espoir mensonger.

Le temps te guérira du silence de Damien, je te le promets, ma chérie…

16

2019

À peine rentré dans le mobil-home, je fouillai le compartiment congélateur du frigo et y trouvai un pain de glace. Je l'entourai d'un torchon avant de l'appuyer contre mes phalanges tuméfiées. Au fond de moi, j'espérais que Lucas se fût rendu aux urgences pour y faire soigner ses blessures. Sa pommette aurait certainement besoin de quelques points de suture, et son nez d'être remis en place. Quant à sa fameuse dent… Je m'en voulais de lui avoir assené plusieurs coups de suite. Un seul aurait peut-être suffi. Cependant tant de rancœur et de honte étouffée m'avaient interdit toute retenue. Ce n'était pas simplement lui que je venais de rouer de coups, mais aussi le silence de mon père, les mensonges de ma mère ainsi que tous les non-dits qui avaient auréolé ma jeunesse. Lucas n'était que la victime de ma rancune envers ce port et cette ville. *Il en faut parfois moins pour tuer un homme*, songeai-je en essayant de puiser dans cette pensée un peu de bonne conscience.

Une fois ma main légèrement dégonflée (mais toujours douloureuse), je sortis sous la pluie récupérer mes achats. Oriane devait passer après le travail. Elle m'avait promis de se libérer un peu plus tôt en échange d'un bon repas. Cela me laissait quelques heures pour lui préparer des filets de bar accompagnés d'un risotto aux légumes. Dans les allées du supermarché, l'idée de me mesurer aux lasagnes de Murielle avait titillé mon esprit. Mais face à la qualité douteuse de la boucherie, j'avais décidé de la jouer plus local, sans pour autant abandonner l'ambition de faire goûter un jour à Oriane des lasagnes sans pareilles. Je me mis aux fourneaux, fis revenir le risotto dans l'huile tout en épluchant les légumes. C'est au moment où je réunissais le tout dans une poêle, et que je mouillai à hauteur avec du bouillon, que des coups retentirent contre la porte d'entrée. J'éteignis le feu et allai ouvrir.

« Franck... »

Je savais qu'il ne s'agissait pas là d'une visite de courtoisie. À voir son visage marqué par la colère retenue, je compris que la ville lui avait déjà conté ma rencontre avec Lucas.

— C'est quoi ces conneries ! pesta-t-il en entrant dans le mobil-home comme un taureau dans l'arène.

— Un risotto...

— Ne te fous pas de ma gueule ! Qu'est-ce qui t'a pris ?!

— Écoutez, c'est lui qui est venu me...

— Je m'en tape ! Écoute, je comprends, les douleurs du passé, l'enterrement de ton père, ce que tu as appris ensuite... mais merde, Lucas est venu porter plainte ! Putain, son nez pissait encore le sang !

— Quoi ?

— Il a dit que tu l'avais agressé...

— Ce n'est pas vrai, c'est lui qui a commencé à m'insulter !

Franck me fixa quelques secondes en secouant la tête. Il baissa les yeux vers mes mains.

— Tu l'as bien amoché, tu sais ? Et ta main ?

— Ça va. Vous êtes venu m'arrêter ?

— Non, mais tu seras convoqué par mon collègue, tu devras lui donner ta version des faits. On va faire traîner la plainte, Lucas n'est pas le plus apprécié par notre service. Et à vrai dire, ça a fait plaisir à certains collègues de le voir dans cet état. Mais merde, ce n'est déjà pas facile d'arriver à sauver la mémoire de ton père, alors si je dois en plus te sortir le cul des ronces !

— Il l'a cherché, Franck, je vous jure, il l'a cherché…

— Très bien, garde cet argument choc pour le juge, je suis certain qu'il appréciera.

Le policier expira un grand coup et s'assit sur le canapé. Sa colère s'estompait. Je le laissai se calmer et rallumai le feu sous la poêle. J'avais merdé, je le comprenais parfaitement à présent. Mon amour pour Oriane, ma haine pour Lucas, mes pensées grises… J'étais redevenu adolescent au moment même où j'avais franchi la frontière de cette ville.

— Franck ?

— Quoi ?

— Et si c'était Lilly ?

Je me tins debout devant lui. Son regard se plissa d'incompréhension.

— De quoi est-ce que tu parles ?

— Si c'était elle qui avait demandé à mon père de tuer Gustave…

— C'est quoi ces conneries !

— Vous êtes au courant pour ses carnets ? lui demandai-je.

— Ses carnets ? Bordel, de quoi est-ce que tu parles ? Lucas t'a frappé si fort à la tête pour que tu débites des conneries ?

— Il n'a pas eu le temps de me toucher. Lilly écrivait tout sur ses carnets, lui expliquai-je. Ses souvenirs, ses pensées, ce qui se produisait autour d'elle… en 1995, Lucas, Sylvain et Gustave sont allés chez elle et ont tout brûlé. Elle était là, Franck, elle les a vus faire.

— Tu es en train de m'expliquer que Lilly aurait demandé à ton père de tuer un gosse… pour des carnets ?

— C'est une possibilité.

— Bon sang ! Et ce serait elle qui enverrait du fric aussi ? pouffa Franck en affichant un grand sourire moqueur.

Pour lui, Lilly n'était qu'une ancienne maîtresse d'école dont la seule marque de folie se manifestait par sa haine des chats. Une vieille à qui il ne confierait pas la garde de ses animaux domestiques, mais celle de ses enfants oui, s'il en avait eu.

— Elle a touché de l'argent, M. Duffrane lui a donné une part des assurances, lui appris-je en m'asseyant dans le fauteuil.

— Putain ! Lilly ? Tu te rends compte de ce que tu dis, Damien ?

— Et si elle prétendait avoir vu quelqu'un pousser mon père simplement pour vous orienter sur une fausse piste ? Peut-être qu'il voulait avouer, qu'il la faisait chanter pour avoir plus d'argent, je n'en sais rien…

— J'ignore où tu as puisé ta théorie, mais je te conseille de l'oublier. Lilly n'a rien à voir là-dedans, affirma le policier.

— Vous savez, j'ai appris à admettre que mes certitudes pouvaient être fausses, en partie grâce à vous. Vous devriez garder cette idée en tête. Quand on y réfléchit, cela semble logique… Vous n'avez toujours pas de nom pour les transferts d'argent ?

— Non, toujours pas.

— Si c'est celui de Lilly qui ressort, vous serez aussi impartial que pour n'importe quel autre suspect ?

— Je te laisse, Damien, éluda l'ami de mon père en se relevant, il y a d'autres adolescents qui font des conneries dans cette ville. Reprends-toi. Cette bagarre, cette théorie… tu as besoin de repos.

— Une dernière question…, lançai-je alors que le policier avait déjà ouvert la porte.

Dehors, la pluie était devenue fine, presque imperceptible. Ses aiguillons translucides piquaient discrètement les flaques qui s'étaient formées devant le mobil-home.

— Si tu me parles encore de Lilly…

— Pourquoi mon père s'est-il séparé du *Juliana* ? Il y tenait tellement à ce bateau… Que s'est-il passé ?

Pour la première fois depuis son arrivée, le visage de Franck se détendit complètement. Il m'observa avec douceur. Il sourit brièvement, mais sans sarcasme ni moquerie, plutôt avec nostalgie.

— C'est vrai, il l'aimait beaucoup son bateau. Mais il ne s'en est pas débarrassé. Tu vois là-bas, en queue de ponton, me montra-t-il en pointant de son index droit le fragile embarcadère en bois, le voici le *Juliana*. Il n'est plus de la même couleur, mais c'est bien lui… J'ai aidé ton père à le repeindre quand vous êtes partis. Et ne cherche plus le prénom de ta mère sur la coque, il a été remplacé. C'est « Damien » que Jean a inscrit à la place, avant que tout parte à vau-l'eau. Il n'a même pas eu le temps de faire une sortie avec. Comme je te l'ai déjà dit, ton père t'aimait plus que tout…

17

Je posai un pied prudent sur le ponton pour jauger sa solidité. En dessous, les vagues expiraient. Leur écume s'enroulait autour des pieux de soutènement puis se dispersait jusqu'à se fondre dans l'eau. La mer ronronnait. Un bref rayon de lumière perça les nuages et la colora de doré. Puis l'arc lumineux rétrécit et disparut, laissant l'océan se charbonner, retrouver son anthracite, redevenir une entité sombre et indomptable.

Ces planches en avaient supporté, des pas de marins. Des fiers, des résignés, des heureux de retrouver la terre ferme, d'autres pressés d'en partir. Des tempêtes aussi. Mais les pontons tenaient toujours debout. Abandonnés. Sans plus personne pour les raboter et les lasurer. Fébriles et sans aucun doute en sursis, mais toujours debout. Reliques d'une civilisation oubliée, ils étaient devenus un passage que plus personne n'utilisait. Un passage vers le large, vers la mer et ses mystères, vers des voix que la fermeture du port avait réduites au silence.

L'excitation de retrouver le *Juliana* noya la prudence… Je dépassai des embarcations usées, craquelées, à demi immergées, en priant pour qu'aucune de ces planches ne cède sous mon poids. À chaque nom que je décryptais sur les coques tannées par le soleil et le sel, je ressentais un pincement désagréable au cœur. J'avais le sentiment de me promener au milieu d'un cimetière et d'entendre ces bateaux tenter de me raconter leur histoire, me supplier de les écouter juste un instant.

Enfant, je les avais certainement croisés, ces bateaux. Pas depuis les pontons, car l'accès nous en était interdit, mais depuis la rive, aux côtés de Gustave et d'Oriane. Nous avions dû les observer, rêvant de les manœuvrer, de toucher leurs ponts avec nos pieds nus, de sentir le soleil réchauffer leur bois en caressant le bastingage… Leurs voiles nous avaient salués depuis l'horizon tandis que leurs silhouettes rentraient avec lenteur au port. À présent, ces fantômes amarrés pour l'éternité quémandaient un peu d'attention, mais je les dépassai, le regard toujours fixé sur les planches, et atteignis l'extrémité du ponton.

Franck n'avait pas menti : l'ancien fileyeur jadis peint en bleu et blanc arborait à présent des couleurs plus éteintes, du marron beige et du noir. Seul son nom dénotait : chaque lettre avait été peinte de différentes couleurs, tel un arc-en-ciel. Le temps avait certes terni leur éclat, mais pas au point de douter de leur teinte originelle. Je sentis une boule me monter à la gorge. Mon père avait peint mon prénom en multicolore pour que mes pensées ne soient plus jamais grises.

Merde…

J'essuyai la larme qui venait de rouler sur ma joue et pris appui sur le plat-bord du *Damien*. Mon pied droit foula le pont de pêche puis mon corps entier se hissa sur l'embarcation. Je demeurai un instant immobile, m'imprégnant du léger roulis, des odeurs salines, des grincements multiples. J'avais le sentiment de fouler un territoire sacré. J'éprouvai la même fierté que j'aurais éprouvée enfant, en me tenant droit comme un capitaine sur ce bateau que mon père choyait tant. J'ouvris la porte de la timonerie et contemplai les cadrans, les leviers de commande et les différents interrupteurs à levier du tableau de contrôle. Je descendis ensuite dans la cale, attiré par cette odeur d'huile de moteur dont mon père semblait être imprégné. J'aperçus immédiatement la frêle porte en bois de la cabine de couchage. Je me voûtai un peu plus en imaginant la silhouette de Jean agir de même, avec plus de difficultés néanmoins puisqu'il mesurait quinze bons centimètres de plus que moi. L'impression de petitesse ridicule que j'avais ressentie en observant son cercueil glisser dans sa tombe me revint en mémoire. Mon père avait-il toujours vécu dans des endroits trop petits pour lui ? Cette ville, cette cabine, le mobil-home... Rapetisse-t-on à force de se voûter au quotidien, de courber l'échine sous les coups du sort ?

Je poussai le panneau en bois, m'attendant à découvrir une couchette, quelques livres et bien entendu des bouteilles d'alcool vides, sans message à l'intérieur.

Mais ce n'était pas le spectre de mon père qui m'attendait patiemment dans la cabine.

C'était le mien.

18

1982

Méline est penchée au-dessus du berceau.

Elle observe Oriane qui dort. Ses paupières closes s'agitent de temps à autre. Comme si ses rêves voulaient s'en échapper. Comme si l'enfant de huit mois souhaitait les partager avec sa mère. Méline la regarde, le cœur froid. Elle y cherche un peu de chaleur, mais n'en ressent que très peu. Elle s'en inquiète. Se reproche cette absence d'instinct maternel. Elle pleure souvent en essayant de comprendre. La psychologue qui la suit depuis l'accouchement tente de la rassurer. Mais rien n'y fait. Ni les médicaments. Ni les encouragements de son mari. Ni les sourires maladroits et les babillements d'Oriane. Il y a juste le vide, de temps à autre zébré d'un élan d'affection qui disparaît aussi rapidement qu'il est apparu.

Méline approche sa main des petits pieds potelés de l'enfant. Elle les caresse tendrement avec le revers de son index. Tellement doux. Tellement inoffensif. Tellement insignifiant. La jeune femme lui pince délicatement la peau. Elle le fait toujours à des endroits auxquels son mari ne fait pas attention. La plante des pieds. La base de la nuque. À l'intérieur des genoux. Elle saisit la chair malléable entre son pouce et son index. La pression se fait plus forte. Méline continue de fixer le visage de l'enfant. Celui-ci s'agite légèrement. Alors elle fait pivoter la peau qu'elle serre entre ses doigts, une rotation lente, minutieuse, presque une expérience scientifique. Cette fois les jambes d'Oriane se débattent, le cauchemar chasse les rêves en remontant le long de sa jambe, de sa moelle épinière, jusqu'à son cerveau. Elle se met à pleurer. Les yeux grands ouverts d'incompréhension.

Méline sort de la chambre et ferme la porte. *La marque s'estompera*, se dit-elle en s'allongeant dans le canapé. Puis elle se laisse bercer par les pleurs de sa fille.

19

2019

Tout avait été réuni : mes posters, roulés et posés dans un coin, mes maquettes de bateaux, mes figurines des Maîtres de l'Univers, le tapis à l'effigie de Superman… même le lustre en bois flotté patientait, posé contre le squelette de la couchette.

Mon père avait assemblé là tous les artefacts de ma jeunesse. Des bandes dessinées à mes cahiers d'écolier, de mes 33-tours aux cassettes VHS que je visionnais en boucle sans jamais m'en lasser. Je compris, ému et interdit, qu'il les avait déplacés depuis le mobil-home non pas pour s'en débarrasser, mais pour les protéger. Sans doute craignait-il qu'en son absence un voleur se hisse à l'intérieur de la seule habitation occupée du quartier des pêcheurs. La caméra du port ne devait plus fonctionner depuis longtemps, mais braver les pontons nécessitait plus de courage, de temps et de hardiesse que simplement briser une vitre pour se glisser dans une maison.

Le *Damien* était donc devenu un mausolée dédié à cet enfant que mon père avait laissé s'éloigner pour lui offrir une vie meilleure. Le mausolée de sa souffrance aussi, de son sacrifice. S'enroulait-il dans mon plaid afin d'y chercher mon odeur ? Pleurait-il mon absence en tenant dans sa main ces jouets qui avaient si souvent meublé ma solitude ? L'imaginer ainsi m'émut plus que je n'aurais pensé. Je m'assis sur le lit, vaincu. Vaincu par l'homme que je découvrais depuis mon retour dans cette ville. Vaincu par mon aveuglement, cette haine pugnace que j'avais érigée contre lui en me fiant à des mensonges et à des faux-semblants.

« Pourquoi as-tu tué Gustave ? murmurai-je dans l'étroit renfoncement de la cale. Je serais prêt à tout nous pardonner. Nos silences, notre amour trop rarement prononcé, ces mots qui auraient pu changer tant de choses… mais pas ça. Pas Gustave. Pourquoi ? »

Je restai de longues minutes à attendre une réponse. Seuls le souffle de la mer et les grincements réguliers du bois provoqués par le tangage me parvinrent. Ils me bercèrent, comme pour me consoler de ne pouvoir obtenir une réponse. Alors que je me relevais et fermais religieusement la porte, le moteur d'une voiture retentit au loin. Je montai sur le pont et vis Oriane sortir de son véhicule. Elle se dirigeait vers le mobil-home, aussi majestueuse et mystique qu'une figure de proue.

« Mais qu'est-ce qui t'es arrivé ? »

Je suivis son regard jusqu'à ma main droite. Dans ma mélancolie, j'en avais presque oublié cet épisode avec Lucas. Or brillait par sa beauté. Son léger maquillage soulignait des traits harmonieux, et sa chevelure rassemblée en une courte queue-de-cheval dévoilait une nuque parfaitement dessinée. Elle portait un fin chemisier et un pantalon en flanelle noir. Lorsqu'elle m'avait vu revenir du port, son visage s'était illuminé.

— J'ai eu… un petit tête-à-tête avec Lucas, lui expliquai-je en ouvrant la porte.

— Ne me dis pas que vous vous êtes battus ? Bon sang, Damien, tu vas bien ?

— Oui, ne t'inquiète pas, un peu de glace et demain ma main aura retrouvé sa taille normale.

Je rallumai le gaz sous le risotto et sortis la bouteille de vin blanc du frigo. Je ne cessais de penser au bateau amarré plus bas. J'aurais aimé y passer la nuit. Comme lui. Le mobil-home me sembla soudainement froid et étranger. J'allumai la radio pour meubler le silence tandis qu'Oriane s'asseyait sur le canapé, les jambes croisées, le regard suspicieux.

— Tout va bien Damien ?

— Oui, affirmai-je en lui servant un verre.

— Tu as l'air… préoccupé.

— As-tu couché avec Lucas ?

J'aurais voulu être moins brutal, mais la voir aussi belle et désirable, et imaginer les lèvres de Lucas se poser sur les siennes, me révolta. Sans doute allait-elle se relever en m'injuriant, en me demandant comment je pouvais croire une telle connerie. Me répéter qu'elle n'avait jamais aimé que moi et que cette promesse ancienne, elle l'avait gravée dans son cœur, pas dans la paume d'une main où les marques finissent par s'estomper… Mais j'avais besoin de l'entendre. Tout comme mon père avait eu besoin d'une photographie pour sceller la vérité de ses doutes, je voulais l'entendre me dire qu'il n'en était rien, que ce n'était qu'une pathétique manœuvre de la part de Lucas pour me blesser autrement que par des coups.

— J'ignore si je dois être vexée par cette question ou flattée de ta jalousie… Sérieusement ? réagit-elle.

— Je devais te le demander. Après tout c'est une petite ville, un moment d'égarement et…

— Lucas ? Un moment d'égarement avec Lucas ? Toi alors, tu sais comment animer un dîner en tête à tête !

— Je suis désolé Or, j'ai découvert tellement de mensonges depuis que je suis ici… Excuse-moi, j'ai été con.

— Oui, en effet ! Lucas… pfff… et Sylvain aussi, non ?

Pour le coup, imaginer Sylvain, cet adolescent rondouillard, burlesque, incapable de prendre une décision sans Lucas, devant le corps parfait d'Oriane me fit sourire. Je le visualisai tétanisé, en caleçon et chaussettes, les joues rougies, le visage huilé de sueur, les yeux apeurés, cherchant une issue par laquelle s'enfuir à toutes jambes… Oriane pouffa à son tour. J'ignorais si elle se moquait de moi, de Lucas ou de Sylvain, mais à ce moment, je m'en fichais complètement. J'aurais accepté d'être la cible de ses moqueries durant des heures rien que pour voir son visage rayonner ainsi.

— Tu m'emmerdes, Damien. Je t'aime depuis des siècles et toi tu m'imagines coucher avec celui qui est à l'opposé de tout ce que tu représentes. Il faut vraiment que je tienne à toi – ou que j'aie très soif – pour ne pas te balancer ce verre au visage ! me railla-t-elle en buvant une gorgée de vin.

— Pardon, oublions ça, s'il te plaît… Mais tu es certaine qu'avec Sylvain…

— Imbécile ! me lança-t-elle avant de reposer son verre.

Une fois de plus, elle venait de chasser les nuages gris qui flottaient dans mon esprit.

— Qu'est-il devenu, au fait ?
— Il est mort.
— Pardon ?
— Il est mort il y a une vingtaine d'années.
— Sérieusement ? Merde…
J'étais sincèrement désolé. Même si je l'avais détesté, le souvenir de ce gamin victime de son physique et de ce manque de confiance en soi qui pousse souvent les gens à adopter un comportement agressif faisait partie de mon adolescence. Et voir ces compagnons de route disparaître, qu'ils fussent bons ou mauvais, assourdit toujours un peu l'écho de notre propre existence.
— On l'a retrouvé dans son appartement, continua Oriane. Il logeait à l'écart de la ville, dans un pavillon social. La police l'a découvert, le ventre lardé d'une dizaine de coups de couteau. À l'époque, il était connu pour divers méfaits, mais surtout parce qu'il revendait de la drogue à la jeunesse locale, et bien au-delà même.
— Le meurtrier a été arrêté ?
— La meurtrière, me corrigea-t-elle.
— C'est une femme qui l'a tué ? m'étonnai-je.
— Selon ce que j'ai entendu, il avait été drogué avant d'être assassiné. La police s'est contentée de classer l'affaire en prétextant un règlement de comptes entre dealers. Mais elle a trouvé autre chose sur le corps de Sylvain, ou plutôt à l'intérieur. Et ce détail est resté secret. Aucune allusion dans la presse. Il a fallu qu'un ancien policier se confie aux Trois Sirènes pour que je comprenne qui avait fait le coup.
— De quoi parles-tu ?
— Tu te souviens des pièges que Lilly déposait derrière elle et que nous nous empressions de détruire ?

reprit-elle après avoir avalé une dernière gorgée de vin. Rappelle-toi les collets. Il ne s'agissait pas de simple fil de fer. Elle voulait que ces chats souffrent une fois pris au piège. C'est pour cela qu'elle utilisait…

— Du fil barbelé. Je m'en souviens.

— Eh bien, c'est qu'ils en ont retrouvé, du fil barbelé. Sylvain en avait la bouche remplie.

— Attends, tu penses sérieusement que Lilly aurait…

— Oui. D'abord Gustave, puis, quelques années après, Sylvain.

— Oriane, c'est un peu mince comme explication… Peut-être est-ce la signature d'un gang que Sylvain aurait trahi ou arnaqué.

— Ou peut-être est-ce le message d'une vieille femme suffisamment patiente pour étaler sa vengeance sur plusieurs années…

— Au risque de mourir avant ? Ça ne tient pas debout. Tu as parlé à Lucas ? Tu lui as exposé ton idée ? Dans ce cas lui aussi est en danger…

— Tu ne me crois déjà pas, alors imagine sa réaction…

Nous demeurâmes quelques minutes plongés dans nos pensées. Durant cette latence, j'imaginai le cadavre de Sylvain. Sa bedaine lardée de coups de couteau, ses yeux ouverts d'effroi, sa bouche ensanglantée, ses gencives perforées et l'intérieur de ses joues griffé par les courtes pointes des barbelés… Je me retins de préciser qu'à ma connaissance il n'y avait aucune mise en scène identique sur le corps de Gustave. Si Lilly avait voulu se venger, elle aurait certainement apposé sa signature funeste (ou demandé à mon père de le faire) sur lui également. J'avais beau me répéter les arguments d'Oriane, je ne pouvais me faire à cette idée. Et j'ignorais comment la persuader. Seul le nom que Franck trouverait grâce à son contact à la banque nous guiderait dans la bonne direction. À ce moment-là, Oriane comprendrait qu'elle s'était trompée.

Et nous en rigolerions certainement comme nous rigolions, adolescents, de la vie, allongés tous les trois sur l'herbe de la baie des veuves.

« Pourquoi ne l'aviez-vous pas crue ? »

Toujours ces mêmes questions vides de sens. Il fait de plus en plus chaud dans cette pièce. Depuis combien de temps parlons-nous ? L'horloge est cassée. Ses aiguilles sont statiques, indifférentes au temps qui passe.

— Parce que Lilly… non, j'avais beaucoup de mal à la considérer en tueuse sadique.

— Vous vous sentez bien ?

— J'ai… ce n'est rien, juste une douleur à l'estomac.

— Cela va passer, bientôt vous ne sentirez plus rien, affirme-t-il en relisant ses notes. C'est difficile pour vous de parler des prochains événements ?

— Oui.

— Quand vous y pensez, cela entraîne des « nuages gris » ?

— Vous le savez très bien. Vous êtes ici à cause de ces « nuages gris ».

— Je comprends pourquoi vous ne semblez pas m'apprécier, regretta-t-il avec sincérité.

— C'est vrai.

— Que s'est-il passé ensuite, ce soir-là ?

— Nous avons fait l'amour puis Oriane est repartie, car elle ouvrait tôt le lendemain matin.

— Et vous ne la croyiez toujours pas ?

— Non.

— À quel moment avez-vous changé d'opinion ?

— Quand je suis allé boire un café aux Trois Sirènes.

— Et ?

— Vous ne trouvez pas qu'il fait chaud ici ?

20

1995

Gustave étouffa ses sanglots dans le creux de son oreiller.

Il aurait voulu rester toute la journée dans son lit, à fermer les yeux, à faire le mort. Dans sa solitude, il tenta de comprendre comment ils en étaient arrivés là. Il n'en voulait pas à Oriane de l'avoir giflé. Il le méritait. Il se serait giflé lui-même s'il en avait le courage.

Cette nuit encore il avait rêvé de Lilly. Il pensait à elle, même durant la journée. Qu'avait-elle fait après ? Avait-elle tenté de sauver des braises les quelques pages qui avaient survécu ? S'était-elle cloîtrée chez elle pour hurler de sa bouche atrophiée ? Recommencerait-elle à écrire ses souvenirs, en les maudissant, lui et les autres, de sa mine tremblante ? La veille, Gustave avait hésité à se rendre chez la vieille femme pour s'excuser. Là encore, le courage lui avait manqué.

Il se souvint alors du jour où, en compagnie d'Oriane et de Damien, il s'était entaillé la paume pour marquer dans sa chair une promesse. Il revit les visages de ses amis, à la fois effrayés et décidés. Puis la lame sur la peau et les lèvres qui se serrent. Tous auraient pu manquer de courage. Mais pas un n'avait failli. La promesse avait vaincu les doutes.

Alors Gustave se leva, alla dans la cuisine. Sa mère dormait encore tandis que son père se trouvait déjà sur le port à nettoyer son bateau en espérant que l'interdiction de naviguer soit bientôt levée. Il ouvrit le tiroir du vaisselier et choisit le couteau le plus affûté. Une fois revenu dans sa chambre, il s'assit sur son lit, le bras gauche bien tendu devant lui.

À la première entaille, il murmura : « Je promets de ne plus traîner avec Lucas. »

À la deuxième : « Je promets de m'excuser auprès de Lilly. »

Et finalement à la troisième : « Je promets de m'excuser auprès d'Oriane et de Damien. »

Il attendit que ses scarifications sèchent pour s'habiller, puis se rendit au port pour demander à son père s'il avait besoin d'aide.

« Pour la journée et les jours à venir », précisa-t-il afin d'honorer la première de ses trois promesses solitaires.

21

2019

Le lendemain matin, je m'arrêtai boire un café aux Trois Sirènes avant de me rendre à la Poste pour envoyer le testament que je venais de signer. J'avais longuement hésité. J'ignorais toujours d'où provenait cet argent, mais j'avais trouvé comment le dépenser. Le projet était apparu subitement, tandis que je fumais une cigarette devant le mobil-home et que le soleil s'élevait au-dessus des pontons. Quelques minutes auparavant, je m'étais dirigé vers le *Damien* afin de vérifier que ma découverte de la veille n'était pas un rêve. Mon enfance se trouvait toujours rassemblée dans ce fragile espace. Un amoncellement d'objets sans intérêt pour quiconque, à part peut-être pour un collectionneur féru des années quatre-vingt, mais qui pour moi représentait un véritable trésor de souvenirs. Alors l'idée germa, une fois retourné sur la terre ferme. Adossé contre la porte d'entrée, j'observais le bateau paternel en me disant que la meilleure façon d'honorer la mémoire de l'Anguille serait de réparer cette vieille coquille. Bien entendu, je n'oubliais pas que mon père était un assassin. Mais ce n'était pas à lui que s'adressait cette marque de respect. Plutôt à l'homme qu'il avait été avant, à ce père silencieux, ce marin poussé vers la mer puisque tout devait lui sembler gris sur la terre. Il y aurait toujours quelqu'un pour se souvenir de son crime, et trop peu pour se remémorer le père caché dans l'ombre du condamné.

Vers dix heures donc, je passai la porte du bar. Les quelques clients présents semblaient ne pas avoir bougé depuis ma précédente visite. Concentrés au-dessus de leur verre, ils attendaient patiemment qu'un événement se produise. La journée pouvait se dérouler sans rien de notable, ils jugeaient pourtant que l'attente en valait la peine. Les silences comme compagnie. L'alcool en guise de dialogue. Les souvenirs pour remplacer le présent et son temps toujours trop long. Murielle me salua d'un haussement de tête à peine perceptible. Je lui répondis par un salut jovial et bruyant. Quelques regards convergèrent vers moi puis se détournèrent. Je n'étais pas digne d'attirer davantage leur attention. Il n'y avait rien à apprendre de moi. Tous savaient qui j'étais. Leur condamnation demeurait aussi inébranlable qu'une épitaphe.

« Salut Damien ! »

Oriane venait de quitter la réserve, les bras chargés de bouteilles. Elle m'embrassa puis passa derrière le comptoir.

— Bien dormi ? me demanda-t-elle, un léger sourire au coin des lèvres.

— Plutôt bien, oui. L'air marin est assez efficace… Et toi ?

— Pareil. Je pense que…

Or n'eut pas le temps de terminer sa phrase. La porte des Trois Sirènes s'ouvrit. Franck apparut, le visage grave, et fondit sur moi.

— Salut Franck, qu'est-ce qui se passe ?

— Bonjour Damien. Je peux vous parler un instant ?

Ce vouvoiement m'alerta bien plus que la mine fatiguée de l'ancien marin.

— Euh… oui… qu'est-ce que…

— Oriane, je peux t'emprunter la réserve quelques minutes ? demanda-t-il.

— Oui, bien sûr… je vais vous ouvrir, répondit-elle en le fixant d'un air inquiet. Tout va bien ?

— J'espère, éluda le policier. Allons-y.

— Par contre, je reste avec vous, ajouta Oriane en quittant le comptoir. Tu connais cette ville… en déboulant de la sorte, tu as ouvert une boîte de Pandore remplie de rumeurs. Il me faudra la vérité pour limiter la casse…

— Tu peux venir, concéda Franck, c'est ton bar.

— Il est coupable, lança une voix depuis le fond de la pièce. Ça se transmet dans le sang cette maladie !

D'un coup, comme s'ils émergeaient d'un long sommeil, la poignée d'hommes éparpillés dans le bar reprit vie. Leurs visages se tournèrent vers nous avec une détermination carnivore. Je vis dans leurs yeux l'excitation d'un moment qu'ils attendaient depuis longtemps. Leur patience se voyait enfin récompensée.

— Maurice, tu ne sais même pas de quoi il s'agit, lui reprocha Franck en se dirigeant vers la réserve.

— J'parie que c'est à propos des sirènes de cette nuit ! maugréa un autre client. Vous m'avez réveillé !

Le policier se contenta d'avancer et d'attendre qu'Oriane ouvre la porte. Une fois à l'abri des oreilles indiscrètes, Franck me dévisagea durant de longues secondes avant de prendre la parole :

— Où étais-tu hier soir ?

— Pardon ? Comment ça où j'étais ? Qu'est-ce qui se passe, bordel ?

— Réponds à ma question, c'est assez délicat pour moi alors n'en rajoute pas.

— J'étais chez moi ! lançai-je en haussant les épaules.

— De quelle heure à quelle heure ?

— Toute la soirée et toute la nuit !

— Tu étais seul ?

— Non, *monsieur l'agent*, intervint Oriane en appuyant ses paroles d'un ton amer, j'étais avec lui. Toute la nuit jusqu'à ce matin. Et si vous voulez le savoir, j'ai joui deux fois.

— Bon sang, Franck, que se passe-t-il ?

Le policier s'assit sur une des chaises puis essuya ses mains moites sur son pantalon. Je remarquai la pâleur de sa peau ainsi que les gouttes de sueur qui perlaient sur ses tempes. J'essayai d'avaler ma salive, mais n'y parvins que partiellement.

— On a retrouvé un corps, cette nuit.

— Un corps ? s'étonna Oriane.

— Oui. Le corps de celui avec qui tu t'es battu hier après-midi…

— Lucas ?

— Oui, Damien, Lucas.

— Comment est-il mort ? murmura Oriane alors que je revivais l'altercation que j'avais eue avec la victime.

Chaque coup résonna dans ma mémoire. Ses paroles aussi. *Tu n'as rien compris…*

— Un voisin l'a retrouvé tôt ce matin en rentrant de son travail de nuit. On l'a poignardé sur le perron de sa porte. À plusieurs reprises.

— Mon Dieu.

— Je vais devoir ouvrir une enquête. Tu devras venir au poste pour enregistrer ta déposition.

— Ma déposition ? Tu ne penses tout de même pas que je l'ai tué ?

— Ce que je sais, c'est qu'il a déposé plainte contre toi hier. Et qu'il était salement amoché, ce qui fait de toi le suspect idéal, regretta Franck en se relevant péniblement. Mais si vous étiez vraiment ensemble tous les deux, tu n'as pas de crainte à avoir.

— Franck ? intervint Oriane.

Elle aussi avait remarqué le visage blême du policier. Son regard fuyant. Son inquiétude palpable. Mais pas seulement. Franck donnait l'impression d'avoir croisé un fantôme. Ses mains tremblaient. Il semblait au bord de la crise de nerfs.

— Franck, il y a autre chose n'est-ce pas ? Qu'as-tu vu ?

— J'ai vu, précisa-t-il après une profonde inspiration, un homme que je connais depuis son adolescence le ventre lardé de coups de couteau, Oriane. Et cela m'aurait suffi pour faire des cauchemars durant les dix prochaines années. Mais je pense que je vais en faire jusqu'à mon dernier souffle… l'assassin lui a fait un collier. Avec du fil barbelé. Et en guise de pendentif, vous savez ce qu'il y avait ? Sa langue. On lui a coupé la langue et on la lui a accrochée autour du cou avec du fil barbelé.

22

1988

Méline est assise sur le canapé.

Elle observe Oriane. La petite fille est installée devant elle, sur le tapis du salon, hypnotisée par l'écran de télévision. Le tube cathodique délivre une série en noir et blanc où des chevaux s'enfuient sur une colline, à grand renfort de hennissements que Méline ne perçoit que partiellement. Son attention est figée sur la chevelure de sa fille. Sa main bouge légèrement. Se lève en direction des tresses dorées. Puis se rabaisse sans qu'Oriane se fût rendu compte de quoi que ce soit.

Alors Méline pleure discrètement.

Elle oublie déjà pourquoi sa main s'est levée.

Elle souhaite que ce fût pour caresser la chevelure de son enfant.

Mais au fond d'elle, Méline sait qu'il s'agissait certainement d'une envie de lui faire mal. De tirer sur ses tresses jusqu'à ce que son cuir chevelu se décolle et qu'elle hurle de douleur.

23

2019

Le port va être vendu, mon amour.

Je l'ai entendu à la boulangerie. La vendeuse s'enthousiasmait comme une enfant. Selon elle, un énorme hôtel va être construit et piétiner la capitainerie. Des touristes, des milliers de touristes vont venir s'allonger là où les marins déballaient leurs prises. Les pontons vont disparaître, et dans une poignée d'années il n'y aura plus personne pour se souvenir de nous. Finalement, la mer capricieuse aura eu raison des marins. Qu'elle ne se plaigne pas que des Anglais complètement saouls viennent lui pisser dessus. Elle l'aura mérité. Si j'en avais la force, je patienterais jusqu'à ce que le bâtiment soit mis en fonction et crucifierais des chats sur chacune des portes de ses suites luxueuses. Mais je le sens, la vie s'échappe. Je vais bientôt te rejoindre. Plus rien ne me retient ici. Ce n'est plus moi qui suis muette. Mais le monde autour.

24

2019

— Franck, je sais qui a fait ça.

— Or…

— Non, Damien, j'en ai marre de me taire ! Quelle autre preuve te faut-il ? Les barbelés, à présent la langue… Elle les a tués !

— De quoi parles-tu ? s'étonna Franck.

— De Gustave, de Sylvain, de Lucas ! Elle les a tués pour se venger !

— J'ai dû louper une étape importante, soupira le policier en s'essuyant le front, *qui* les a tués ?

— Lilly !

Je laissai Oriane exposer sa version. Elle raconta les carnets brûlés, les pièges à chats, les fils barbelés, les autres carnets qu'elle avait volés sans jamais les rendre, la langue coupée, le respect irréel que les marins vouaient à Lilly, cet homme qu'elle aurait vu pousser le père de Damien sans arriver à le décrire… Plus je l'écoutais, plus le doute s'enfonçait dans ma conscience. Je pouvais comprendre à l'air pensif de Franck que lui aussi vacillait. Oriane avait toujours su se montrer persuasive.

— C'est une vieille femme, comment aurait-elle pu s'attaquer à Lucas ? rétorqua le policier.

— Parce que justement personne ne se méfie d'une vieille femme ! Tes prédécesseurs avaient trouvé des traces de médicaments dans le sang de Sylvain. Je suis certaine que le légiste en trouvera dans celui de Lucas. Elle les a drogués puis les a assassinés ! Souviens-toi, Damien, la fois où nous nous sommes glissés chez elle… il y avait plein de médicaments dans ses placards !

— Et tu penses que… qu'elle a payé l'Anguille pour tuer Gustave ? Pourquoi ne l'a-t-elle pas fait elle-même ?

— Je n'en sais rien… Elle n'a pas osé… ou elle a eu peur… j'en ai aucune idée !

— Je vais l'interroger, affirma Franck en soupirant. Bon sang, Lilly… Tout ce qui a été dit ici reste entre nous jusqu'à ce que j'en sache un peu plus. Tous les deux, vous ne quittez pas la ville. Oriane, il faudra que tu viennes également au poste pour confirmer que vous vous trouviez ensemble cette nuit. Les deux orgasmes ne seront pas nécessaires dans ta déclaration.

— Bien, chef ! rougit Or en mimant un salut militaire.

Nous sortîmes de la réserve sous les regards intrigués des clients et de Murielle. Jamais le bar ne m'avait paru si empli de vie et de curiosité malsaine.

— Alors, il est coupable ?

— Ferme-la, Maurice, ou je te sers de l'eau à la place de ton canon de rouge, lança Or en retournant derrière le comptoir.

Conscient du danger, Maurice replongea au fond de son verre. Franck nous salua et sortit. Aussi tourmenté et blafard qu'à son entrée. Il lui faudrait certainement de longues nuits avant de chasser de son esprit la vision de Lucas embijouté de sa propre langue. Et tout autant pour se faire à l'idée que Lilly en soit la véritable instigatrice.

— Tu crois qu'il t'a prise au sérieux ?

— Il faut bien que quelqu'un dans cette ville le fasse, répliqua Oriane en m'adressant un faible sourire.

— Or, tu as peut-être raison, c'est difficile à admettre mais tu as peut-être raison…, la rassurai-je. C'est juste que…

— Que tu pensais trouver le moyen de sauver la mémoire de ton père ?

— En quelque sorte.

— Je suis désolée, Damien. Mais, quelle que fût sa motivation, c'est bien lui qui a tué Gustave. C'est sans doute le seul fait qui ne puisse être remis en question. Crois-moi, j'aurais aimé que tout soit différent.

— Je sais. Tu n'étais pas obligée de mentir.

— Comment ça ?

— À Franck. Tu lui as dit que nous avions passé la nuit ensemble.

— Tu serais au poste à cet instant s'il avait su que tu te trouvais seul chez toi, souligna-t-elle en s'approchant de moi. Le suspect idéal. Celui qui se bat avec la victime et qui ne possède pas d'alibi au moment de sa mort. Crois-moi, Maurice serait déjà en train de prévenir tout le quartier s'il avait vu Franck t'embarquer. Et moi je serais loin de toi. Je ne veux plus être éloignée de toi, Damien. Plus jamais. Je te ressers un café ?

Oriane n'attendit pas ma réponse et saisit un percolateur qu'elle remplit de poudre brune. Je l'observai en admettant que moi non plus, je n'avais aucune envie d'être éloigné d'elle. Mon téléphone portable vibra dans ma poche. Je le sortis et scrutai l'écran.

Un SMS.

De la part de Franck : « Rejoins-moi sur le parking. Seul. Je sais qui versait de l'argent à ton père. »

25

1995

Je me souviens parfaitement du jour où j'ai compris que je ne retournerais plus au mobil-home. Nous étions en train de prendre le petit déjeuner avec mes cousins. Ma tante chantonnait *Hotel California* sans se soucier de nous ni de son anglais approximatif. Les vitres de la cuisine filtraient le soleil timide du Berry. Ma mère buvait son café debout, adossée contre le réfrigérateur. Elle m'observait comme on observe une partie de soi-même. À la fois avec détachement et intérêt. La veille, au moment du coucher, elle m'avait demandé si mes nuages gris revenaient. Une demande légitime et presque hypocrite puisque depuis notre arrivée, il ne s'était pas passé une journée sans qu'une migraine ne me fasse grimacer. Même si je parvenais à le cacher à mes cousins, je ne feignais pas la normalité quand je croisais ma mère. Je voulais qu'elle sache, qu'elle se sente coupable. Qu'elle comprenne que c'était elle qui attirait les nuages dans mon crâne. Que les couleurs ne scintillaient plus en sa présence et que le pied de l'arc-en-ciel grandissait depuis les pontons sans jamais atteindre cette maison.

— Dis-moi si tu as des migraines, j'ai apporté du paracétamol, me souffla-t-elle en s'asseyant au bord du lit, les épaules basses.

— Ça ne suffit pas, tu le sais.

J'eus envie de lui demander si mon père lui manquait. Si un jour nous allions nous réveiller de ce cauchemar pour dîner tous ensemble en écoutant un air de jazz. Mais elle tourna vers moi un visage dur, marqué d'une détermination qui ne laissait aucun doute quant à sa probable réponse.

— Tu appliques ce que t'a conseillé le psychologue quand les nuages arrivent ?

— Oui, acquiesçai-je en me tournant sur le côté.

— Ça t'aide ?

— Un peu.

— Parler fait toujours du bien. Surtout quand tu refuses de te confier à tes proches.

— …

— Il est gentil ?

— Qui ?

— Celui à qui tu parles ? Ton ami imaginaire.

— Oui. Enfin lui, il fait de son mieux, précisai-je pour la blesser.

— Bon. N'oublie pas, si ton ami n'est plus disponible, tu peux me parler, tu le sais ?

— Bonne nuit, m'man.

La porte s'était refermée lentement et les nuages gris s'étaient approchés comme des ténèbres attirées par la peur.

La sonnerie du téléphone interrompit la choriste des Eagles. Ma tante alla décrocher tandis que ma mère se resservait un café. Aujourd'hui était prévue une sortie au marché local, suivie d'une baignade et d'un pique-nique au plan d'eau qui se situait à quelques kilomètres. Lorsqu'elle revint, il n'y avait plus aucune musique dans sa voix.

« Juliana… c'est pour toi… C'est la police. »

Ma mère s'engouffra à son tour dans le couloir pour réapparaître quelques secondes plus tard, le visage blême, les lèvres tremblantes.

— Que se passe-t-il ? la questionna ma tante.

— Je… je dois repartir… il s'est passé quelque chose…

— Je viens avec toi !

Je m'étais levé d'un bond, porté par l'idée de retourner chez nous.

— Non, tu restes ici, m'imposa Juliana d'un ton ferme.

— Non ! avais-je crié, hors de moi. Mes deux cousins qui jusqu'alors mâchouillaient leurs tartines avec apathie me fixèrent avec des yeux ronds. Je veux rentrer, je veux voir Oriane et Gustave !

C'est alors que ma mère posa sur moi un regard chargé d'amour et de tristesse. Des larmes glissèrent sur ses joues. On aurait dit qu'elles les caressaient.

— Tu ne peux pas venir, Damien, tu comprendras un jour et peut-être tu me pardonneras, mais tu ne peux pas retourner là-bas pour le moment.

Cinq minutes plus tard, la 205 quittait l'allée de la propriété, se dirigeant seule vers un arc-en-ciel fané.

26

2019

— Vous en êtes certain ?
— C'est le nom que l'on m'a donné.
— Oriane n'est pas au courant, elle me l'aurait dit… elle n'aurait pas pu me cacher cela !
— Il faudra pourtant le vérifier.

Le nom de l'homme qui versait régulièrement de l'argent à mon père ricochait dans mon esprit. Duffrane. Franck avait reçu un appel juste en sortant des Trois Sirènes. Son contact lui avait fourni la précieuse information en précisant que l'ancien directeur du port tenait à ce que son identité ne fuite pas. Elle avait pris de gros risques et l'avait fait comprendre au policier en affirmant qu'elle nierait tout en bloc si cela lui attirait des ennuis.

— Qu'allez-vous faire ?
— Je vais le convoquer au commissariat.
— Je veux être présent.
— Tu sais que c'est impossible. Je ne dois prendre aucun risque. C'est un homme puissant par ici, lui demander des explications sera certainement inutile. Je parie qu'il va appeler son avocat dès que je l'aurai

convoqué. Ta présence ne ferait que compliquer les choses et rendrait la procédure non réglementaire.

— Je pourrais écouter dans la pièce d'à côté. Il s'agit de mon père, Franck, je dois savoir !

— Je suis persuadé qu'il ne dira rien. Je vais juste lui mettre un coup de pression, et nous verrons comment les choses évoluent.

— Vous pensez que c'est lui qui a tué mon père, Sylvain et Lucas ?

— Je n'en sais rien. La piste menant à Lilly est tout de même assez consistante pour être étudiée. Mais une chose dont je suis certain, c'est que tout est lié. Il suffit de comprendre comment nous en sommes arrivés là.

— Que vais-je dire à Oriane ?

— Tu peux te contenter de dire que tu n'es pas au courant. Son père lui fournira les explications à sa sortie du commissariat. Et d'ailleurs, que lui dirais-tu ? Verser de l'argent à une personne n'est pas un crime. Et pour l'instant nous n'avons que cela de prouvé. Le reste n'est qu'hypothèse.

— Laissez-moi vous accompagner…, insistai-je.

— Damien…

— Je me ferai discret !

— Bon sang !

— Faites-le pour l'Anguille… et pour moi.

Franck soupira en observant le ciel laiteux. Je voulais entendre les explications de Duffrane. La vérité à propos de l'argent demeurait secondaire. Ce soir-là, le père d'Oriane avait été la seule personne présente avec mon père. Il connaissait la vérité.

— On va agir autrement, affirma Franck après un temps de réflexion. Je vais téléphoner à Duffrane pour lui dire de passer au commissariat. Toi, tu seras déjà sur place, mais il l'ignorera. Si jamais cela venait à se savoir, la version sera que tu es venu pour expliquer ta bagarre avec Lucas et ton alibi pour la nuit de son meurtre. C'est bien compris ?

— C'est compris.

*

Juliana roula plus de six heures.

Durant le trajet elle ne cessa de prier pour que tout cela ne soit qu'une grossière erreur. Mais quand elle alluma l'autoradio et tourna la molette sur la fréquence de la radio locale, elle comprit que plus rien ne serait comme avant. La journaliste, tout en restant évasive quant à l'identité de la victime, précisait qu'il s'agissait d'un adolescent et qu'un homme avait été arrêté. La mère de Damien connaissait les noms et prénoms des deux personnes. Le policier qu'elle avait eu au téléphone lui avait annoncé que la victime n'était autre que l'ami de son fils. Juliana avait senti son sang se figer comme s'il s'agissait de son propre enfant. Et avait commencé à prier un Dieu auquel elle ne croyait plus depuis des années.

Sa première erreur fut de vouloir s'arrêter d'abord au port. Lorsqu'elle arriva au quartier des pêcheurs et se gara au mobil-home, ses craintes devinrent certitudes. Une foule compacte s'était amassée à côté de la capitainerie, à la frontière d'une zone délimitée par des rubalises. Parmi les quidams, elle reconnut les collègues de son mari que d'autres personnes interrogeaient en tenant à bout de bras des microphones. Elle remarqua même quelques caméras. Aussitôt, elle fit demi-tour et se dirigea vers le poste de police. Partout dans les rues, des grappes de gens s'assemblaient, les visages emplis de surprise et d'incompréhension. Juliana devinait leurs pensées. Elle devinait également les conversations qui animeraient les rues durant des jours, des semaines, des mois. Son prénom et celui de son fils seraient naturellement associés à celui de son mari. Eux aussi seraient jugés coupables. Mais en liberté. Et les regards haineux le leur rappelleraient tous les jours. Elle imagina Damien se faire insulter au collège, ses professeurs refuser de corriger ses copies, le monde fermer ses portes devant sa jeunesse innocente.

Sa seconde erreur fut de croire en son mari. Un sentiment étrange, presque repoussant qui la surprit elle-même. Cela faisait des mois qu'elle ne croyait plus en lui. En eux. Mais il ne s'agissait plus d'une simple histoire d'amour. Les reproches et les regrets n'avaient plus droit à la parole. Il s'agissait d'une situation inconcevable. *Jamais il n'aurait fait de mal à Gustave*, se persuada-t-elle, *ce n'est qu'une erreur, une putain de saloperie d'erreur*. Ainsi, quand elle se gara sur le parking du commissariat, Juliana espérait encore un miracle. Le policier qui l'accueillit la conduisit dans une pièce où Jean apparut quelques minutes plus tard, les mains menottées, les traits tirés et les yeux rougis. L'agent la prévint qu'il lui laissait cinq minutes, pas une de plus, et qu'il se trouverait dans la pièce d'à côté en cas de besoin.

— Dis-moi que ce n'est pas vrai ! Putain, Jean, dis-moi que tu n'as pas fait ça !

— Si.

— Quoi si ? Ce n'est pas possible, tu n'as pas tué Gustave !

— Tu avais raison Juliana, ce n'est pas le bon endroit pour élever un enfant. Partez, loin. Éduque-le de la meilleure manière qui soit. Éloigne-le de la mer…

— Bordel, mais qu'est-ce que tu racontes ! Jean ! Tu as fait de Damien le fils d'un assassin !

— Peut-être, mais je l'ai éloigné d'un rivage sans couleurs…

TROISIÈME PARTIE

Ce que dépose la mer

1

1995

« Ça te fait mal ? »

Damien se tenait accroupi au bord de l'eau. Il trempait sa main dans la mer pour nettoyer la plaie qui barrait sa paume.

— Un peu, mais pas trop. Je dirai à mes parents que je me suis coupé avec un tesson de bouteille enfoui dans le sable. Et toi, Or ?

— Ça va, ça brûle un peu, c'est tout.

— Fais voir.

Oriane tendit sa main. La fine ligne de peau tailladée courait sur trois centimètres environ. Mais la jeune fille avait sans doute appuyé plus fortement que les garçons. La chair s'était écartée, formant un minuscule canyon.

— Or ! Tu dois souffrir ! Trempe ta main, le sel va la désinfecter… Tu n'y es pas allée de main morte ! souligna Damien, pas peu fier de son jeu de mots.

— Je voulais vraiment que ça marche… que l'on soit ensemble pour toujours, murmura Oriane en grimaçant sous le contact salin de l'eau froide.

— Une promesse est une promesse, lui certifia le garçon.

— Mouais, parfois les adultes l’oublient.

— On s’en fout des adultes, rétorqua Damien.

Oriane ne semblait pas l’avoir entendu. Elle fixait l’eau et le minuscule filet de sang qui s’écoulait de sa plaie en ondoyant.

— Tu ne me laisseras jamais seule ? demanda-t-elle en détournant son attention pour fixer Damien.

— Jamais, Or…

— Je n’aime pas être seule. J’avais toujours l’impression d’être seule avec elle. Regarde ! Je parie que c’est le bateau du père de Gustave !

Au loin, la silhouette d’un fileyeur tranchait l’horizon. Oriane se releva et mit ses mains en visière contre son front.

— Allons l’attendre !

Elle se mit à courir en direction de la capitainerie. Damien la suivit puis la rattrapa.

Il lui prit la main pour ne pas la laisser seule.

2

2019

Duffrane lisait une dernière fois les termes du contrat. La somme proposée se situait en deçà de ses espérances, mais il ne pouvait refuser deux millions d'euros simplement par orgueil. Les acheteurs avaient argué de l'état d'abandon des mobil-homes, des pontons et de la capitainerie. Ce n'était bien entendu que des prétextes puisque tout devait être rasé. Le représentant du fonds d'investissement hôtelier avait même osé demander une baisse du prix initial, car, selon lui, le fait qu'il y ait eu le meurtre d'un enfant sur le terrain diminuait sa valeur marchande. Duffrane avait serré les dents et opéré la soustraction. L'important était que l'affaire se conclue rapidement et que le port ne devienne qu'un lointain – et douloureux – souvenir. Ensuite, il proposerait à Oriane de fuir cette ville avant qu'elle ne le rattrape. Car depuis qu'il avait surpris le policier en train de rendre visite à Damien, il ne pensait qu'à cela. Ainsi, il se concentra sur les documents et apposa les signatures électroniques. Il faudrait quelques semaines avant que la somme ne se retrouve sur son compte, mais il avait déjà prévenu sa banque. La jeune femme qu'il avait eue au téléphone lui avait semblé incompétente, lui faisant répéter son nom en butant sur ses paroles.

Le père d'Oriane soupira de soulagement. Il était grand temps de partir. Amer, il se dit que la seule chose qui ne changeait pas vraiment était les meurtres. Sa secrétaire lui avait appris ce matin qu'un corps avait été découvert dans la nuit. Les voitures de police et l'ambulance l'avaient réveillée, et lorsqu'elle était passée à la boulangerie, la vendeuse lui avait confirmé le drame.

Peut-être que c'est cette ville qui est maudite, songea l'ancien directeur, *et pas seulement le port…*

Vers onze heures, il appela Oriane pour avoir de ses nouvelles. Ils se promirent de déjeuner bientôt ensemble, habitude qu'ils entretenaient normalement deux fois par semaine. Mais depuis que Damien était revenu, ils avaient passé peu de temps tous les deux. C'était lui, Duffrane, qui avait donné comme consigne au notaire d'emmener le fils de l'Anguille aux Trois Sirènes pour signer le testament, organisant ainsi leurs retrouvailles sans qu'ils s'en doutent. Dans quel but ? lui aurait demandé sa fille si elle l'avait su. Pour que plus jamais tu ne te sentes seule, aurait-il répondu.

Car oui, et c'était bien là le tragique de la situation, si Damien représentait une menace, il pouvait également se révéler être la solution.

3

Franck attendit treize heures pour joindre l'ancien directeur du port et l'inviter à venir au poste. Au bout du fil, Duffrane fut surpris et demanda des explications. Le policier se contenta de le rassurer, rien de grave, juste une vieille affaire qui nécessitait des éclaircissements. Mais il perçut un trouble certain chez le père d'Oriane. Il imagina Duffrane joindre immédiatement son avocat après son coup de fil. L'ancien maire repousserait certainement l'entrevue jusqu'à en savoir plus.

Pourtant, ce fut seul que Duffrane arriva vers quatorze heures. À la grande surprise de Franck, celui-ci n'arborait pas le masque d'un homme indigné que la police convoque. Au contraire. Il donnait l'impression d'avoir attendu ce moment depuis trop longtemps.

— Merci d'être venu aussi rapidement, débuta Franck en s'installant face à lui dans la salle d'entretien.

Le micro installé sur la table qui séparait les deux hommes retransmettait leurs paroles dans la pièce attenante où, assis derrière le miroir sans tain, Damien assistait à l'interrogatoire.

— C'est normal, répondit Duffrane en croisant les mains, j'ignore ce que je fais ici, mais je suppose que tu vas me l'expliquer.

— En effet, acquiesça Franck. Ce matin, nous avons retrouvé le corps sans vie de Lucas. Tu le connais, c'était le fils d'un pêcheur.

— Oui, et le petit-fils de l'ancien maire. Ma secrétaire m'a parlé d'un drame, mais j'ignorais l'identité de la victime.

— Peux-tu me dire où tu te trouvais cette nuit ?

— Certainement. J'étais chez moi, indiqua Duffrane. J'ai veillé tard, car j'ai relu les contrats de la vente du port. Tu dois être au courant…

— Tu étais seul ? ajouta Franck sans souligner le fait que, oui, il savait que le port serait vendu.

Il avait ressenti de l'amertume quand il avait eu vent des premières rumeurs. Démolir le port pour y construire un hôtel revenait à piétiner la mémoire des nombreux marins qui y avaient travaillé. L'ancien directeur aurait dû le comprendre mieux que quiconque.

— Oui. Cela fait longtemps que je passe mes soirées seul, tu le sais.

— As-tu entretenu une liaison avec Juliana, la mère de Damien ?

— Je ne vois pas en quoi…, s'offusqua le père d'Oriane.

— Contente-toi de répondre, Philippe, s'il te plaît.

— Bon… oui, c'est vrai, nous avons eu une liaison il y a de nombreuses années. Une erreur, mais une agréable erreur. J'ignore si nous nous sommes aimés, mais nous avons été là l'un pour l'autre à un moment de nos vies qui le nécessitait.

— Où étais-tu le jour où nous avons retrouvé le corps de Jean en bas de la baie des veuves ? continua le policier comme si jusqu'ici les réponses de Duffrane lui importaient peu.

— Quoi ? Vraiment ? Tu crois que je me rappelle ce que j'ai fait ce jour-là ? Je ne sais même plus de quelle date on parle !

— On parle du 12 juillet, précisa Franck. Tu devrais t'en souvenir, c'est également un 12 juillet que le corps de Gustave a été retrouvé sur la grève de ton ancien port.

— Franck, je ne sais plus où j'étais ce jour-là… sincèrement ! Allons droit au but, dis-moi pourquoi je suis ici…

— Voici des virements bancaires qui ont été opérés en faveur de Jean durant ces dernières années, assena le policier en déposant sur la table une dizaine de pages de relevés bancaires. L'identité et le compte émetteur n'apparaissent pas. C'est volontaire. Cela te dit quelque chose ?

Pour la première fois depuis le début de l'interrogatoire, Duffrane marqua un trouble. Debout derrière la vitre sans tain, je le vis regarder les feuilles, puis baisser la tête en direction de ses genoux.

— Pourquoi suis-je ici, Franck ?

Sa voix résonna étrangement. À voir son visage fermé, ses lèvres pincées, j'eus le sentiment qu'il savait parfaitement pourquoi il se trouvait dans cette pièce. Il donnait l'impression de simplement vouloir une confirmation.

— Explique-moi ces mouvements bancaires, Philippe. Explique-moi pourquoi un homme qui a assassiné un gosse se retrouve avec des primes mensuelles jusqu'à ce que sa femme décède à son tour. Explique-moi pourquoi cela sonne à mes oreilles comme une récompense que tu aurais voulu cacher en demandant à la banque de ne pas lier ton identité avec ces versements. Je vais jouer cartes sur table, par respect pour l'homme qui m'a offert un emploi et un toit quand je suis arrivé ici alors que je n'avais rien. Je pense que tu as payé Jean pour qu'il se taise. Et quand il y a un crime, ce que l'on veut taire c'est le nom du coupable ou le mobile du meurtre. Il est quatorze heures vingt-sept, ton audition libre est terminée, tu es à présent en garde à vue. Je ne te récite pas tes droits, tu les connais et nous ne sommes pas dans une série américaine. Je te laisse utiliser ton portable pour prévenir qui tu veux.

L'attitude de Franck me stupéfia. Il venait de coincer Duffrane avec une rapidité qui me laissa sans voix. Si j'avais douté de sa capacité à affronter un homme comme l'ancien directeur du port, je dus admettre qu'il n'avait laissé aucune place au sentimentalisme ni au respect dû à une personne qui avait été maire de la ville une décennie auparavant. Pour la première fois depuis que je l'avais rencontré, je me dis que mon père avait eu à ses côtés un ami précieux.

— Combien de fois ton père t'a-t-il cassé le nez, Franck ? demanda le père d'Oriane sans lever la tête.

— Trois fois, répondit le policier sans ciller.

— Il y a des pères comme le tien, reprit Duffrane, les yeux toujours bas, qui assassinent l'enfance comme ils vident un verre de whisky. Et d'autres qui sont prêts à tout pour protéger leurs enfants. Selon toi, à quelle sorte de père appartenait celui de Damien ?

— Je connaissais l'Anguille, il n'aurait jamais fait de mal à un gamin. Qui couvres-tu, Philippe ? Une vieille femme ou un ancien marin ?

À l'évocation à peine voilée de Lilly, Duffrane releva la tête pour fixer le policier. Il n'y eut nulle trace de défi dans son regard, simplement celle d'une profonde réflexion.

— Je vais parler, finit-il par prononcer faiblement. Mais à une condition…

— Laquelle ?

— Je veux que Damien s'assoie en face de moi pour écouter la vérité.

« Vous vous êtes senti piégé à cet instant ? »

La voix de l'homme résonne avec plus de distance. Comme s'il me parlait depuis l'entrée d'un long tunnel.

— Pas encore. Mais j'ignorais ce qui m'attendait.

— Si vous aviez su…

— Oui.

J'eus envie d'ajouter qu'on ne savait jamais vraiment. Que la vie était faite ainsi. Un labyrinthe perpétuel. Mais j'étais fatigué. Je fermai les yeux un instant. Il faisait toujours aussi chaud dans cette pièce.

— Et maintenant ? demanda-t-il en soupirant.

— Maintenant, il est trop tard.

— Toujours ces douleurs au ventre ?

— Oui. Elles grandissent. J'ai… j'ai de plus en plus mal.

— Nous nous connaissons depuis si longtemps, Damien, souligna l'homme assis face à moi. Il est peut-être temps de se dire au revoir…

Cette pensée, l'idée de le quitter avant de lui avoir tout raconté, me fit rouvrir les yeux. Il était inconcevable de terminer ainsi. Si je voulais que les nuages gris s'estompent, il me fallait continuer. Ignorer la douleur, ignorer la chaleur, ignorer la réelle signification de mes paroles.

— Pas encore. Je dois tout raconter, affirmai-je en me redressant de ma chaise.

— Je vous écoute alors, une dernière fois…

4

2019

— Je sais qu'il se trouve dans le bâtiment. J'ai reconnu sa voiture sur le parking, celle avec laquelle il a quitté le cimetière il y a quelques jours. Si j'ai des choses à confier, c'est à lui.

Franck fut désarçonné. Tout comme moi. Il jeta un bref regard en direction du miroir.

— Tu sais que la présence d'un civil lors d'un interrogatoire représenterait une faute de ma part, expliqua-t-il en se retournant vers Duffrane. Ton avocat l'utiliserait pour rendre inutilisable le compte rendu.

— Franck, répondit le père d'Oriane en écartant ses mains devant lui, suis-je venu ici avec mon avocat ? L'ai-je appelé quand tu m'as signifié le début de ma garde à vue ?

— C'est vraiment ce que tu souhaites ? insista le policier.

— Oui, il est grand temps que nous ayons une discussion, lui et moi.

— Je précise donc pour l'enregistrement que M. Duffrane souhaite de son plein gré la présence d'une tierce personne durant notre entrevue. Attends-moi quelques secondes, je reviens.

Franck quitta la pièce. Je continuais d'observer Duffrane à travers le miroir. Le pirate grand et solide que j'avais connu enfant avait fait place à un vieil homme usé par la vie. Ses cheveux gris masquaient à peine le dessus de son crâne. Ses habits semblaient trop amples pour son squelette. Je cherchai sur son visage des traits communs avec Oriane. J'en décelai quelques-uns, mais très peu. *Le temps patine aussi nos ressemblances*, songeai-je quand le policier franchit la porte.

— Tu as entendu ?

— Oui. C'est un piège ?

— Je n'en sais rien, Damien. Mais tu voulais être là. Il t'offre une place aux premières loges.

— Il a tiqué quand vous avez fait allusion à Lilly.

— Oui, je l'ai remarqué également. Alors ?

— Alors je suis prêt.

Duffrane me regarda m'asseoir avec attention. Alors que je me tenais face à lui, il m'adressa un sourire discret, tout en fronçant les sourcils. À le voir ainsi, on aurait pu croire à une manifestation de douleur. Quelque chose dans son regard fixe me fit comprendre que ce sourire ne s'adressait pas à moi, mais à l'enfant que j'avais été.

— Bonjour, Damien, prononça-t-il. Tu ressembles tellement à ta défunte mère…

— Bonjour, monsieur Duffrane.

— Pour information, comme demandé par le gardé à vue, Damien Fernier vient de nous rejoindre et assistera à la suite de l'entretien, récita Franck en se penchant vers le microphone. Allez, on vous écoute.

Le père d'Oriane me fixa quelques secondes encore puis se racla la gorge avant de croiser ses mains.

— Ton père était un brave homme, Damien. Il t'aimait plus que tout.

— Évitez-moi le chapitre sentimental, s'il vous plaît…

— Non, je tiens à ce que tu le saches, car cela est important pour la suite. Il t'aimait et aurait fait n'importe quoi pour toi. Il suffisait de lui en donner l'occasion.

— Vous allez me dire qu'il a tué Gustave pour moi ? Parce qu'il m'aimait ? C'est ça, votre grande révélation ?

— Philippe, intervint Franck, que s'est-il passé ce 12 juillet ?

— Un drame, un drame dont je suis le seul coupable…

5

12 juillet 1995

Il était dix-huit heures quand l'ensemble des marins quitta le port en direction des Trois Sirènes. Les hommes, épuisés par les heures passées à ramasser les plaques de pétrole, hâtèrent le pas en rêvant d'une bière fraîche. Le directeur de la collectivité observait une dernière fois le prévisionnel des commandes en maudissant et le pétrolier responsable de la pollution et ses clients habituels qui n'avaient pas hésité à l'appeler pour annuler leurs achats. Les anciennes amitiés et poignées de main si précieuses dans le monde de la mer s'étaient diluées dans de feints regrets. Des promesses de retour à la normale dès que l'océan serait dépollué avaient été prononcées par les clients qui déjà devaient calculer la rentabilité de se fournir exclusivement à l'étranger. Mais Duffrane ne pouvait s'y résoudre. Il sortit un instant sur le port et observa le soleil de la fin de journée scintiller sur la mer. Il risquait de tout perdre. Si les assurances tardaient à chiffrer et à verser les aides, il ne tiendrait pas. Toutes ces années, tous ces projets réduits à néant en quelques vagues. Il eut honte de se réjouir que Méline n'assiste pas à sa faillite. Mécaniquement, il songea à

Oriane. En aucun cas il ne voulait apparaître à ses yeux comme un homme faillible, un perdant. La fierté de sa fille était son bien le plus précieux. Duffrane retourna dans son bureau. Pour sa fille, pour ses employés, pour le port, il allait passer toute la soirée à raisonner ses clients, à les supplier s'il le fallait. Il décrocha son téléphone et composa le premier numéro d'une longue liste.

*

« Ça va Franck ? J'ai l'impression que tu m'évites. »

Le jeune marin délaissa son verre pour fixer l'Anguille. Jean avait raison : il l'évitait. Depuis qu'il avait surpris le directeur avec Juliana, sa conscience ne le lâchait plus. Qui était-il pour cacher ainsi la vérité ? Son ami lui avait confié une mission en espérant obtenir une réponse. Et Franck s'était contenté de lui en livrer la moitié d'une et de lui mentir. Quel ami agirait ainsi ?

— Non, Jean, c'est juste… qu'il y a tellement à faire… J'ai l'impression que plus on retire du pétrole, plus la mer nous en rapporte. Comme s'il s'agissait d'un jeu…

— À la tienne, lança le marin en cognant son verre contre celui du jeune homme. Si c'est un jeu, nous avons perdu d'avance. L'océan est un adversaire trop coriace. Il prend et il rejette autant qu'il veut. Elle est partie, tu sais ?

— Oui, je sais. Les volets sont fermés depuis plusieurs jours, déplora Franck. J'en suis désolé.

— Tu penses qu'elle va vivre avec cet autre homme ?

— Je l'ignore, Jean.

— C'est mieux ainsi. Je n'avais rien à leur apporter, maugréa le marin comme s'il se trouvait seul dans la pièce.

— Ne sois pas trop dur avec toi-même.

— Ce n'est pas le départ de Juliana qui me fait mal. C'est de me dire que j'ai été incapable d'offrir un futur à mon fils. J'ai demandé au patron s'il connaissait des gens qui pourraient m'aider à le faire entrer dans un lycée correct, tu vois, du genre privé. Mais j'ignore pourquoi j'ai fait ça. Je n'aurai jamais l'argent suffisant. J'ai échoué, Franck. C'est comme si je laissais mon enfant seul en mer sans eau ni bouée de sauvetage. Tu ne peux pas savoir comme on se sent minable une fois qu'on a compris ça.

— Damien est trop jeune pour l'instant, mais un jour il reviendra et te pardonnera, assura le Gardon sans savoir d'où pouvaient lui venir ces paroles.

Lui n'avait pas pardonné. Ni les coups ni les menaces.

— Peut-être, admit Jean sans grande conviction. Mais est-ce que moi j'arriverai à me pardonner ? Tu sais, quand on devient père, on se fait une promesse : celle d'élever le mieux possible son enfant, d'être toujours là pour lui. C'est une promesse solitaire, que personne d'autre n'entend. Mais si on échoue, ce serment prend la forme d'une sirène assoiffée de sang, ses yeux fous et ses griffes acérées sondent ton âme, la déchiquettent jusqu'à ce qu'il ne reste que des oripeaux.

— Tu n'as rien fait de mal. Regarde mon nez. Tu m'as souvent demandé comment il avait été cassé. Eh bien, mon père, lui, il a fait quelque chose de mal. À trois reprises. Sans jamais détourner le regard ou regretter.

Damien comprendra l'impuissance de ton amour. Et si je travaille encore ici quand il reviendra, je lui expliquerai.

— Tu es un bon gamin, Gardon.

— Rappelle-toi : « Un homme, ça peut être détruit, mais pas vaincu. »

— Oh, tu l'as lu ! s'étonna Jean en se rappelant lui avoir prêté *Le Vieil Homme et la Mer*.

— Oui, deux fois même. Alors si un homme ne peut pas être vaincu, imagine un père. Tu trouveras un moyen, la pêche reprendra et tes filets dégueuleront de poissons. Je t'aiderai.

— Et ta carrière de policier ?

— Elle peut attendre un peu. Tu auras besoin de bras, tu commences à te faire vieux…, plaisanta Franck.

— « Il était une fois un vieil homme, tout seul dans son bateau, qui pêchait au milieu du Gulf Stream »…, récita Jean en se souvenant de l'incipit du roman d'Ernest Hemingway.

« Vis ta vie, gamin, ajouta-t-il d'un ton sinistre, et réussis-la aussi pour me faire plaisir… »

*

Vers vingt heures, Gustave saisit le combiné et composa le numéro d'Oriane. Une fois de plus, personne ne décrocha. Durant le dîner, sa mère lui avait reproché de ne pas finir son assiette. « Ce n'est pourtant pas dans ton habitude ! s'était-elle étonnée. Normalement, à ton âge, on se goinfre ! » Gustave n'avait pas répondu. À quoi bon. Il éprouvait de plus en plus de difficultés à communiquer avec ses parents. Il ignorait à quel moment cette distance était apparue, mais il la remarquait à chaque fois qu'ils lui faisaient des reproches : « ne reste pas dans ta chambre toute la journée », « à ton âge je courais dehors », « pourquoi tu ne sors plus avec tes amis ? », « pourquoi la vie semble peser sur tes épaules comme un sac de ciment ? », « tu viens m'aider au port que le matin, tu crois que c'est ça une journée de marin, travailler pour glander après ? ». Pour toute réponse, Gustave se retirait dans sa chambre en regrettant qu'Oriane et Damien ne fussent pas là pour lui remonter le moral. Eux seuls avaient les mots. Eux seuls apportaient de la lumière dans la pénombre de son adolescence.

Gustave passa la soirée à choisir ses phrases. S'il voulait qu'Oriane lui pardonne, il devait trouver les bons arguments. Sa deuxième promesse solitaire serait alors à rayer de sa liste, et au retour de Damien, la vie reprendrait son véritable sens.

*

« Nous allons t'abandonner. Tu resteras seule pour l'éternité. Sans ton père. Sans personne pour sécher tes larmes. Tu m'écoutes, Oriane ? Si tu racontes quoi que ce soit à quiconque, ton père et moi nous mettrons les voiles… »

6

1990

Oriane a huit ans et demi. Méline la pince encore de temps en temps, dans son sommeil. La jouissance perverse qu'elle en retire ne l'étonne plus. Elle l'a acceptée. Devant la psychologue qui la traite, elle avoue ouvertement ne pas aimer sa fille.

— Avouer, c'est en partie progresser, non ?

— Oui, en partie. Mais… n'y a-t-il pas de moment où vous aimez votre fille ?

— Si, il y en a. Et ce sont ceux qui me font le plus souffrir.

— Prenez-vous votre traitement comme il se doit ?

— Oui.

— Nous allons légèrement changer la dose. Y a-t-il des… échanges violents, physiques, entre vous et votre fille ?

— Comment cela ?

— La maltraitez-vous ?

— Oh non, docteur, je ne suis pas folle au point de lui faire du mal…

— Pourquoi votre mari n'est-il pas avec vous ? Cela me semble important de…

— Oh vous savez, il travaille beaucoup ! Ce port qu'il vient d'acheter… et sa carrière politique ! Êtes-vous au courant ? Le maire de notre ville le veut comme successeur ! Vous vous rendez compte ?

7

12 juillet 1995

Assis à une table, dans un recoin sombre du bar, Jean levait de temps à autre son verre à destination d'un collègue possédant suffisamment de ressource pour croire en un lendemain meilleur. Franck était parti une heure plus tôt, le saluant et lui tapant sur l'épaule d'un geste las. L'Anguille vidait son verre, le deuxième de la soirée, et cherchait une solution pour faire taire sa conscience.

Mon fils n'a plus besoin de moi. Je suis celui qui attire ses nuages gris. À ses yeux, je serai toujours celui qui a échoué. Et si... et si je faisais comme dans Le Vieil Homme et la Mer... *si je partais dans mon bateau loin, aussi loin que la mer me le permettra ? Peut-être trouverais-je du poisson avant que les vedettes de la gendarmerie maritime ne m'arrêtent ? Du thon, de l'espadon... Des gros spécimens qui réveilleraient en sursaut l'aiguille de la balance de pesée... Ou peut-être trouverais-je une tempête suffisamment affamée pour m'avaler d'un coup, moi et mon fileyeur... Qu'ai-je donc à perdre à présent ? Se noyer comme le mari de Lilly est-il plus douloureux que de vivre sans pouvoir respirer l'odeur de Damien ? D'ailleurs, cela pourrait passer comme un accident de travail... L'assurance-vie serait déclenchée, mon fils pourrait choisir le lycée qu'il souhaite... et devenir autre chose qu'un marin, autre chose que moi...*

Vers vingt-trois heures, Jean se leva et quitta Les Trois Sirènes avec l'intime conviction de ne plus jamais y revenir. Il marcha jusqu'au quartier des pêcheurs, baissa les yeux en passant devant le bungalow désert et foula le ponton jusqu'au *Juliana*. Il prit soin de faire le moins de bruit possible, car, comme il le devina en voyant de la lumière à travers les vitres de la capitainerie, le directeur devait lui aussi chercher des solutions pour contrer le destin. Depuis la pose de la caméra, l'Anguille avait trouvé un angle mort qui lui permettait de cacher à son patron que chaque nuit il dormait dans son bateau. Pas besoin d'un regard désolé en plus, les autres, ceux de ses collègues, lui étaient déjà difficiles à supporter...

« On va faire un tour, Juliana », prononça-t-il dans la nuit d'été. De lourds nuages masquaient les étoiles et promettaient un orage matinal. « Un dernier tour, rien que tous les deux. »

*

À vingt-trois heures quinze, Gustave chaussa ses baskets en silence. Il savait quoi dire à Oriane. Admettre son erreur, *ses* erreurs, et lui demander pardon. Il la connaissait. Elle feindrait la colère, l'indifférence en levant les yeux au ciel et en soupirant de dédain. Mais, passé cet instant de fierté, elle lui sourirait en l'insultant sans retenue. Deux minutes plus tôt, il avait tenté une dernière fois de la joindre. Aucune réponse. Alors il fut certain qu'elle se trouvait au port en compagnie de son père. Tous les soirs, elle attendait que le pirate rentre avec elle. Car s'il y avait une chose qu'Oriane détestait par-dessus tout, plus que les trahisons ou les parties de jeu vidéo, c'était de se retrouver seule. Elle ne s'en cachait pas. La solitude la faisait suffoquer. Elle n'avait jamais expliqué pourquoi, et Gustave imaginait qu'il n'y avait aucune explication sensée, mais elle les avait prévenus dès leur rencontre : « Ne me laissez jamais seule, les garçons, je ne le supporte pas. Promettez-moi de toujours être là pour moi… Non, j'ai une meilleure idée, faisons une promesse de sang, une promesse éternelle… »

Gustave quitta le mobil-home sur la pointe des pieds. Ses parents avaient le sommeil profond, *le sommeil des justes*, disait son père, mais il valait mieux rester prudent. Une fois dehors, ce qu'il remarqua en premier fut le ciel. Des nuages épais s'étiraient en menaçant la lune. *Un ciel bas et lourd*, comme dans ce poème qu'ils avaient appris en cours de français. Et c'était tout à fait ça. Le garçon marcha lentement en direction de la capitainerie, puis hâta le pas. Il n'avait pas envie que la pluie s'abatte tandis qu'il suppliait Oriane de lui pardonner.

Elle serait tout à fait capable de le lui reprocher.

*

« Les fils de pute ! »

Duffrane pesta et abattit violemment la paume de sa main sur la planche de son bureau. Il venait d'appeler ses dix-huit clients les plus fidèles. Tous sans exception avaient refusé de maintenir leurs commandes. Le temps pressait, ils ne pouvaient faire autrement. Quand le directeur du port leur avait demandé des détails sur leurs nouveaux fournisseurs, il n'avait entendu que des silences gênés et des comparaisons de prix qui tournaient bien entendu en sa défaveur. Certains lui avaient raccroché au nez sans prendre la peine de se justifier.

Le spectre de la banqueroute se profila une nouvelle fois dans les pensées de Duffrane. Il n'avait jamais connu d'échec professionnel. Et il s'était toujours battu pour cela. À la mort de Méline, le travail avait été son refuge. Il avait multiplié les efforts et les heures, installant dans un coin de la pièce un bureau afin qu'Oriane puisse étudier, lire ou se divertir devant la minuscule télévision portative. Le comportement de sa fille avait bien entendu évolué après le décès de sa mère. Habituée à se trouver toujours en présence de Méline lorsqu'elle rentrait de l'école, Oriane palliait ce manque en se rendant directement auprès de son père. Dans les cauchemars qui rythmèrent ses nuits à cette époque, elle racontait qu'elle se retrouvait seule, dans une maison abandonnée, et qu'elle appelait son père en vain. Dans chaque pièce, l'écho de sa voix résonnait sans qu'aucune réponse ne fût prononcée. Alors elle sortait de la maison et découvrait une minuscule île, à peine assez grande pour contenir la maison, et tout autour d'elle, la mer s'étendait à perte de vue, faisant d'elle une prisonnière de la solitude.

Duffrane s'était dirigé vers une psychothérapeute qui exerçait en ville à l'époque. Il s'inquiétait qu'Oriane demeure dans des silences constants. Tout comme il ne savait comment réagir face à la peur irrationnelle que sa fille ressentait quand il devait s'absenter. Après quelques séances, la professionnelle lui expliqua qu'Oriane était un cas classique d'abandonnique. Elle souffrait selon elle de cette phobie d'être abandonnée depuis plusieurs années, et la disparition de sa mère avait dû exacerber cette peur en elle.

« Ce sont souvent des enfants ou des adolescents qui sont les victimes de cette phobie. Pour une raison ou une autre, ils perdent confiance en eux et cherchent un point d'ancrage. Le plus souvent, ils se réfugient dans l'amour de leurs proches. Mais cet amour devient pour eux bien plus qu'un plaisir, il se transforme en nécessité. La peur d'être réellement abandonné, de se retrouver seul affecte leur stabilité émotionnelle. Mais je vous le répète, votre fille vient de perdre sa mère. De ce fait, vous êtes à présent son unique parent. Vous perdre aussi lui serait insupportable, c'est pourquoi elle semble effrayée quand vous ne vous trouvez pas près d'elle.

— Que dois-je faire ?

— Être patient. Lui dire que vous l'aimez, c'est important. Le temps sera d'un précieux secours. Faire le deuil, d'abord, puis se lier à d'autres personnes. Oriane va rencontrer de nouveaux amis à la rentrée, cela l'aidera beaucoup. »

Le directeur du port quitta son bureau en songeant aux conseils de la psychologue. Elle avait eu raison.

Oriane avait lentement quitté son cocon de tristesse et de peur au fur et à mesure que sa première année au collège local s'était égrenée. Elle avait rencontré Damien et Gustave et s'était tendrement éloignée de lui, comme n'importe quel autre enfant s'éloigne de ses parents, sans vraiment s'en rendre compte.

Duffrane incorpora une nouvelle cassette dans son système d'enregistrement, éteignit les lumières et demeura plusieurs minutes immobile dans la capitainerie. Ainsi plongé dans le noir, le bâtiment semblait dormir d'un sommeil innocent, bien loin des préoccupations économiques qui tourmentaient son propriétaire. Le directeur se dirigeait vers la porte d'entrée quand il entendit un galet rouler sur la grève. Instinctivement, il fit demi-tour et retourna se figer devant l'écran de contrôle. La caméra lui montra les deux pontons, avec au loin, plongés dans l'obscurité, les bateaux amarrés depuis trop longtemps, ainsi qu'une partie de la grève. Il plissa les yeux en se concentrant sur l'écran, mais ne perçut aucune présence. C'est au moment où il se redressa, en se persuadant que le bruit entendu quelques secondes plus tôt n'était que le fruit de son imagination, que le son d'un caillou épais que l'on venait de jeter dans la mer résonna au-dehors.

Les enfoirés, se dit Duffrane en sortant discrètement par la porte de derrière, *ils ont deviné l'angle mort de la caméra... ces putain de voleurs*...

*

L'Anguille vérifiait une dernière fois le moteur quand il entendit un cri venant de l'extérieur du bateau. Il se redressa et se cogna le sommet du crâne contre la planche de support de la cale. Il posa une main sur son crâne puis l'examina. « Merde », pesta-t-il en découvrant une traînée rouge sur l'extrémité de son index.

Durant un instant, il pensa que l'alcool lui jouait des tours. Pourtant, il n'avait bu que quelques bières, trois peut-être. Alors, dans un fol espoir, il imagina que le cri qui avait résonné dans la nuit était celui de Damien. Que Juliana revenait pour lui donner une dernière chance et que son fils le hélait depuis l'entrée du ponton.

Mais il n'y eut pas d'autre appel.

Damien aurait insisté. Il aurait couru sur le ponton pour sauter sur le pont du bateau et pleurer de bonheur dans ses bras. Jean essuya ses mains tachées d'huile avec un vieux chiffon et sortit de la cale. Il se posta à la proue du bateau, examinant la mer. La nuit sombre ne lui permettait pas de voir à plus de trois mètres, mais il se concentra. Il n'était pas rare que des jeunes se baignent la nuit, parfois de manière imprudente. Après une bonne minute d'attention, le père de Damien se détourna de l'océan. Avait-il rêvé ? Il devait vérifier que personne ne traînait dans le coin, si quelqu'un le voyait sortir en mer alors que l'interdiction de quitter le port n'avait pas été levée, il risquait d'être intercepté par une patrouille. Et cela, il n'en avait pas envie. Il voulait juste partir, loin, le plus loin possible et couper le moteur. Ensuite, la mer déciderait pour lui.

Le pêcheur fit le tour du bateau et observa le port. Au loin, les mobil-homes dormaient paisiblement. Déjà quelques-uns avaient été abandonnés par des marins qui ne croyaient plus aux paroles rassurantes du patron. Il ne leur en voulait qu'à moitié. *Ils ont en partie raison, un marin sans mer, c'est un peu ridicule quand on y pense…* songea-t-il en détournant son regard des habitations.

C'est alors qu'il la vit.

Elle se tenait droite, immobile.

À cette distance et par cette nuit d'encre, il lui fut impossible de deviner à qui la silhouette appartenait. Sans quitter la grève des yeux, il retourna sur le ponton. Une nouvelle fois, il douta de ses sens. La personne qui se tenait à une cinquantaine de mètres devait l'avoir vu ou entendu. Seulement, elle ne bougeait pas. Elle semblait fixer l'horizon, comme pétrifiée. Jean pesta contre les ampoules extérieures de la capitainerie que les voleurs cassaient sans cesse. À plusieurs reprises, il jeta des coups d'œil sur le ponton afin de ne pas marcher sur une planche manquante ou trop fragile. *Nous avons tellement été focalisés sur ce pétrole que nous en avons oublié les réparations les plus basiques*, songea-t-il en atteignant l'extrémité de la structure. Lorsqu'il foula les galets, Jean découvrit avec stupeur l'identité de la silhouette. Et comprit en même temps que, oui, ses sens lui avaient joué un tour. Car ce n'était pas l'horizon que M. Duffrane fixait sans ciller, mais le corps inerte de Gustave qui se trouvait à ses pieds.

8

2019

Franck et moi fixions Duffrane sans oser prononcer la moindre parole. Lui baissait le regard, comme s'il se trouvait encore sur ce port à fixer le corps de mon meilleur ami.

— C'est moi qui ai tué Gustave, lâcha-t-il en serrant les mâchoires, les yeux embués. Je suis arrivé derrière lui sans faire un bruit et je l'ai frappé avec une pierre que j'avais ramassée en sortant de la capitainerie. J'ai abattu ma main sur le coin de son crâne. J'ai crié aussi. Je m'en souviens. De rage, de colère, de désespoir, je ne sais pas. Je voulais simplement que les vols cessent, que les poissons reviennent et que le port survive. Seulement, quand il a chuté sur le sol et que j'ai compris qui je venais de frapper, je suis resté sans bouger, horrifié par ma propre folie. Puis ton père est arrivé. Il s'est approché et a immédiatement tenté de réanimer Gustave. Mais il était trop tard.

Duffrane leva les yeux vers moi. Une larme roula sur sa joue. Ses lèvres tremblèrent. « Je suis désolé », murmura-t-il avant de se passer les mains sur le visage.

— C'est donc vous l'assassin ? lui demanda Franck en pensant à bien clarifier les faits pour l'enregistrement.

— Oui. C'est moi. Je l'avouerai devant le juge également.

— Pou… pourquoi est-ce mon père qui a été accusé ?

— Parce que je l'ai supplié. Parce que je l'ai acheté. Parce que ton père allait se suicider ce soir-là, et parce qu'il t'aimait plus que tout.

— Vous l'avez *acheté* ?

— Je me suis mis à genoux. Je lui ai dit que je ne pouvais pas aller en prison, que sans moi, Oriane ne pourrait pas survivre, qu'elle ne pouvait pas rester seule. Bien sûr, cela ne suffisait pas. Entre mourir pour se libérer de ses soucis et vivre pour en subir d'autres, Jean avait choisi depuis longtemps. Puis je me suis souvenu du service qu'il m'avait demandé. Alors je lui ai promis que je m'occuperais de tout. De te trouver un lycée, une université, la meilleure, et que je paierais pour tout cela. Je lui ai promis ton futur radieux. De bons diplômes, un métier éloigné de celui de marin, une vie débarrassée des problèmes matériels, ton bonheur loin de toutes tempêtes… Tout ce qu'un parent espère pour son enfant sans aucun argent à débourser. Je lui ai assuré que je connaissais suffisamment de personnes haut placées, que sa peine serait légère, que la mort de Gustave ressemblerait à un accident… Pour lui prouver que je ne mentais pas, je suis retourné à la capitainerie et suis revenu avec l'enregistrement de la caméra. Je le lui ai tendu en affirmant que si je trahissais une seule de mes paroles, il n'aurait qu'à donner cette cassette à la police.

— Il a… accepté ?

— Oui, Damien. Il a accepté. Pour toi, ton futur, mais aussi pour Oriane, car il savait que tu l'aimais. Tout cela, et je comprends que ce soit difficile à concevoir, mais tout cela lui donnait également une raison de vivre. Il sentait qu'il tenait là l'occasion d'être un bon père, que ce sacrifice lui permettait d'être là pour toi. Il n'a pas hésité.

— Pourquoi l'avoir tué ensuite ? A-t-il décidé de revenir sur sa décision ? Vous a-t-il menacé ? Et Sylvain, Lucas ? En savaient-ils trop ? insista Franck en se penchant au-dessus de la table en inox, le regard menaçant.

— Je… je n'ai tué aucune de ces personnes… Je le jure devant Dieu !

— Je ne crois pas en Dieu, répliquai-je sèchement en me levant. À mes yeux, vous êtes le seul coupable.

— Alors je le jure sur la tête de la personne qui compte le plus pour moi… Et inutile de prononcer son prénom, tu te doutes de qui il s'agit. Elle compte aussi pour toi.

Franck accusa le coup. Tout comme moi, il pensait que Duffrane demeurait l'unique assassin. Si l'idée que mon père se soit révolté et ait ainsi précipité sa mort s'imbriquait parfaitement dans la suite probable du récit que venait d'avouer le père d'Oriane, les liens avec les deux autres victimes demeuraient un mystère. Avaient-ils vu ce qui s'était passé ce soir-là alors qu'ils s'apprêtaient à voler du matériel de pêche ? Duffrane les avait-il surpris et menacés ? *Mais pourquoi mentirait-il ?* songeai-je en observant son visage sincère. *Lilly, est-ce ta vengeance ? Est-ce toi qui as découpé ces barbelés que l'on a retrouvés sur les corps ?*

— Damien, une nouvelle fois, je suis désolé… à cause de moi, tu as détesté ton père bien plus que tu n'aurais dû…

— Vous êtes un salaud ! lançai-je.

Avant de claquer la porte, je perçus les paroles de Franck : « Monsieur Duffrane, vous êtes mis en examen pour le meurtre de Jean Fernier, vous serez placé en détention provisoire avant d'être présenté devant un juge… » Puis, ce fut un cri qui résonna dans le couloir que je fuyais, le cri d'un père pour sauver sa fille qu'il ne serrerait plus dans ses bras avant de nombreuses années : « Damien ! Prends soin d'Oriane, ne la laisse pas seule ! Toi seul pourras la relever ! »

Un quart d'heure plus tard, tandis que je fumais une cigarette demandée à un agent, Franck vint s'asseoir à côté de moi, sur le banc figé à l'entrée du commissariat. La pluie tombait des nuages avec résignation.

— Tu tiens le coup, Damien ?

— Vous aviez raison depuis le début, pestai-je en soufflant ma fumée. Vous seul avez cru en lui…

— Tu ne pouvais pas savoir. Personne ne le pouvait.

— Je l'ai haï, de toute mon âme… j'ai craché sur sa tombe, rétorquai-je. Je l'ai… trahi.

— Ne sois pas trop dur envers toi-même, m'ordonna le policier. Tu baignais dans une mer de mensonges. Il ne pouvait en être autrement. On peut toujours émettre des hypothèses, des *si* qui ne peuvent plus rien changer. *Si* j'avais remis la photo de ta mère avec son amant à ton père au lieu de lui mentir… *Si* Jean avait été capable de se battre pour son couple… *Si* ce bateau ne s'était pas échoué au large de la côte… *Si* le mari de Lilly était revenu… Tu vois, on peut remonter loin avec des *si*, mais n'aller jamais nulle part.

— Et maintenant ? demandai-je en tirant sur ma cigarette.

— Maintenant, je vais aller rendre une petite visite à Lilly. Je crains que nous ne soyons pas au bout de nos surprises… Le légiste m'a laissé un message pendant que nous interrogions Duffrane : il a retrouvé des traces de somnifères puissants dans le sang de Lucas. Désolé d'avoir douté de toi.

— Bon sang, cette ville est devenue folle…

— Il faut que je parle à Oriane également. Son père n'a pas le courage de l'appeler. Il a insisté pour que ce soit toi qui le fasses. Mais c'est à moi de la prévenir.

— Non, je vais le faire, imposai-je en écrasant mon mégot sur le sol. Elle aura besoin de mes explications et de ma présence. Nous partirons ensuite. La semaine prochaine peut-être, le temps de régler les détails. Nous quitterons cette ville et ses fantômes.

— Tu l'aimes toujours, n'est-ce pas, depuis ton enfance ?

— Je n'ai jamais cessé de l'aimer, Franck, même si je l'ignorais. Elle a toujours été avec moi malgré son absence.

— Tu sais quelle est la dernière phrase que m'a dite ton père avant que tout parte à vau-l'eau ? me questionna Franck en se relevant et en fixant la mer au loin.

— Non.

— Je pense que c'est ce qu'il te dirait s'il se trouvait là, à nos côtés. Alors je vais la prononcer pour lui et nous nous serrerons la main comme deux vieux marins : *Vis ta vie, gamin, et réussis-la aussi pour me faire plaisir…*

FIN

Remerciements

Je te remercie d'avoir été toujours là quand j'en avais besoin. Je ne te l'ai jamais dit, mais je pense que c'est le moment. Je suis désolé de ne pas avoir trouvé un autre surnom qu'ami imaginaire, seulement, c'est ce que tu étais pour moi…

— Ça ne marche pas comme ça, Damien, tu ne peux pas partir sans raconter toute l'histoire.

— J'ai mal.

— Je sais. Je vois. Le sang coule de tes blessures. Mais les nuages ne te laisseront t'échapper si tu déguises la vérité. Je comprends que tu préfères occulter la vérité et me quitter sur une fin à peu près heureuse. Mais tu ne t'endormiras pas tant que ta conscience te travaillera. La psychologue t'avait conseillé de m'inventer pour trouver les réponses que tu cherchais et ainsi éloigner les nuages gris. Dis-moi tout, Damien, et tu partiras sous un ciel ensoleillé…

— Je ne souffrirai plus ?

— Non… plus jamais. Alors, vas-y, nous n'avons que peu de temps, dis-moi qui t'a donné ces coups de couteau dans le ventre…

9

2019

Nous nous serrâmes la main.

Comme deux marins qui auraient traversé une tempête et qui s'en seraient sortis, épuisés, meurtris, mais vivants.

— Reste dans le coin quelques jours. Il faudra que tu signes ta déposition et le juge aura certainement envie de t'entendre. Et si tu arrives à retrouver cette fichue cassette, appelle-moi, me prévint Franck alors que je me dirigeais vers le parking.

Une fois au volant, je laissai ma tristesse s'évacuer. Les larmes roulèrent, comme les regrets, et plus que jamais j'éprouvai l'envie de me blottir dans les bras longilignes de mon père. J'aurais tout donné pour qu'il m'attende sur le ponton, cannes à pêche en main, et qu'il m'adresse ce sourire qui souvent ne se dessinait que dans ses yeux. Je franchis la porte du mobil-home et me mis immédiatement à la recherche de cette cassette. Bien que Duffrane eût avoué son crime, je voulais voir mon père, ancrer en moi ces dernières images de lui marchant le long du ponton juste avant de venir en aide à Gustave, chasser cette mythologie qui avait fait de lui un criminel pour le transformer en héros et lui murmurer de me pardonner. Je fouillai le moindre recoin, le moindre placard, sondai le sol et les plinthes, le plafond et même le toit. De mes mains, je raclai les cadavres de chats et de goélands, ignorant l'odeur et la texture nauséeuse de ce charnier.

J'eus beau retourner toutes les pièces, aucune trace d'une VHS de surveillance. Dans un dernier espoir, je tâtai la trappe du magnétoscope, mais n'y trouvai que le vide. *Dans le bateau*, compris-je soudainement, *il l'a sans doute cachée avec mes affaires pour que Duffrane ne puisse la retrouver !*

Ma main venait juste de se poser sur la poignée que deux coups retentirent contre la porte. Je restai quelques secondes interdit, regrettant de ne pas m'être rendu auprès d'Oriane tout de suite après avoir quitté le commissariat. Peut-être que Franck l'avait avertie après tout. Ou peut-être qu'un agent ou un témoin l'avait prévenue en passant aux Trois Sirènes… *Merde*, pestai-je en me maudissant, *Oriane aurait dû être ma priorité. Elle ne devait pas se retrouver seule face à cette vérité…*

Seulement, quand j'ouvris la porte, ce ne fut pas Oriane qui se présenta devant moi. Mais une vieille femme portant dans sa main gauche un sac de jute, et dans l'autre, un long couteau de pêche.

10

1990

Oriane est assise face à la télé.

Trop près.

Beaucoup trop près pour n'importe quel parent qui lui aurait demandé de reculer.

Mais Méline s'en moque. Elle est assise sur le canapé. Se retient de tirer les cheveux de sa fille. Juste comme ça, juste pour la faire crier un peu.

« Ton père et moi nous allons partir. Tu le sais, hein ? Nous allons retrouver notre vie d'avant, celle où je me sentais encore belle. Tu te nourriras de cadavres de chats. Ceux de Lilly. Tu dormiras sur la baie des veuves et attendras que les voiles percent l'horizon. Tu charmeras les marins qui accosteront. Ils te baiseront, te violeront puis repartiront en te laissant seule, encore et encore… Pauvre et inoffensive sirène… Va me faire un thé s'il te plaît mon ange. »

Oriane laisse les paroles s'écouler. Elle a l'habitude de l'entendre, cette Cassandre. Depuis quelques mois ses mots ont perdu de leur consistance. Ils ne la touchent plus comme avant. Oriane les entend se tarir, s'assécher pour ne devenir que des miettes anodines. La jeune fille se lève à regret. Le dessin animé qui défilait devant ses yeux lui plaisait. Il racontait l'histoire d'une bande d'enfants qui vivaient des aventures extraordinaires. Une bande d'amis. Qui se promettaient de rester ensemble pour toujours. Avec lenteur, elle se dirige vers la cuisine. Sa mère lui adresse un sourire. Elle semble déjà avoir oublié ses méchancetés. *Elle recommencera certainement plus tard, avant que papa ne rentre*, suppose Oriane en foulant de ses pieds nus la fraîcheur du carrelage de la cuisine. Elle attrape une tasse dans le vaisselier, déclenche l'interrupteur de la bouilloire, saisit un sachet de thé et verse un peu de miel. Méline l'aime comme cela, son thé. Pendant que l'eau monte en température, Oriane s'appuie contre l'évier et fixe la table de la cuisine. Rien d'intéressant pourtant : une corbeille à fruits, une planche à découper, une baguette coupée en deux et un pilulier qui contient les médicaments que sa mère doit avaler chaque jour pour l'aider à aimer sa fille. Mais au moins, durant ce court laps de temps, l'esprit d'Oriane s'évade. Elle rêve de pirates. De sirènes, des vraies. Des belles et enivrantes. D'un garçon également, qui lui dirait qu'elle est magnifique et qui ne la quitterait jamais.

Oui, il me le promettrait…

Oriane verse l'eau dans la tasse. Le thé doré s'effile. Ses traits infusés s'étirent tels les bras d'une méduse et brunissent la transparence.

Je ne serai pas seule, maman, jamais. Il n'y a qu'avec toi que je le suis. Seule ta présence m'isole…

11

2019

« Lilly ? Que voulez-vous ? »

Je lui posai cette question tout en fixant la lame qui courait le long de sa cuisse. Elle perçut mon trouble, rangea le couteau dans son sac et en sortit un carnet accompagné d'un stylo.

« Discuter », écrivit-elle avant de me tendre le carnet.

— Que faites-vous avec ce couteau ?

De nouveau elle griffonna sa réponse sur le papier. J'en profitai pour l'observer. Ses cheveux gris simplement coiffés par le vent. La peau de son visage couverte de rides. Ses mains squelettiques. Ses mouvements pour écrire qui réveillaient son arthrite et lui faisaient froncer les sourcils.

« Décrocher les derniers pièges. Retirer les collets. J'ai quelque chose pour toi. Je peux m'asseoir un moment ? »

J'eus envie de lui dire de verser le contenu de son sac sur le sol pour vérifier qu'aucun barbelé ne s'y trouvait enroulé. Était-ce ainsi qu'elle s'était présentée à Sylvain et à Lucas ? Aussi naturellement, en frappant à leur porte pour ensuite leur enfoncer une lame dans le ventre ?

— J'ai… j'ai peut-être quelques questions à vous poser, profitons-en…, balbutiai-je en masquant la crainte que m'inspirait sa présence. Mais laissez le couteau dehors.

Ce fut à son tour de me dévisager. Ses yeux d'un bleu délavé et enfoncés dans ses arcades proéminentes semblaient me regarder depuis les profondeurs d'un monde sous-marin. Puis elle sortit le couteau de son sac et le planta dans la rambarde en bois du perron avec une force surprenante.

— Cela me semble une éternité, Lilly, avouai-je tandis que la vieille femme s'asseyait péniblement sur une des chaises.

Elle bougeait avec tellement de lenteur et de souffrances que je lui proposai mon bras. Avait-elle usé de cette ruse pour attendrir ses victimes ? Une fois en place, elle reprit son carnet et son stylo.

« Ton père m'a aidée, il achetait mes chats. »

— C'est cela que vous voulez, que je vous donne de l'argent ?

Lilly secoua la tête et m'adressa un regard sombre, un regard d'ancienne maîtresse d'école.

— Vous étiez avec lui, quand il est mort ? lui demandai-je en m'installant à mon tour à une distance raisonnable.

Cette fois, un signe d'affirmation, puis des mouvements de crayon.

« J'ai vu quelqu'un le pousser. »

— Qui était-ce ?

« Je ne sais pas, le ciel était sombre, il pleuvait. Et avec la distance… Je n'ai vu qu'une silhouette. »

— Lilly, y avait-il vraiment quelqu'un avec lui ce jour-là ?

« ? »

— Je pense que vous avez inventé cette présence et que vous avez précipité mon père par-dessus la baie des veuves. Voilà comment je vois les choses : vous étiez au courant de la vérité, celle concernant la mort de Gustave. J'ignore comment et par qui, mais vous le saviez. Alors vous avez essayé de faire chanter mon père. Pour de l'argent, sans doute. Mais il a refusé et vous a menacée. Vous auriez pu tenter votre chance auprès de Duffrane, mais c'était un trop gros poisson pour vous. Mon père était plus vulnérable. Seul, veuf et délaissé par son fils… Alors, sous le coup de la colère, vous l'avez poussé. Je connais votre colère, Lilly. Je la connais depuis que j'ai lu ce que votre mari vous faisait endurer. Et depuis que des gamins stupides ont mis le feu à vos souvenirs.

« Comment oses-tu ! »

Oriane avait donc raison, elle aussi, depuis le début. Cela ne faisait aucun doute. La colère avec laquelle Lilly venait de réagir, non seulement par ces mots griffonnés avec emportement, mais aussi par son poing gauche qui se serrait et ses mâchoires qui se crispaient, dénonçait une violence prête à exploser si je la provoquais un peu plus. Si elle avait eu son couteau en main, nul doute qu'elle m'aurait fait payer mes paroles. Cette irritation tempétueuse qui émanait d'elle scella mon jugement.

— Et vous ? Comment avez-vous osé tuer Sylvain et Lucas ? Simplement parce qu'ils avaient brûlé vos carnets ? La police vous recherche, Lilly, il n'y a plus aucun marin pour vous protéger maintenant…

« Non, non… Les derniers pièges ! Jean aurait compris ! » griffonna-t-elle avec empressement.

— Je me fiche de vos « attrape-chats » ! S'il le faut, j'irai les retirer moi-même ! Vous allez rester ici pendant que j'appelle Franck, la prévins-je en cherchant du regard mon téléphone portable.

J'en avais soudain marre de ce jeu de dupes, de ses mensonges et des ridicules mouvements de sa bouche atrophiée. Oui mon père était un homme bon, trop bon et respectueux pour deviner la noirceur qui couvait dans l'âme de cette femme. La voir écrire son prénom provoqua le même dégoût que je ressentais quand je lui imputais encore la mort de mon meilleur ami. Tout était différent à présent. Jean n'était plus un assassin, mais Lilly oui. Les rôles s'étaient inversés. Je me levai d'un bond et attrapai un couteau qui traînait dans l'évier. J'avais conscience de menacer une vieille femme alors qu'il me suffisait d'un seul geste pour la mettre au sol, mais n'en avait-il pas été de même pour les deux cadavres qu'elle avait laissés derrière elle ?

— Pourquoi avoir attendu toutes ces années, Lilly ? Pourquoi maintenant ? insistai-je en la pointant de ma lame.

« Parce qu'il me l'a demandé. Et parce que je lui ai promis !! »

— Mon père ?

« Oui. »

— Que lui avez-vous promis avant de le tuer ?

Lilly jeta un nouveau regard vers moi. Un regard non plus chargé de violence, mais de tristesse et de pitié.

« De te donner ceci », écrivit-elle avant que son index osseux ne se dirige vers le sac posé sur le sol. « Jean était un homme bon, je lui devais ce service. »

— Vous ne lui deviez rien, vous êtes une meurtrière, c'est la gorge que votre mari aurait dû vous trancher !

Avec une force qui me fit sursauter, Lilly abattit sa main contre la table en formica. Quand je la fixai, les yeux grands ouverts et le cœur secoué, elle se pencha au-dessus de son carnet, y inscrivit quelques phrases puis le posa sur la table en abaissant une nouvelle fois sa main d'un geste de colère.

« Prends ce qu'il y a dans le sac et ne me manque plus de respect ! Il faut que les derniers pièges soient retirés pour que je puisse retrouver mon mari en paix. Et toi, il faut que tu comprennes le piège qui t'étrangle comme un chat ridicule afin de pouvoir aimer ton père comme il le mérite ! Jean était un homme bon. Et je n'ai jamais levé la main sur personne, je sais trop ce que c'est que d'être meurtrie… »

Lilly se leva avec difficulté. Elle pleurait. J'ignorais s'il s'agissait de larmes de colère, de tristesse ou simplement de vieillesse. À ce moment, je ne sus plus quoi faire. J'étais comme un enfant face à la détresse d'un adulte. Le couteau que je tenais toujours me sembla aussi lourd qu'une ancre de bateau. En passant devant moi, elle me déposa le sac de jute dans les bras. Son ombre quitta la pièce sans que mes yeux ne se détachent du sac. Lentement, je défis le nœud de corde et plongeai une main à l'intérieur. La première chose que je touchai fut une lettre que je dépliai en tremblant.

Ton père m'a confié cette cassette il y a de nombreuses années. Il m'a demandé de la garder et, s'il lui arrivait quelque chose, de te la donner. J'ai immédiatement compris quand je l'ai vu se faire pousser par-delà la baie des veuves. Ce jour-là, je faisais ma ronde. Oui, la ronde de ces pièges que toi et tes amis vous vous évertuiez à détruire derrière moi... J'ai tenu ma promesse. Il y a chez moi des carnets. Je pense que tu es au courant. Si tu peux, brûle-les. Il n'y a rien de mémorable sur cette terre. On en oublie presque les fantômes de nos amours noyées. C'est ce qui m'arrive certains matins. Il me faut quelques minutes pour me rappeler où je suis, qui je suis, et le prénom de celui qui m'a coupé la langue. C'est ainsi. Et tous les carnets du monde ne pourront lutter contre cela. Ils deviennent inutiles à leur tour. Comme nous.

Je repliai soigneusement la lettre et sortis la cassette du sac de jute. Une date avait été griffonnée sur la tranche, sur une étiquette blanche : 12/07/1990. Je tournai la tête en direction de la porte ouverte, mais Lilly avait disparu. Et le couteau qui se dressait quelques instants plus tôt dans la rambarde, droit comme un mât, s'était évaporé lui aussi.

12

Une fois les aveux enregistrés, Duffrane ne prononça plus aucune parole. Il se laissa guider jusqu'à sa cellule, amorphe, si ce n'étaient les larmes qui s'échappaient de ses yeux rougis. Franck joignit immédiatement le juge d'instruction et lui expliqua l'affaire. Au téléphone, le magistrat crut tout d'abord à une mauvaise blague. Il connaissait l'ancien maire. C'était un homme dur en affaires, mais de là à l'imaginer en assassin… La procédure fut lancée, laissant les deux interlocuteurs songeurs. Franck se rendit dans la salle d'interrogatoire pour y rester plusieurs minutes à réfléchir. Si le policier avait expliqué ce qui s'était réellement produit le 12 juillet 1995, il n'avait fait aucune mention de Lilly ni des meurtres de Lucas et Sylvain. Il se doutait que le juge avait eu vent du dernier cadavre découvert, mais il ne désirait pas lier tout de suite les deux affaires. Rien ne prouvait que Duffrane en fût le responsable.

Ne restait que Lilly.

Le policier tenta de mettre au jour une faille dans l'hypothèse d'Oriane et Damien, mais à son grand regret, n'en trouva aucune. La probabilité que la vieille femme se fût vengée du passé claironnait à présent dans son esprit comme une certitude. Il sortit de la pièce, passa devant la réception et prévint son adjoint qu'il se rendait au quartier des pêcheurs pour discuter avec Lilly.

Une pluie colérique assourdissait la ville. Franck sortit une cigarette de sa poche de veste et fuma un instant sous le porche. Il jugea qu'il pouvait s'accorder ce répit, Lilly, vu son âge avancé, ne risquait guère de s'enfuir assez loin pour lui échapper. Subitement, un dernier détail à régler lui revint en mémoire.

Une dernière clope, Lilly, ensuite je te colle au trou pour double meurtre, souffla-t-il à regret tout en observant la mer au loin.

13

Je glissai la cassette dans le magnétoscope et allumai la télé. Il s'agissait d'une vieille télé à tube cathodique et je croisai les doigts pour qu'elle fonctionnât encore. Un point blanc apparut au centre de l'écran et s'étira jusqu'à l'éclairer entièrement. J'appuyai ensuite sur la touche lecture du magnétoscope, mais celle-ci refusa de s'enclencher correctement. *Merde*, pestai-je en me souvenant que ce bouton faisait déjà des siennes à l'époque où je vivais encore dans ce mobil-home. La seule solution était alors d'utiliser la télécommande, un bloc de plastique deux fois plus gros que mon téléphone portable. Je me mis donc à la recherche du précieux outil quand j'entendis un bruit sourd provenir de l'extérieur. Cela ne faisait pas cinq minutes que Lilly s'était éclipsée et je n'avais pas refermé la porte. Des gouttes d'eau ricochaient sur le perron et s'éparpillaient contre le lino. J'avançai vers l'entrée. Des bruits de pas de plus en plus proches résonnèrent à travers la pluie. *Lilly revient*, pensai-je en cherchant du regard le couteau que j'avais abandonné plus tôt. Les sens à l'affût, le poing déjà fermé, je me plaçai à quelques centimètres de l'entrée. Mais ce ne fut pas la silhouette de la vieille femme qui apparut dans l'encadrement de la porte. À la place, trempée et le visage affolé, ce fut Oriane qui fit irruption. Elle se figea de surprise, puis se jeta sur moi en me prenant dans ses bras.

— Oh, mon Dieu, je croyais qu'elle t'avait tué ! Tu vas bien… j'ai eu tellement peur… quand je l'ai vue sortir avec son sac et son couteau… tu n'es pas blessé… est-ce que… déclama-t-elle avec une volubilité étourdissante.

— Or… calme-toi, je vais bien ! la rassurai-je en lui rendant ses baisers. Je t'assure, regarde !

Je me détachai d'elle et écartai les bras pour lui montrer qu'aucune plaie béante ne saignait sur mon corps. Elle m'observa des pieds à la tête, le souffle court.

— J'ai eu tellement peur, sanglota-t-elle avant de se blottir de nouveau contre moi.

Je la laissai évacuer sa peur en la réconfortant. Sa réaction me parut disproportionnée, mais je me mis à sa place et concédai que j'aurais été tout aussi inquiet si j'avais vu Lilly sortir des Trois Sirènes armée d'un couteau. Je respirai son odeur en lui chuchotant de se calmer. Mais, malgré notre étreinte, ce fut moi qui devins nerveux. Je cherchai en secret les mots adéquats pour lui apprendre que son père se trouvait enfermé dans une cellule du commissariat et qu'il risquait probablement de dormir en prison pour de nombreuses années. Je n'en trouvai aucun.

— J'ai cru, continua-t-elle en relevant sa tête de ma poitrine, que c'était fini, qu'elle t'avait eu…

— Nous avons juste discuté.

— Tu étais en danger, tu n'aurais pas dû l'affronter seul, me reprocha-t-elle en prenant mon visage entre ses mains.

— Non… écoute, Or… Et si Lilly n'était pas la coupable ?

— Que veux-tu dire ? s'inquiéta-t-elle en reculant d'un pas.

— Je ne pense pas que ce soit elle. Quand je lui ai parlé de Lucas et de Sylvain elle… Je ne sais pas… elle n'a ni le regard ni la force d'une meurtrière.

— Mais… ce ne peut qu'être elle ! Qui d'autre ?

— Je l'ignore.

— Tu en es certain ? Je veux dire… sa vengeance ? Les carnets brûlés ?

— Même drogués, Lucas et Sylvain auraient pu la frapper au moins une fois. Ses mains tremblent, Oriane. Ses yeux sont voilés par la vieillesse…

— Oh mon Dieu !

Oriane venait de se retourner vers la porte toujours ouverte. Lorsque son visage revint vers moi, sa main droite recouvrait sa bouche. Elle aussi tremblait.

— Quoi ?

— J'ai eu tellement peur… j'étais persuadée qu'elle t'avait tué… le couteau dans sa main… Je ne sais pas ce qui m'a pris…

— De quoi parles-tu, Oriane ? m'inquiétai-je en voyant ses yeux ouverts d'effroi.

— Je me suis garée plus haut, car avec cette pluie la boue dégouline de la baie des veuves et rend difficile la moindre manœuvre… et quand je l'ai vue…

— Mais enfin, Or ! Qu'est-ce qui se passe ?

— Je l'ai assommée, Damien. Je l'ai frappée avec un bâton et elle s'est écroulée. Là, dehors.

— Quoi !

— Il faut aller la chercher ! ajouta-t-elle sous le choc. (Ses paroles semblaient plus s'adresser à sa conscience qu'à ma présence.) Si ce n'est pas elle qui... Mon Dieu, j'ai peut-être tué une innocente...

Oriane se précipita à l'extérieur. Une bourrasque fouetta sa chevelure et la fit tournoyer. Sans hésiter, je la suivis. Passé le porche, les aiguilles glacées de la pluie dardèrent nos esprits affolés. Nous courûmes quelques mètres en direction du chemin qui remontait vers le reste des mobil-homes. Derrière nous la mer vrombissait avec frénésie. Les quelques bateaux amarrés tanguaient et s'entrechoquaient tandis que les deux pontons disparaissaient partiellement sous la marée déchaînée.

— Là-bas !

Oriane accéléra. Son pied droit glissa sur un rocher humide camouflé par le sable boueux mais elle parvint de justesse à retrouver son équilibre.

— Elle respire encore ?

Lilly était allongée sur le sol, le visage aussi blanc qu'une méduse. La pluie collait ses vêtements contre son corps rachitique. On pouvait percevoir à travers le tissu les os saillants de ses côtes. Je plaquai deux doigts contre sa gorge et cherchai le pouls. Il me fallut quelques secondes pour m'extirper de la tempête qui dansait autour de nous et trouver la concentration nécessaire. Mais oui, aussi fluet et fragile qu'une flamme qui s'affaiblit, son cœur battait.

— Ramenons-la à l'intérieur, lançai-je en passant mes bras sous ses épaules, attrape-lui les pieds.

Nous transportâmes ainsi Lilly la folle vers le mobil-home. De loin, nous devions ressembler à deux médecins militaires transportant le corps d'un blessé durant une guerre. Le dos voûté par l'effort, la tête basse pour nous protéger des assauts provenant du ciel, nous progressâmes avec lenteur afin de ne pas nous prendre les pieds dans les rochers ou nous tordre la cheville sur les morceaux de bois flotté. Une fois à l'abri, nous allongeâmes le corps sur le canapé.

— Je sens mieux son pouls à présent, affirmai-je en inspectant l'hématome situé à l'arrière de son crâne.

Une légère bosse avait déjà gonflé. Je n'avais aucune notion d'urgentiste, mais je savais par expérience (une voiture m'avait percuté peu avant mes dix-huit ans alors que je traversais une route, les écouteurs de mon walkman posés sur mes oreilles) qu'elle pouvait souffrir d'un traumatisme crânien.

— Avec quoi l'as-tu frappée ?

— Je… un morceau de bois flotté…

— Bon, c'est toujours mieux qu'une barre en fer, ironisai-je en m'asseyant sur la table basse, juste à côté de Lilly. Lilly, vous m'entendez ?

Je m'étais penché au-dessus d'elle et secouais doucement ses épaules. « Lilly, vous pouvez me répondre, me faire un geste ? » J'insistais et au bout de plusieurs essais infructueux la bouche de la vieille femme finit par marmonner des paroles indéchiffrables. Ses paupières se levèrent lentement et ses yeux laiteux fixèrent le ciel, y cherchant certainement les anges ou son mari. Je la laissai recouvrer ses esprits et rejoignis Oriane.

— J'ai besoin d'un verre, me dit-elle en fouillant dans les placards.

— Là-haut, au-dessus de l'évier, lui indiquai-je en sachant qu'une bouteille de whisky s'y trouvait.

Or la saisit, attrapa des verres et les remplit à moitié. Je disparus dans la salle de bains chercher deux serviettes ainsi qu'un gant de toilette pour le remplir de glaçons et le déposer à l'arrière du crâne de Lilly. Quand je revins, Oriane me tendit un verre et accepta avec un sourire inquiet la serviette que je lui proposai.

— Elle va s'en sortir ?

— Oui, je pense. Avec une jolie migraine, mais tant qu'elle ne vomit pas, c'est bon signe, assurai-je sans savoir si ma théorie était médicalement juste. Je vais appeler le SAMU et leur expliquer.

— Non, attends.

— Quoi ?

— A… appelle mon père, il saura quoi faire. On ne perdra pas de temps avec un standardiste qui nous posera un tas de questions. Ce sera plus rapide.

Je me figeai. Lilly avait jusque-là réussi à extirper de mon esprit la situation dans laquelle se trouvait Duffrane. Mais telle une vague qu'on ne voit pas venir, la vérité sur la mort de Gustave venait de surgir et il me revenait de l'expliquer. Moi aussi j'eus subitement besoin d'un peu de courage. Je portai mon verre à mes lèvres et le vidai d'un trait. Oriane ne sembla pas percevoir mon trouble. Elle s'essuyait les cheveux et le visage avec la serviette.

— Oriane, il faut… il faut que je te dise quelque chose…

— Que se passe-t-il ?

— Ton père… il est en prison. C'est lui qui a tué Gustave…

14

« Tu mens ! »

Son cri couvrit pour un instant les hurlements de la nature au-dehors.

— Non, Oriane, je suis désolé, mais c'est la vérité.

— C'est impossible, mon père n'aurait jamais fait cela ! C'est elle ! lança-t-elle en pointant du doigt la vieille femme allongée sur le canapé. C'est elle qui a tué Gustave, Lucas et Sylvain ! Elle voulait se venger !

— C'est faux, ce n'est pas ce qui s'est passé…, affirmai-je, me rapprochant d'elle tout en écartant les bras pour l'inviter à s'y blottir.

— Comment peux-tu me faire ça ? me reprocha-t-elle en reculant d'un pas. Comment peux-tu la croire, elle, au lieu de nous ! Mon père est incapable de tuer quelqu'un !

— Il a avoué, cet après-midi, au commissariat, en présence de Franck. Je devais te l'annoncer, mais l'incident avec Lilly…

Je ne savais plus quoi ajouter. Les larmes roulaient sur les joues d'Oriane, mais ses yeux continuaient de me fixer. Et la haine soudaine que je perçus dans son regard me fit comprendre qu'il serait stérile de parler davantage. Je battis en retraite. Une légère migraine apparut, suivie d'une bouffée de chaleur. J'avais certainement surestimé ma capacité à gérer tous ces événements. Les aveux de Duffrane, la vérité sur mon père, la venue de Lilly et sa découverte sur le sol… l'adrénaline retombait, me laissant épuisé sous un ciel chargé de nuages gris. Je m'assis sur le canapé, en face du téléviseur toujours allumé. La présence de la cassette dans le magnétoscope me revint à l'esprit.

— Il y avait une cassette, ce soir-là, continuai-je cependant, conscient que je lui devais un minimum d'explications. Ton père l'avait confiée au mien comme gage de bonne foi. Jean a porté le chapeau, car ton père l'a payé. Il a acheté sa liberté en lui promettant que je ne manquerais jamais de rien.

— Non… Je ne peux pas te croire… Damien, rétorqua Oriane. Nous n'avons jamais eu de secrets avec mon père…

Mais il y avait dans la faiblesse de son intonation les prémisses de la résignation.

— C'est cette cassette qu'est venue m'apporter Lilly. Mon père la lui avait donnée. Il avait confiance en elle. Et moi, à mon tour, je la crois. Elle n'a tué ni Lucas ni Sylvain.

— Mais… qui dans ce cas, Damien ? Qui s'est joué de nous ? rétorqua Oriane. Je refuse de penser que mon père aurait pu… Et si ce n'est pas lui ni Lilly… Qui d'autre de suffisamment proche pourrait avoir tout manigancé ?

Un prénom apparut dans mon esprit mais je refusai d'envisager cette possibilité. Il n'y avait aucune raison que cet homme fût à l'origine de nos tourments. Même s'il avait été présent depuis le début et que c'était par ses paroles que ma venue ici s'était muée en quête de vérité, je ne pouvais douter de l'honnêteté de Franck.

— La réponse est peut-être dans cet enregistrement, il faut juste que je trouve la…

Alors que je me levais pour reprendre la quête de la télécommande, ma tête se mit à tourner au point de m'obliger à me rasseoir. Je levai la main droite dans l'intention d'essuyer la sueur abondante qui coulait de mon front, mais elle retomba sur l'accoudoir. Tous mes membres me semblaient peser des tonnes. J'essayai de déglutir pour prévenir Or que quelque chose n'allait pas, mais échouai à avaler la mélasse brûlante à l'entrée de ma gorge.

— Damien… Qu'est-ce qui t'arrive ?

Sa voix me parvint avec difficulté. J'eus l'impression qu'Oriane se trouvait à des centaines de mètres de moi et que ses paroles m'étaient rapportées par une brise diffuse.

— Damien ?

Or apparut dans mon champ de vision. Je pouvais clairement voir devant moi, mais de manière rétrécie, comme à travers l'objectif d'une caméra filmant en format 4/3.

— Mon amour, parle-moi…

Elle approcha sa main de mon visage et claqua des doigts à quelques centimètres de mes yeux.

— Damien ?

Je tentai une dernière fois de parler, mais en fus incapable. Cependant, je pus avaler un peu de la salive qui stagnait autour de ma langue. Le reste s'écoula le long de mon menton en un filet de bave interminable.

— Ce n'est rien, Damien…

Même la voix d'Oriane me sembla plus nette. Toujours légèrement distante, mais cristalline. Je plongeai mes yeux dans les siens. Il n'y avait plus de larmes. Elle me sourit brièvement puis disparut. Je tentai de tourner la tête pour la suivre du regard, mais une nouvelle fois mon corps refusa de m'obéir. Je fixai alors l'écran de télévision et la vis se diriger vers le canapé. Peut-être la vieille femme avait-elle émis un grognement inquiétant. Ou peut-elle avait-elle simplement cessé de respirer. La silhouette d'Oriane contourna le fauteuil et se pencha sur la table basse pour ramasser un objet. *Son portable*, compris-je. *Vite, Or, appelle les urgences, je dois faire un AVC ou une autre connerie dans le genre... je n'arrive pas à bouger...*

Elle se redressa et se tint debout aux côtés de Lilly. Le verre bombé de la télé étirait sa silhouette et lui donnait un air longiligne qui ne lui ressemblait pas. Je fixai l'écran en lui intimant mentalement de se dépêcher. J'attendis qu'elle pose son téléphone contre son oreille et que ses paroles alarmées résonnent jusqu'à moi, mais Oriane ne bougeait toujours pas.

Bordel, magne-toi Or, qu'est-ce que tu attends, appelle ce putain de...

C'est alors qu'elle reprit vie et que son bras se leva.

Allez, vite, sauve-nous...

Mais ce n'était pas un téléphone portable qu'Oriane tenait dans sa main. Son bras se tendit au-dessus du corps allongé de Lilly la folle et s'abattit subitement. Lorsqu'elle se détourna, le manche du couteau que j'avais abandonné tout à l'heure pour me concentrer sur le contenu du sac de jute se dressait dans la frêle poitrine du cadavre.

Aussi droit et fier qu'une vengeance assouvie.

15

« Oups, mon amour, tu viens de tuer Lilly la folle… »

Oriane se tenait accroupie devant moi. Ses yeux fous me fixaient, débarrassés de toute inquiétude.

— Or…, articulai-je avec difficulté.

— Oh, tu commences à retrouver un peu de mobilité ! se moqua-t-elle. C'est le problème avec ce dérivé du curare. Plus facile de s'en procurer, mais quand on l'avale, on paralyse pour quelques minutes les cordes vocales.

— Tu… tu m'as…

— Drogué avec le whisky ? Oui. Tu vas rester immobile pendant encore…

Elle consulta sa montre avec des gestes théâtraux. La manière dont la situation l'amusait m'épouvanta.

— Une trentaine de minutes. Le temps nécessaire pour tout t'expliquer. D'ailleurs, avant cela, j'ai une question qui me taraude : tu lui parles en ce moment ? Tu sais, à ton ami imaginaire ? Parce que je me doute qu'il y a plein de nuages gris là-dedans…

La lame d'un couteau se posa fermement contre ma tempe sans que je puisse l'éviter. Je reconnus le couteau de Lilly.

— Tu m'as laissée seule, Damien. Tu m'as abandonnée, reprit-elle en éloignant la menace. Pas seulement quand tu as quitté cette ville, mais aussi après, quand tu n'es pas revenu, quand tu n'as jamais répondu à mes lettres. Je t'en envoyais plusieurs fois par semaine ! Aucune réponse ! J'ai continué, mais tu as déménagé et elles me sont revenues… J'étais malheureuse, Damien, et seule. Tu savais à quel point je détestais être seule ! J'ai peur quand je suis seule. Vraiment peur. Une peur que tu n'as jamais ressentie même là, assis, paralysé, à ma merci, tu ne t'approches pas de cette peur. Je t'aimais tellement, Damien. Nous nous étions promis de ne jamais nous quitter. Tu te souviens ? Tu te rappelles ces cicatrices sur nos mains.

— Oria… tu es… cinglée…

— Ah oui ? C'est vraiment ce que tu penses ? Et toi, tu te crois sain d'esprit peut-être ? Si nous sommes fous, nous sommes innocents. Cette folie nous a été imposée. S'il n'y avait eu ma mère pour me torturer sournoisement, aurais-je eu besoin d'empoisonner son thé avec ses gélules à la con ? Aurais-je ressenti cette nécessité d'être aimée et cette peur d'être abandonnée ? Non, non, je ne suis pas cinglée… Je me suis fait suivre au début, comme toi. Mon père m'a emmenée chez une psychiatre qui a conclu à un syndrome abandonnique. Sans blague ! J'ai eu droit à mes gélules aussi, mais je faisais semblant de les avaler, pas question que je finisse comme ma mère !

— Tu as tué ta… mère ?

— Oui. Ce n'était pas un suicide. Mais qui aurait pu le deviner, hein ? Qui aurait pu savoir qu'elle me maltraitait ? Si j'en avais parlé à qui que ce soit, elle m'aurait éloigné de mon père. Elle l'aurait rallié à sa cause et ils se seraient débarrassés de moi comme d'un chien qu'on ne veut plus garder.

— Lucas et… Sylvain ? articulai-je.

Je sentais que ma gorge se décontractait. Je retrouvais lentement mes sensations, mais j'ignorais s'il en serait de même pour mes bras et mes jambes.

— Quand j'ai compris que tu ne reviendrais pas, je t'ai cherché dans beaucoup d'hommes. À commencer par ceux que nous connaissions. Si tu avais vu la tête de Sylvain la première fois que j'ai posé ma main sur son sexe ! Ce gros tas s'est liquéfié. Je lui ai fait promettre le silence sur nos incartades. Il m'aurait promis n'importe quoi si je le lui avais demandé. Ça a duré quelque temps, puis ce tas de graisse a lentement pris ses distances. Il m'a abandonnée, à son tour. Quant à Lucas… Lui aussi s'est lassé de moi. Nous avons continué de nous voir de temps en temps, mais il me trouvait trop bizarre à son goût, ce qui n'était pas vraiment un compliment quand on connaît le personnage… Après votre bagarre, il est passé aux Trois Sirènes et m'a annoncé qu'il allait te dire la vérité sur nos rapports. Il m'a tourné le dos en fermant la porte du bar, mais a bien voulu me voir le soir même. Les hommes et leur bite…

— Quand tu as dit à Franck qu'on avait passé la nuit ensemble… Ce n'était pas pour me protéger, mais pour te protéger toi…

— Exactement ! Quelle perspicacité ! Et notre cher agent n'y a vu que du feu !

— Oriane, je peux t'aider…

— Oh, à présent tu veux bien être là pour moi ? À cause de toi je suis vraiment seule. Mon père est en prison parce que tu n'as pas voulu croire que Lilly pouvait être la cause de tout cela ! Nous aurions pu être heureux, Damien ! J'aurais pu te pardonner ! Mais au lieu de cela…

Oriane laissa sa phrase en suspens. Elle approcha sa bouche de mon oreille et me susurra :

— … Au lieu de cela, tu as cherché à savoir qui avait tué Gustave. Mais même là, tu t'es planté dans les grandes largeurs…

Puis d'un geste vif, Oriane m'enfonça le couteau de Lilly dans le ventre.

16

Je me pliai de douleur. Mais mes bras, mes jambes furent incapables de suivre ma volonté de me protéger. Une vague de chaleur inonda mon corps tandis que j'hurlai à m'en déchirer les cordes vocales.

— Tu m'as abandonnée, Damien, c'est le prix à payer ! cria Oriane en se relevant.

Du couteau qu'elle tenait toujours en main gouttaient des larmes de sang.

— Ne t'inquiète pas, je ne l'ai pas enfoncé assez loin pour te tuer. Car je sais que tu te poses encore des questions. Et il doit y en avoir une en particulier qui te brûle les lèvres, non ?

Je ne la voyais plus, ne l'écoutais plus. Tout mon être était concentré vers mon ventre, vers mon tee-shirt qui s'auréolait de rouge. Je sentis le liquide glisser le long de mes cuisses puis j'entendis un effrayant goutte-à-goutte entamer sa litanie contre le lino. Oriane s'accroupit à nouveau. Son visage transpirait la haine, de tous ses pores, de toute son âme. Elle voulait que je voie cette haine. Elle plaça la lame sous mon menton et la releva pour m'obliger à l'affronter yeux dans les yeux.

— L'amour, ça fait mal, Damien. Ça peut tuer. Sais-tu combien de fois j'ai cru mourir après avoir trouvé la boîte aux lettres vide ? Imagines-tu ces coups de poignard en plein cœur ? Même ma mère n'a jamais réussi à me faire souffrir autant. Alors, réfléchis avec moi : puisque tu ne répondais jamais à mes lettres, quel était le meilleur moyen pour te faire revenir ici ? Hein ? Tu as ta petite idée ? Je sais que oui. Je te connais, Damien, depuis le jour où nos sangs se sont mêlés.

— Mon père… tu l'as… tué pour m'attirer ici…

Je luttais. Contre ma douleur. Contre cette drogue qui anesthésiait mes muscles. Contre cette vérité immonde qui se dévoilait dans mon cerveau.

— Bingo ! Nous avons un gagnant ! s'exclama Oriane en levant les mains au ciel. Mais avant de t'expliquer cela, il faut revenir à la source ! Tadaaam ! Quelle mise en scène, je suis si excitée ! Attends-moi ici.

Elle quitta un instant mon champ de vision. J'entendis un bruit de couvert puis un tiroir que l'on referme avec douceur.

— Tu vois, tu as eu tout faux, continua-t-elle une fois revenue face à moi, depuis le début. Au passage, c'est cette télécommande que tu cherchais ? Elle était dans le tiroir, sous l'évier. Mouais, c'est prouvé à présent, les hommes n'ont jamais été doués pour le rangement… Donc tu as eu tout faux. Oh ! Mon amour ! s'exclama-t-elle d'une voix hystérique. Ses mains claquèrent entre elles d'une joie nauséabonde. Le couteau qu'elle tenait toujours pigmenta son visage d'infimes gouttelettes de mon propre sang. Que dirais-tu de passer une soirée entre nous, à regarder un bon film ? Allez ! On va bien s'amuser ! Et tout sera plus clair ensuite ! D'accord ? Super, voyons ce que cette caméra a enregistré !

Oriane tira une chaise et s'assit à côté de moi. Elle tendit son bras en direction du magnétoscope et appuya sur la touche lecture.

17

12 juillet 1995

Gustave avançait avec précaution. Quelques rochers humides brillaient au loin sous le frêle rayon lunaire, mais les pierres sèches, celles en partie recouvertes par le sable, demeuraient bien tapies. Discrètement, il contourna la caméra de la capitainerie en passant par l'arrière du bâtiment. La mer respirait par petites vagues. Ses caresses soyeuses bruissaient sur le sable. Gustave s'assura que personne ne traînait dans la capitainerie et se dirigea vers le rivage. Il observa l'horizon baigné dans l'obscurité. Il avait peine à croire que ce lieu si paisible tourmentait tant les hommes durant la journée. Le pétrole, la fuite des poissons… tout cela lui sembla si lointain à cet instant. Il se demanda si Damien, là-bas, dans les terres, souffrait de ne plus entendre les vagues. *Certainement*, conclut-il avec amertume. Le garçon regrettait de s'être éloigné de son meilleur ami. Il aurait tout donné pour se retrouver à ses côtés, assis sur le sable, les genoux ramenés sur leurs poitrines, à laisser le silence les envahir. Ces moments de communion lui manquaient. Avec Lucas et Sylvain, tout n'était que bruit et désordre. Ce n'était pas pareil.

Gustave entendit des pas derrière lui et craignit que son père se fût aperçu de sa sortie. Mais quand il se retourna, il vit Oriane marcher dans sa direction.

— Qu'est-ce que tu fais là ? lui demanda la jeune fille.

Elle lui en voulait encore, Gus pouvait le deviner dans son regard fuyant et son ton appuyé.

— Je… j'avais besoin de prendre l'air, éluda-t-il. Et toi ?

— Pareil, souffla-t-elle en observant à son tour la mer endormie.

Ils restèrent un long moment silencieux. Gustave, malgré les phrases qu'il avait répétées dans sa chambre, ne parvenait pas à trouver les mots justes. Oriane, quant à elle, s'en voulait déjà d'avoir eu à parler la première en arrivant.

— Je… je voulais te voir, avoua Gustave en fixant le sable. Je savais que tu serais ici. Nous venons toujours ici quand les choses vont mal. Quand mon père répète que je serai un pêcheur comme lui, quand les parents de Damien s'engueulent… Quand ta mère te manque.

— Ce n'est pas elle qui me manque en ce moment, affirma la jeune fille dont les épaules touchaient presque celles de Gustave.

— À moi aussi, il me manque. Mais il va revenir.

Au-dessus de l'océan, les nuages se déplaçaient avec indolence. Quelques étoiles perçaient de temps à autre leurs formes épaisses puis disparaissaient comme si elles n'avaient été qu'une illusion.

— Je n'aime pas être seule.

— Je sais, Or.

— Tu m'as laissée seule, lui reprocha-t-elle. Tu es parti avec Lucas et Sylvain.

— Tu n'étais pas seule. Damien était là. Moi… moi j'étais de trop.

— Et maintenant ? Tu es avec moi ou avec eux ?

— Je suis venu m'excuser. Je n'aurais pas dû vous ignorer ainsi, mais… je me sentais… inutile. Pardon.

Oriane approcha sa main de celle de Gustave et la saisit. Un frisson glacial parcourut l'avant-bras du garçon qui n'osa émettre la moindre opposition. Il laissa les doigts de son amie s'intercaler entre les siens malgré son malaise. La jeune fille se posta devant lui.

— Regarde-moi, Gus. Je ne peux pas être seule. Jamais. La solitude m'oppresse, elle me fait peur. Elle me tue.

— Il va bientôt revenir, la rassura le garçon.

Il détendit ses doigts jusqu'à ce que sa main ne devienne qu'un poids mort. Il espéra qu'Oriane le libère. Mais son amie ne sembla pas comprendre. Au contraire. Elle resserra sa prise et s'approcha un peu plus.

— Tu vas me tenir compagnie, en attendant ?

— O… oui, si tu veux. On pourra se revoir demain, si tu es d'accord. On cherchera des larmes de sirène.

Gustave se sentait mal à l'aise. Il eut envie d'être dans sa chambre et non plus ici, face à Oriane qui plantait son regard dans le sien, comme pour jouer à qui se détournerait en premier. Il regretta que la nuit ne fût pas plus claire. La pénombre troublait ses sens. Même le bruit des vagues lui devint inconfortable.

— On peut aussi se retrouver… maintenant.

Oriane appuya ses lèvres assoiffées contre les siennes. Gus fut tétanisé. Les paroles de Lucas lui revinrent en mémoire :

« *Tu n'as jamais essayé de te la faire ?*

— *Quoi ?*
— *Oriane, tu ne l'as jamais pelotée ?*
— *Non, elle sort avec Damien.*
— *Moi j'aurais quand même essayé…* »

Tout comme les danses de la jeune fille devant lui quand elle ne portait que son maillot de bain. Ses œillades discrètes, ses sourires furtifs, ses minaudages quand Damien tournait le dos.

Le garçon la repoussa violemment. Il aurait voulu être moins abrupt, mais ce geste s'imposa de lui-même, tel un cri. Oriane chuta sur le sol. Ses yeux ébahis toisèrent le garçon.

— Toi aussi tu m'abandonnes ! cria-t-elle.

— Or ! Qu'est-ce qui te prend ? On ne peut pas faire ça ! Damien ! Tu penses à Damien ? tenta de la raisonner le garçon.

Il se pencha pour aider son amie à se relever. Tandis qu'il lui proposait sa main, une ampoule extérieure de l'un des bateaux amarrés au ponton s'éclaira. Ils n'étaient pas seuls. Gustave comprit qu'il devait s'agir du père de Damien. Que se dirait-il s'il les voyait tous les deux, à cette heure-ci, dans l'intimité de la nuit ?

— Viens, Or, partons d'i…

Le garçon n'eut pas le temps de se protéger. Pendant qu'il scrutait le ponton, Oriane avait retiré du sable une pierre épaisse. Son bras fit un mouvement circulaire et la pierre heurta violemment la tempe de Gustave qui, à son tour, s'écroula sur les rochers comme si un boxeur venait de le mettre KO.

Quelques secondes plus tard, une voix masculine extirpa la jeune fille de sa léthargie :

— Oriane… Mon Dieu, qu'est-ce qu'il s'est passé ? lança Jean avant de s'agenouiller aux côtés du garçon et de tâter son pouls.

— Il faut appeler mon père, répondit-elle en état de choc. Il va tout arranger, il sera là pour moi…

18

2019

L'enregistrement défila devant mes yeux. Les images muettes en noir et blanc ressemblaient à un film des années trente. Je vis Gustave, Oriane. Le baiser que mon ami repoussa. La pierre qui s'éleva pour le punir. Puis mon père. Sa silhouette longiligne qui s'acharna à pratiquer un massage cardiaque sur Gustave. Plus tard, des phares de voitures blanchirent l'écran avant de s'éteindre. Duffrane, à genoux, la tête entre les mains. De longues minutes d'immobilité puis de discussion entre les deux adultes que mon bourreau m'épargna en appuyant sur avance rapide. Finalement, Duffrane qui courait vers la capitainerie.

Fin du film.

Je ne verrais plus jamais ni mon père ni Gustave.

Oriane détourna son visage de l'écran. Une satisfaction malsaine brillait dans son regard.

— Alors, tu as aimé ?

Malgré la douleur, malgré la menace du couteau de Lilly dans sa main, je ne pus m'empêcher de lui cracher à la figure. Mon geste la désarçonna quelques secondes.

Le temps qu'elle s'essuie avec sa main libre et que son visage retrouve son masque de folie. Elle me gifla. Une fois. Deux fois. Trois fois.

— Tu m'as laissée seule ! hurla-t-elle. C'est pour cela que j'ai tué ton père ! Pour te le faire payer !

— C'est donc toi…

J'allais mourir. Je le savais. Je le sentais. Je suppose que c'est une chose que l'on accepte, une fois toutes les possibilités de survie évanouies. Le sang continuait de s'écouler de ma plaie. Je ne pouvais pas bouger et me sentais de plus en plus faible. Oui, la fille que j'avais aimée et dont j'avais été séparé malgré moi allait me tuer.

— Puisque tu ne répondais pas à mes lettres, à sa libération de prison je lui ai demandé de t'appeler, de reprendre contact avec toi, mais il a refusé. Je suppose que c'était là une certaine manière de se venger. Je savais qu'il m'en voulait, ce n'était pas difficile à comprendre. Je lui avais volé des années de sa vie, des années avec toi. *Mon fils s'en sort mieux sans moi*, m'a-t-il dit en refermant la porte de son mobil-home. Il m'a fallu des années avant de trouver le moyen de te faire revenir. La réponse se trouvait là, sous mes yeux, quand ton père venait étaler sa petite monnaie sur le zinc pour se payer un verre de piquette. La plupart du temps il m'évitait. Il évitait tout le monde à vrai dire. Mais il arrivait que je le surprenne au comptoir en revenant de la réserve ou en remplaçant mon employée. Jean se dépêchait alors de vider son verre et repartait sans poser un regard sur la femme que j'étais devenue. Donc, un après-midi, j'ai cogné à sa porte. Je lui ai dit que j'avais besoin de parler de ce qui s'était passé. Que j'étais prête à tout avouer à la police. Bien sûr, je mentais. Je n'avais même que des souvenirs confus de cette nuit-là. Et surtout, mon père m'avait fait promettre de ne jamais en parler à personne. Et, même adulte, je ne voulais pas qu'il m'abandonne pour avoir désobéi. Il ne me restait plus que lui.

« Ne fais pas ça, m'a avertie Jean. Il ne faut surtout pas qu'il sache !

— Je me sens tellement coupable pour ce que vous avez enduré à cause de moi… C'est ma faute, tout est de ma faute, pleurnichai-je comme une enfant.

— Oui, c'est de ta faute. Mais il est trop tard maintenant. Laisse mon fils en dehors de cette histoire, m'intima-t-il sèchement.

— Vous voulez marcher un peu avec moi le long de la baie des veuves ?

— Quoi ?

— Si Damien ne revient jamais, j'aimerais partager les souvenirs qu'il me reste avec quelqu'un avant de…

— Avant de quoi ? s'inquiéta-t-il. Tu n'as pas l'intention de faire une bêtise, Oriane ? Pourquoi la baie des veuves ?

— Parfois votre fils me manque tellement que j'ai envie de mourir… Désolée de vous avoir dérangé… et pour tout le reste.

— Je lui ai adressé un fragile sourire puis j'ai remonté le chemin jusqu'à la baie. Je savais qu'il mordrait à l'hameçon. Jean a toujours pris soin des autres. Arrivée où nous passions tant d'heures adolescents, j'ai entendu ses pas de vieil homme clapoter dans les flaques d'eau que la terre gorgée n'aspirait plus. Tout en continuant d'avancer vers le bord de la falaise, j'ai discrètement ralenti ma cadence pour qu'il me rattrape. Je me souviens que la pluie tombait dru. Les gouttes cognaient contre la capuche de mon ciré.

— Ne fais pas ça, Oriane. Ne saute pas, m'adjura-t-il avec douceur.

— Avec Damien, nous posions nos pieds là, juste au bord, lui appris-je d'une voix monotone. Nous regardions les bateaux au loin en nous demandant vers quel port ils se dirigeaient. Tenez, approchez-vous.

— J'ignore encore si Jean craignait à ce point que je saute, ou s'il voulut réellement ressentir ce que son fils éprouvait en se tenant si près du vide. Mais il n'hésita pas une seconde.

— Oriane, Damien t'aimait, il était fou amoureux. Mais on ne peut pas revenir dans le passé, il est trop tard. Vis ta vie et… »

— Tu as tué… tout le monde…

— Presque ! s'exclama-t-elle en levant les sourcils. Sauf Lilly… et toi.

— Quoi ?

— Je te l'ai dit tout à l'heure, tu viens de tuer Lilly ! C'est ton couteau qui se dresse dans son cadavre. Il ne me reste qu'à essuyer mes empreintes. Et Lilly, elle, t'a tué, car c'est son couteau qui va être retrouvé en toi. Tu saisis mon plan. J'écris ma propre version de l'histoire : juste avant de venir ici, je me suis rendue chez Lilly pour la confronter au sujet des meurtres de Lucas et de Sylvain. Comme elle n'était pas là, j'ai compris que tu étais en danger alors je me suis précipitée ici… mais trop tard. Vous vous étiez entre-tués. La police retrouvera des traces de drogue en toi, la même que pour les deux autres meurtres, et elle conclura à la culpabilité de cette pauvre muette. Désolée pour l'absence de fil barbelé, mais cela n'aurait eu aucun sens, tu n'étais pas là quand ils ont brûlé les carnets. Et moi je vais détruire cette saloperie de cassette. Le plus beau dans cette histoire c'est que je n'aurai plus besoin de mon père. Je sais qu'il ne trahira jamais notre secret, il m'aime trop pour cela. Comme ton père, il préfère souffrir à la place de son enfant. Mais surtout, en me débarrassant de toi, je pourrai à nouveau trouver quelqu'un pour ne plus être seule. Je ne te rechercherai plus nulle part, Damien, je serai libérée de toi. Tu comprends ? Est-ce que les nuages gris s'éloignent maintenant que tu as toutes les réponses, mon ange ?

Oriane s'approcha et me déposa un baiser sur les lèvres. Révulsé par ce contact, je penchai la tête en arrière. Ce mouvement se fit sans me procurer la moindre gêne musculaire. J'aurais aimé la repousser avec la même violence que Gustave l'avait fait. Je fixai mon bras en lui intimant de m'obéir, mais il refusa de bouger. Seulement, mes doigts, eux, commencèrent à s'agiter. Je pouvais presque les regrouper en un poing. *Quelques minutes*, pensai-je en masquant mon euphorie, *quelques minutes encore et l'effet de la drogue s'atténuera. Continue de la faire parler…*

— Or, tu oublies un détail important dans ton plan…, intervins-je en grimaçant de douleur.

J'ignorais quelle quantité de sang j'avais perdue, mais je me sentais de plus en plus faible.

— Ah oui ? Vraiment ? s'étonna-t-elle en se reculant.

— Tu vas aimer de nouveau, Oriane. Et si tu aimes, tu auras peur de perdre cet amour. Tu ne te sentiras jamais sereine. La voix de ta mère résonnera toujours en toi, tu seras toujours cette petite fille que les gens abandonneront…

— Alors j'aimerai à moitié, voilà tout ! Ce qui fera de toi ma plus grande histoire, tu devrais te sentir flatté…

— Oriane, je t'en prie…

— J'ai prié pour ta présence pendant des années, Damien, alors qu'en fait, il me suffisait de te tuer pour t'oublier… La voilà la solution. Répète ça à ton ami imaginaire, ça sera notre secret à tous les trois…

Oriane se jeta contre moi et enfonça le couteau. Mes poings se serrèrent. Je hurlai de douleur. Elle plongea une troisième fois la lame dans mes organes sans que mes bras et mes jambes ne réagissent. Mes paupières s'abaissaient et se levaient comme si des liens avaient été cousus dessus et qu'un marionnettiste invisible s'amusait à les manipuler. Je mourais. Je sentais la vie et mon souffle me quitter, main dans la main. Les nuages gris claironnaient dans ma tête. Je fermai les yeux et cherchai au milieu de cet orage la présence de l'homme aux lunettes. Il était toujours là, derrière le bureau, mais ne m'observait plus avec ce détachement irritant auquel il m'avait habitué.

Non.

Je pouvais lire dans son regard comme de la tristesse.

Une tristesse funeste.

— Je suis désolé, Damien.

— Je vais mourir ?

— Oui, je pense.

— J'ai de moins en moins mal…

— Ce n'est pas bon signe.

— Les nuages. Pourquoi il y en a autant ?

— C'est le choc. Et ton cerveau qui lutte pour survivre.

— Ils vont disparaître ?

— Bientôt. Ils laisseront leur place à un soleil éternel.

— « Le soleil se levait pour la troisième fois sur le vieux et sur sa barque, lorsque l'espadon commença ses cercles… »

— Tu te souviens du *Vieil Homme et la Mer* ?

— Oui, mon père me le lisait le soir pour m'endormir.

— Alors endors-toi, Damien, fais comme le vieux, rêve d'une mer riche de poissons…

19

Je suis allongé sur le pont du *Damien*. Le bateau est englué dans une mer aussi calme qu'un fleuve endormi. Au-dessus de moi, des nuages gris errent lentement, s'enlacent, se mélangent, envahissent la nuit. En tendant la main, je pourrais presque les toucher. La douleur a disparu. Je la devine à peine. C'est donc cela, la mort ? J'hésite à me relever mais mes membres ne répondent toujours pas. Alors je ferme les yeux et laisse mon corps voguer vers des terres inconnues. Des voix au loin s'élèvent avec tendresse. Charmeuses et lascives, elles me chantent que tout ira bien à présent. Je leur souris. Elles en rient. Nous communions ainsi, à travers l'étrange silence des vagues qui guident l'embarcation.

Damien !

Un premier craquement dans le ciel me fait rouvrir les yeux. Les nuages sont devenus noirs. Agressifs. Ils m'observent et fondent sur moi.

Damien !

Plus près encore. À quelques millimètres de mon visage. Je peux sentir le souffle de leur humidité glaciale.

Un deuxième éclat retentit tout autour du fileyeur. La douleur évanouie se réveille et incendie mon ventre.

Je peine à respirer et avale une dernière bouffée d'air tandis que le plafond de nuages s'abaisse et me piège.

Bordel, Damien ! Réveille-toi !

Lorsque je rouvre les yeux, Oriane est couchée sur le sol, à mes pieds, la poitrine percée de deux minuscules impacts de balle. Sa chevelure dorée trempe dans nos sangs à nouveau mélangés. Franck apparaît dans mon champ de vision, articule quelques paroles, hurle dans sa radio. Puis, à son tour, sa voix disparaît, m'abandonnant au silence et à l'obscurité.

20

Trois ans plus tard

La mer scintille derrière la baie vitrée. Je l'observe depuis ce bar installé au troisième étage du complexe hôtelier. Après plus de dix-huit mois de travaux, l'ancien port a complètement disparu sous les fondations du renouveau. Peu avant son jugement, Duffrane a confié l'ensemble de ses affaires à un banquier qui s'est empressé de clore le dossier. Bien entendu, tous ses bénéfices ont été saisis par la justice. Mais l'hôtel est là maintenant. Il se tient droit comme un phare sans bateaux à orienter, si ce n'est les jet-skis et les scooters des mers qui griffent la surface de l'eau toute la journée.

Après la mort d'Oriane, je me suis réveillé une semaine plus tard en soins intensifs. Le chirurgien m'a expliqué que j'avais eu de la chance que le couteau soit resté planté dans mon ventre, car j'aurais pu perdre beaucoup plus de sang. Mon intestin grêle avait été perforé, ainsi que mon estomac. J'ai dû subir de nombreuses opérations et suis resté ensuite alité pendant près de deux mois à avaler de la nourriture liquide et à souffrir de douleurs abdominales. Durant ma convalescence,

Franck est venu me rendre visite. Je savais que je lui devais la vie. Il le savait lui aussi, mais nous n'en avons jamais parlé ouvertement. Nous nous contentions de blaguer et de détourner le sujet de la tragédie. Comme deux marins rescapés qui éviteraient de parler de tempête par peur de voir le mauvais sort s'acharner. Il m'a raconté qu'après les aveux de Duffrane, il avait contacté Murielle pour savoir si Oriane était revenue aux Trois Sirènes durant la soirée qui avait suivi ma bagarre avec Lucas. Quand l'employée lui avait certifié que oui, vers minuit, le policier avait compris que quelque chose clochait, qu'Oriane n'avait pas dit toute la vérité. « Que tu fasses jouir une femme deux fois, ça m'étonnait aussi ! » me railla-t-il un jour que mon état m'autorisait à rire sans que mes viscères me fassent souffrir le martyre. Il s'était donc rendu chez Oriane puis chez moi et avait découvert l'enregistrement.

Duffrane fut innocenté du meurtre de Gustave, mais reconnu coupable de faux témoignage, de non-assistance à personne en danger et de falsification de preuves, le tout pour une peine de douze ans. Il ne purgea que quelques mois avant de se suicider par pendaison le 12 juillet 2020. Lilly repose au cimetière des marins, juste à côté de la tombe vide de son mari. Aucun habitant ne s'est opposé à la construction de l'hôtel touristique et à l'utilisation du littoral marin par ses propriétaires. Tous observèrent l'avancement des travaux avec un soulagement palpable, soulagement nullement motivé par l'intérêt économique que représentait cette manne de touristes pour la ville. De cela, ils se contrefichaient. Ce qui les réconfortait, c'était de tirer un trait définitif sur ce port de malheur. Il était temps de se détourner de cet océan ingrat et de l'abandonner comme lui les avait abandonnés dans les années quatre-vingt-dix.

Franck arriva un bon quart d'heure après que je me fus installé. Il commanda une bière hors de prix tandis que je me contentai d'un quart Vittel.

— Toujours pas droit à l'alcool ? me demanda-t-il.

Un sourire moqueur illumina ce visage de boxeur qui n'avait jamais boxé quiconque.

— Non, ce n'est pas conseillé par mon médecin traitant, regrettai-je.

— Cet hôtel est bâti sur les rêves échoués des anciens marins que nous étions, ton père et moi. Mais je dois admettre que la vue est superbe.

— À quel moment tu as déposé la photo dans le ciré de mon père ?

Un détail, certainement, comparé aux nombreuses réponses apportées par cette tragédie, mais mon esprit s'y était accroché un matin que j'observais le plafond de ma chambre d'hôpital.

— Il ne l'a jamais eue en sa possession, me confia-t-il. Je n'ai pas eu le courage de la lui donner. Je l'ai glissée dans sa veste quand nous sommes venus fouiller son domicile, après sa mort. Je ne voulais pas la jeter ou la brûler. J'aurais eu le sentiment de lui cacher quelque chose. Et si mentir à un vivant provoque un sentiment désagréable, mentir à un mort est juste… non, je n'aurais pas pu.

Franck se retrancha dans une réflexion profonde. Je devinais la question qui le taraudait. Je me l'étais posée également en repensant à cette photo : *Si Jean avait eu connaissance de ce cliché où ma mère embrassait Duffrane, les événements suivants n'auraient-ils pas été différents ?* Mais les *si* ne mènent nulle part, m'avait un jour expliqué l'ancien marin. Et je savais qu'il avait raison.

— Alors ? Tu me le dis ? lançai-je pour le ramener dans le présent.

— Tu me tutoies maintenant ? s'étonna faussement le policier.

— Il m'a fallu du temps… mais oui, je pense que je peux avoir suffisamment confiance pour te tutoyer, le raillai-je en retour.

— Quel honneur !

— Allez… tu me l'avais promis si je revenais dans cette ville pour te payer un verre. Nous y sommes.

— Tu veux vraiment savoir ce que tu m'as dit quand je t'ai récupéré là-bas ? insista-t-il même s'il connaissait la réponse.

— S'il vous plaît, monsieur l'agent. J'espère juste que ce n'était pas une demande en mariage…

— Non, en effet, mais c'était assez bizarre… tu m'as qualifié d'ami imaginaire.

— Vraiment ?

— Oui, et je te cite entièrement : *c'est vous l'ami imaginaire*. Une façon étrange de remercier quelqu'un, mais bon… tu es un fils de marin après tout…

Une heure plus tard, je me tenais debout devant la tombe de mon père. J'effectuais ce pèlerinage tous les ans et m'étais promis de m'y tenir jusqu'à ma propre mort. J'avais également fait modifier la pierre tombale.

Sur la plaque froidement gravée de ses dates de naissance et de décès, j'avais fait ajouter ces mots en dessous des chiffres :

« À Jean, l'Anguille,
un parfait marin
et un excellent père.
Ton fils. »

NOTE ET REMERCIEMENTS

Durant le roman, Oriane, enfant, regarde à la télé un dessin animé où des chevaux galopent sur une colline. L'essence du *Chant du silence* se retrouve compressée dans cette scène. C'est un hommage à Charles Bukowski et à sa phrase « Les jours s'en vont comme des chevaux sauvages dans les collines ». Ces mots sont aussi repris par le groupe irlandais U2, dans la chanson *Dirty Day*, chanson qui traite du manque de communication entre un fils et son père, tout comme ce silence qui perdure entre Damien et l'Anguille. Il s'agit également ici de décrire le piège dans lequel les personnages qui vivent entre ces pages sont enfermés. Tous assistent, malheureux et impuissants, à la fuite du temps qui passe. Les enfants observent, incrédules, leur innocence s'évaporer, et se retrouvent seuls avec cette adolescence qui fait naître en eux désirs et colères inédits. Les parents quant à eux se débattent en essayant de faire les bons choix pour le futur, car le présent s'enfuit déjà sans qu'ils ne puissent le freiner ou l'améliorer.

Et souvent, ces hontes, ces frustrations, ces douleurs et rancunes amassées ne seront jamais murmurées. Elles deviendront le chant du silence.

Un traditionnel mais nécessaire merci à Caroline Lépée qui appréciera certainement ce clin d'œil chevalin. Merci à Philippe Robinet et à toute l'équipe de Calmann-Lévy pour… non, la liste serait trop longue. Simplement merci. Enfin, merci à vous, lectrices et lecteurs pour vos lectures, vos messages, vos visites durant les salons. Et promis, dans le prochain roman, je laisserai les chats tranquilles…

Du même auteur
chez Calmann-Lévy :

Les Chiens de Détroit, 2017
Le Douzième Chapitre, 2018
Les Refuges, 2019, Prix Cognac 2019 du meilleur roman francophone, Grand Prix Iris Noir Bruxelles 2019
De soleil et de sang, 2020
Les Sœurs de Montmorts, 2021

PAPIER À BASE DE FIBRES CERTIFIÉES

Le Livre de Poche s'engage pour l'environnement en réduisant l'empreinte carbone de ses livres. Celle de cet exemplaire est de :
200 g éq. CO_2
Rendez-vous sur www.livredepoche-durable.fr

Composition réalisée par Belle Page

Achevé d'imprimer en France par
CPI BRODARD & TAUPIN (72200 La Flèche)
en décembre 2023
N° d'impression : 3055268
Dépôt légal 1re publication : janvier 2024
LIBRAIRIE GÉNÉRALE FRANÇAISE
21, rue du Montparnasse – 75298 Paris Cedex 06

56/8510/4